THE FALL

The Strain Trilogy II

THE FALL

Guillermo Del Toro

Chuck Hogan

血族

三部曲之二

坠落

[美] 吉尔莫·德尔·托罗
[美] 查克·霍根 著
叶妍伶 译

漓江出版社
桂林

THE FALL（Book II of The Strain Trilogy）
By Guillermo Del Toro and Chuck Hogan

著作权合同登记号桂图登字:20-2014-052号

图书在版编目(CIP)数据

坠落/(美)吉尔莫·德尔·托罗,查克·霍根 著;叶妍伶 译.—桂林:漓江出版社, 2014.10
(2016.3 重印)
书名原文: The Fall
ISBN 978-7-5407-7301-4

Ⅰ. ①坠… Ⅱ. ①吉… ②查… ③叶… Ⅲ. ①长篇小说-美国-现代 Ⅳ. ①I712.45

中国版本图书馆 CIP 数据核字(2014)第 209054 号

策　　划:刘　鑫　单　鹏
责任编辑:刘　鑫　王　珏
封面设计:卿　松

漓江出版社有限公司出版发行
广西桂林市南环路22号　邮政编码:541002
网址:http://www.lijiangbook.com
全国新华书店经销
销售热线:021-55087201-833

北京中科印刷有限公司
(北京市通州区宋庄工业区一号楼101号　邮政编码:101118)
开本:960mm×690mm　1/16
印张:19.75　字数:220千字
2014年10月第1版　2016年3月第3次印刷
定价:33.80元

如发现印装质量问题,影响阅读,请与承印单位联系调换。
(电话:010-69590320)

将本书以及我所有的爱献给洛伦扎
——吉尔莫·德尔·托罗

献给我最爱的四个生物
——查克·霍根

The Strain Trilogy II

THE FALL

Guillermo Del Toro

Chuck Hogan

血族

三部曲之二

坠落

摘录自伊费·顾威个人日记

11月26日,星期五

世界毁灭只需六十天,我们要为这一切负责——都是我们太草率轻忽,都怪我们太狂妄自大……

等美国国会发现这危机、进行分析、草拟法案,最后因政党抵制无疾而终时,我们早已战败。夜晚是他们的。

我们被留下来等待早已不属于我们的天光……

这一切距离我们将"斩钉截铁的录像证据"传播给全世界也不过才几天的时间——真相立刻被上千段嘲讽或恶搞的影片淹没,在线影音网站让我们看不到一线希望。

我们的影片变成夜间谈话节目的笑柄,说我们自诩为救世英雄,哈哈,真是蠢笨——他们一直说,说到夕阳西沉,我们必须面对无垠无情的虚空为止。

大众面对任何传染病时,第一阶段的反应总是否认。

第二阶段,推诿卸责,互指矛头。

平常用来炒作新闻的议题都抛出来分散民众的注意力了:经济不景气,社会动荡,警察破不了案就抓有色人种来背黑锅,恐怖攻击。

到最后,还是只有我们。我们全部。是我们让这一切发生的,因为我们不相信这种事会发生。我们太聪明,太进步,太强壮了。

现在黑暗完全笼罩了。

再也没有任何绝对、任何真确——没有我们生存的根源。人类生存的基本原则已遭到彻底改写,和基因密码无关,只关乎血液和病毒。

寄生虫和恶魔无所不在。我们的未来不是身体机能逐渐衰老,最后迈向死亡;而是经过复杂的程序后转生为魔。病毒侵体,妖孽尽出。

他们从我们的身边夺走我们的邻居、朋友、家人。他们拥有亲朋好友的脸庞,以至于亲挚友的面容现身,化身成我们最亲爱的人。

我们被迫离开家园。那原本是我们自己的小小天地、温馨城堡,我们却被驱逐在外,四处奔走,只盼寻得一丝奇迹。

我们这群生还者浑身血污,伤痕累累,功败垂成。

但我们没有变态,没有变成他们。

恐怕只是时机未到吧。

这不是史记或年鉴,而是一部哀歌,化石之诗,人类文明最终的回忆录。

恐龙灭绝时几乎不留痕迹。琥珀终保留了少数骸骨,还有胃里的消化物、排泄物。

我只愿,我们留下的痕迹能比恐龙多一些。

灰色天空
GRAY SKIES

哈林区东118街,纽约人典当质借中心

11月4日,星期四

镜子承载了太多坏消息,亚伯拉罕·瑟拉齐安心想着。他站在浴室镜子前,墙上的日光灯罩呈淡绿色。老人凝望着一面更老的镜子,经年累月下来镜缘都黑了,侵蚀的痕迹很接近镜面中央,靠近他的映像,靠近他。

你很快就会死了。

银底玻璃镜就告诉他这些。他曾经多次走在鬼门关前,也有过更糟的情况,但这次不一样。他在镜像中看到死亡无可避免了。不过,瑟拉齐安在这面老旧的镜子里看到真相时竟感到宽慰。镜子很诚实纯粹,是件杰作,制于19、20世纪之交,沉甸甸的,很有分量,粗绳将这面镜子系在墙上,让它稍离壁砖往前倾。这空间里,墙上、地上、柜子上总计约有八十面银底镜,布满了他的生活区。他不由自主地一直收集镜子。就像穿越沙漠的人知道水的珍贵,瑟拉齐安也发现自己有购买银底玻璃镜的强迫症——尤其是可携带的小镜。

不过,他对镜子的依赖没那么单纯,他还眷恋着那种古旧的质感。

其实一般人的迷思错了,吸血鬼照镜子时也会成像。在现代量产的镜子前,他们的镜像就和我们肉眼所见的形象一致。但在银底玻璃镜前,他们的映像会扭曲变形。银制品的物理特性会让这些遭病毒侵入的暴戾怪兽看起来有视觉的变化——就像一道警讯。有点像白雪公主故事里的魔镜,银底玻璃镜绝不说谎。

因此,瑟拉齐安看着镜中自己的脸(镜子一边是厚重的陶瓷洗手台,另一边的柜子里存放了他的痱子粉、药膏、关节炎软膏,还有热感镇痛油,他的手指因伤畸形所以需要这些药品来舒缓疼痛),认真地端详着自己的

脸庞。

此刻,他正视着自己逐渐衰退的力量。他认知到他的身体不过就是……一具身体。年老力衰,行将就木。苍老到他不确定自己如果被吸血鬼攻击,能不能熬过变态的剧痛,不是每个人都能顺利变态。

他脸上深刻的皱纹就像指纹,时间在他的五官上烙下了无法磨灭的指印。他一夜之间老了二十岁。双眼看起来又小又干,像象牙一样黄。面白如纸,发丝贴在头皮上就如银白色的芒草在暴风雨之后紧压着地面。

笃——笃——笃……

他听到死亡的呼唤,他听到拐杖声,他的心跳声。

他看着自己变形的双掌。他靠坚强的意志力才得以握住拐杖内银剑的剑柄,而做其他事时几乎都很笨拙迟缓。

对抗血祖那一战让他元气大伤。血祖比瑟拉齐安印象中、计划中还要强悍。他还没验证理论,不知血祖为什么在阳光直接照射下还能苟活——阳光削弱他的力量,在他身上灼出伤痕,却无法消灭他。能够消除病毒的紫外线光应该力量强过万把银剑,理当斩断他的身体——但这可怖骇人的怪兽竟然全身而退,逃逸无踪。

到头来,人生中虽然有小胜利,但不如意仍占了十之八九。

但除此之外还能做什么?要放弃吗?

瑟拉齐安永不放弃。

他现在只能进行战后分析。如果他走的是**这**一步而非**那**一步的话,如果他知道血祖在里面时就设法炸毁那栋楼的话。如果在紧要关头,伊费任他自生自灭而不要为他急救的话……

他的心脏又开始狂跳了,只不过是因为想到错失的机会。不规则的脉搏、漏拍的心跳,蹒跚踉跄。仿佛有个不耐烦的孩子住在他体内,想要往前奔、往前奔。

笃——笃——笃……

心跳声被一阵低鸣压过去。

瑟拉齐安太了解了:这是昏迷的序曲,昏过去之后就等着在急诊室里醒过来,如果外面还有正常运作的医院的话………

他伸出僵硬的手指,从盒子里掏出一颗白色药丸。硝化甘油可以预防心绞痛,借由舒张动脉、血管来增加血液及氧气的供应量。他把硝化甘油舌下锭放在干燥的舌头下,任它溶解。

马上就有刺刺的感觉、甜甜的味道。几分钟之内,心脏的低鸣就消失了。

药效迅速的硝化甘油锭让他安心了下来。事后诸葛,各种惋惜和指责都于事无补,徒然耗费脑力罢了。

他人在这里。他选择定居的曼哈顿需要他,这座城市从中心开始瓦解了。

瑞晶航空777型波音客机降落在肯尼迪国际机场至今已有一周。血祖抵达纽约至今已有一周。恶疫扩散至今已有一周。瑟拉齐安从第一则新闻报道开始就预见了这个情况,就像你在电话不该响的时候听到铃声,凭直觉就知道这是亲人往生的通知,就是那么笃定。死亡航班的新闻攫取了全纽约的注意力。那架飞机在安全降落后没几分钟就完全失去电力,在失去照明的情况下静坐在滑行道上。疾病管制局人员穿着隔离装登上飞机,发现所有乘客和机组人员都死了,只剩四名"生还者"。那几个生还者根本一点都不平安,血祖让他们的症状变得更严重。在有钱有权的奥狄·帕墨安排下,血祖躲在跨洋班机货舱里的棺材内,抵达大西洋的另一端。奥狄·帕墨垂垂老矣,不过他不愿死亡,所以选择用地球上全人类的命运去换得不朽之身。病毒潜伏一日之后,便在班机罹难者的尸体内苏醒,逃出验尸所,带着恶疫散播至纽约的各个角落。

瑟拉齐安知道祸疫严重的程度,但世人只知回避恐怖的真相。瑞晶航空753班机的意外发生后,又有一班客机在英国伦敦希思洛机场降落后,完全失去电力停在滑行道上、登机门前。法国巴黎奥利机场,法国航空公司的喷气式客机抵达时已全机罹难。东京成田国际机场、德国慕尼黑国际机场也相继传出死亡航班的意外。甚至连以安全著称的以色列特拉维夫国际机场也发现一架毫无照明的客机停在机坪上,反恐突击队全副武装登机后发现216名乘客全无生命迹象或任何反应。但没有任何一个机场发布警讯全面搜索货物装卸区,或彻底销毁飞机。一切发生得太快,各国处理的原则都是不信任与怀疑。

还没完,航空事故接二连三地传来——西班牙马德里、波兰华沙、俄罗斯莫斯科、巴西首都巴西利亚、新西兰奥克兰、挪威奥斯陆、保加利亚索非亚、瑞典斯德哥尔摩、冰岛雷克雅未克、印度尼西亚雅加达、印度新德里。有些战事频繁、草木皆兵的国家做出正确的判断,立刻隔离机场,由军队封锁死亡班机,不过……瑟拉齐安忍不住推测这些航班登陆的消息是血祖分散注意力的战术,也是散播病源的做法。只有时间能证明他的推断是否正确——尽管时间其实已经不多了。

目前第一批**返魂尸**(瑞晶航空罹难者与他们的亲人)已经开始第二阶段的成熟发育了。他们愈来愈习惯环境和身体构造,开始学习适应、学习存活之道——学着茁壮成长。他们在日落时暴起攻击,新闻报道解释为市区发生多起“暴动”,这个说法也对了一部分——白天公然抢劫与破坏公物的情况愈来愈猖獗,但却没人发现这种活动在夜晚更为活跃。

这种失序的状况全国各地都有,所以国家基础建设开始崩解了。食品物流机制被破坏,货运速度大减。旷工旷课的人数暴增,可用人力下降,各地大规模停电后也没有办法维修。警察和消防人员疲于奔命仍无法实时处理案件,治安败坏,火警四起。

瑟拉齐安看着自己的脸,希望能捕捉到体内那年轻的光彩,或是赤子的情怀。他想到年幼的扎克·顾威就在备用寝室里。不知怎的,这风烛残年的老人竟然对那男孩感到很抱歉——他才十一岁,但童年已经接近尾声了。他从天堂摔了下来,从此被占据母亲身体的活尸跟踪猎捕。

瑟拉齐安往外走,到卧室里更衣的地方,摸索到椅子旁。他坐下来,一手捂着脸,等这种晕头转向的感觉慢慢退却。

大悲大痛之后，孤立无援的感受随之而来，将他包围。他念起离世多年的妻子米里亚姆。他拥有她少数几张照片，而她在照片中的模样已顶替了她在他记忆中的样貌。他经常拿出来看，相片冻结了她的面貌，却无法捕捉她的个性。她是他一生的爱。他何其有幸，不过有时他却常常忘记这一点。他努力追求美女佳人，并娶之为妻。他见过至善，也见过极恶。他目睹了上一世纪最鼎盛与最败坏的景象，他都熬过来了。现在他要见证这世界的末日。

他想到了伊费的前妻凯莉，瑟拉齐安只见过她生前一面、死后一面。他能体会伊费的恸，能体会这世界的痛。

他听到外头又传出汽车相撞的声音。远方的枪声、警报器的声响不曾间断（有汽车警报器或大楼警报），但都无人回应。划破夜晚的尖叫声是人性最后的呼喊，盗匪只夺走财物——吸血鬼则夺走他们的灵魂。

他们的目标不是人类的身外之物，而是人类的身躯。

他放下手，搁在床边小桌的目录上。苏富比拍卖会的目录。这不是巧合，没有任何事是巧合：最近的日食、海外的军事冲突、经济萧条都不是巧合。我们就像骨牌一步一步崩倒。

他拿起拍卖目录，翻到那一页。那一面没有附图，只列了一本古籍：

> **《光之熄》(1667)：完整说明返魂尸首度见世的历史，并针对各种认定返魂尸不存在的论述据理反驳，犹太教教士艾维格多·利瓦伊翻译。私人收藏。手抄原装本，可预约鉴赏。估计市值1500万至2500万美元。**

这本书（不是复本、不是照片）对于了解敌人、了解返魂尸至关重要，知己知彼方能歼敌致胜。

1508年扎格罗斯山脉的洞穴里被发现的罐子中有许多古代美索不达米亚陶板，而《光之熄》的内容就是以陶板上的信息为本。陶板上写着苏美语，质地很脆弱，后来由丝绸富商购得。他带着陶板遍行欧洲，后来别人却发现他被捆绑在意大利佛罗伦萨的家中，仓库遭人纵火。美索不达米亚陶板则在两名巫师手中幸运逃过一劫。一位是无人知晓的祭典助理约翰·默然，另一位则是名闻遐迩的伊丽莎白一世女王的占星顾问约翰·迪伊，尽管他无法解读陶板上的文字，却一直将陶板当成神物珍藏，直到1608年迫于生活困顿才出售——他通过女儿凯瑟琳介绍卖给了博学多闻的犹太教教士艾维格多·利瓦伊。当时艾维格多·利瓦伊住在法国东北阿尔萨斯—洛林地区梅萨城里的犹太区，花了数十年工夫专心致志地解读陶板，投入他特有的才华（其他陶板要等到三个世纪后才获得解读），然后以手抄本将他的发现献给法国国王路易十四。

路易十四一收到书就把老迈的教士打入大牢，并下令销毁陶板以及教士所有的文物。陶板被磨为粉末，而手抄本则和各种稀世珍宝一起被锁在金库中不见天日。路易十四的情妇蒙特斯庞夫人和她的追求者又于1671年合作盗取了手抄本。蒙特斯庞夫人窃得手抄本之后交由拉瓦赞保管，拉瓦赞是她的心腹、产婆、巫师。后来法国上流社会爆发“投毒事件”，拉瓦赞遭指控为精神失常而被流放海外。

这本书直到1823年才再度现世，由恶名昭彰的伦敦学者威廉·贝克福德所拥有。贝克福德搜集各种禁书、惊世骇俗的工艺品、自然或人为的奇品珍玩，并将方特希尔修道院作为私人博物馆。这本书就出现在修道院图书馆的馆藏书单中。贝克福德后来债台高筑，便将哥特复兴式建筑方特希尔修道院及所有藏品卖给军火商，此书也失踪了将近一个世纪。1911年法国马赛拍卖会中，此书书名遭误植为《光影开战》，但也可能是被刻意窜改书名。当时只见书名，没有公开展示任何内容。马赛在拍卖会前爆发莫名传染病，拍卖会因而取消。其后，大家都认为这本书已被销毁了。而现在，它就在这里，在纽约。

但1500万美金？2500万美金？不可能筹到那么多钱。一定有其他办法……

他完全不敢和别人提起的最深沉的恐惧就是:这场多年前就开始的战争可能胜败已定了。这只是收尾,人类君王已经被将军了,只是战败的一方固执地要把残局走完罢了。

瑟拉齐安听到耳中嗡鸣,便闭上眼睛,但嗡鸣仍持续着——而且,愈来愈大声。

他的药以前没有这种副作用。

他想通时便全身一僵,站了起来。

这根本不是药丸的副作用。嗡鸣声不在耳里,而是充斥在四周,低频,但就在左右。

这附近还有其他人。

那个男孩,瑟拉齐安心想。嗡鸣声围绕着他,他双手用力一撑,离开椅子,往扎克的房间走去。

笃——笃——笃……

妈妈来找儿子了。

扎克·顾威盘腿坐在当铺顶楼的角落,腿上架着他爸爸的笔记本电脑。整栋楼里只有这个地方才有无线信号让他连上网,这附近某个邻居家里有未加密的无线网络。无线信号很弱,只有一两格,他的搜寻慢如龟速。

他爸爸不让他用这台计算机,其实他现在应该在床上睡觉才对。这个十一岁小男孩平常就很难入眠,但他严重失眠的情况一直没让爸妈发现。

不眠扎克!这是他创造的第一个超级英雄。扎克·顾威自编,自画,自己写上对话,自己制作线稿的八页全彩漫画。故事内容围绕着一名青少年在夜里守护纽约街头,打击恐怖分子与破坏环境的罪犯。披风的皱褶和立体感他怎么画都不对劲,不过他画的脸孔还算可以,肌肉线条也算尚佳。

纽约市现在正需要**不眠扎克**。睡眠很奢侈，如果有人知道他所知道的信息，根本无法轻易入睡。

如果有人见过他所见过的画面。

扎克应该在三楼空卧室的羽绒睡袋里睡觉才对，那个房间闻起来有衣柜的味道，就像他爷爷奶奶家那用松木打造的旧房间一样——那种房间除了贪玩的小孩会进去冒险之外根本不会有人打开。那个房间很狭小，格局也不方正，被瑟拉齐安先生（还是该称瑟拉齐安教授？扎克还不确定，因为那个老人经营一楼的当铺）当作储藏室。书本歪歪斜斜地堆成高塔，还有许多老旧的镜子，橱柜里都是旧衣服，有几个抽屉还锁了起来——真的锁很牢，不是那种用回形针或原子笔就能撬开的假锁（扎克已经试过了）。

捕鼠员费特（他说扎克也可以叫他阿飞）把一部古老的八位任天堂卡匣式游戏机接上别人拿来典当的三洋电视，那部电视没有按钮，只有转盘。都是他从楼下展示间搬上来的。他们要他留在房间里玩《萨尔达传说》，不过房间门没锁，他爸爸和费特加装了铁窗栏杆（在房屋内侧，不是在房子外面），闩在墙梁上。栏杆其实是来自一个笼子，瑟拉齐安先生说它从1970年后就一直搁着。

他们不是要把他关在里面，这点扎克很清楚，他们是要把**她**关在外面。

他在疾病管制局的网站里寻找他爸爸的专页，结果发现“查无此页”，所以他们已经把他爸爸从政府网站上除名了。在新闻网站中搜寻“伊费·顾威博士”，找到的报道都说他是败坏疾管局名声的公务员，假造影片，播放出人类蜕变成吸血鬼后被摧毁的画面。新闻报道指称他上传影片（其实是扎克替他上传的，他爸爸不让他看那一段影片）只是为了个人目的而夸大日食造成的精神失序。显然，这根本就是狗屁。他爸爸除了拯救生命之外还有什么其他“目的”？有个新闻网站对顾威的描述是“经过证实，顾威有酗酒前科，目前身陷监护权之争，本站认为此人已绑架亲生儿子,逃避追缉”。这段话让扎克心口一寒。这篇报道还说顾威的前妻与男友双双失踪,分析可能身亡。

这几天发生的事全都让扎克很想吐,不过这篇报道中的不实信息和谎言让他最不舒服。全都错了,尤其最后那一部分。他们真的不知道真相吗?还是……他们不在乎?或许他们才是**为了自己的利益**在消费他爸妈的人生挫折吧?

至于回应呢?网友的留言更离谱。他没办法面对他们对他爸爸的评论,那些匿名网友自以为正义而狂妄骄傲。他现在就必须面对发生在他妈妈身上那不堪的真相,那些毒舌的博客和论坛根本没掌握到重点。

你要如何哀悼追思一个没有死透的人?若有人对你的欲望永远不会消失,你对他的畏惧要如何表现?

如果世人发现真相的方式和扎克一样,那他爸爸就能洗刷污名、恢复声誉,让大家重视他的声音——不过即便这样也不能改变其他事。他的妈妈、他的人生再也不一样了。

所以,基本上,扎克希望这一切赶快落幕。他希望能有奇迹,让一切恢复正常、回归秩序。他还小的时候(大概五岁吧)曾经打破一面镜子,然后用床单盖起来认真祈祷,希望在他爸妈发现之前镜子能恢复原状。他也曾祈祷他爸妈能再度坠入爱河,愿他们有一天起床就明白离婚是多么糊涂的错误。

现在他则暗自希望他爸爸可以采取超凡的行动。目睹这一切后,扎克仍认为前方会有圆满的结局等着他们,等着所有人。或许还可以把妈妈变成她原本的模样。

他突然很想哭,这次他不压抑想哭的念头了。他在顶楼,身旁无人。他好想好想再见妈妈一面,这个想法令他悚然一惊——但他仍盼着她来。他要直视她的双眼,要听听她的声音。他希望她能为他解释她为什么会做出这么多恼人的举动。**乖,马上就没事了……**

深夜里不知何处传来尖叫声,把他带回现实。他往上城的方向瞟一眼，看到西边窜出火焰，一阵浓烟。他抬起头，黑夜无星。只有几架飞机。他那天下午还听到战斗机从头上飞过。

扎克抬起手肘，用肘间的袖子擦擦脸，又回头去看计算机。他在桌面搜寻了一下，就发现他不该看的影片放在哪个文件夹里。他打开文件，听到爸爸的声音，就知道操作摄影机的人是他爸爸。扎克的摄影机，他爸爸跟他借的。

刚开始看不清楚在拍什么，有个东西在一间棚子里的阴影处。那东西四肢伏地往前倾，喉咙发出低吼声，还有身体更深处发出来的嘶喊声。铁链叮叮当当的声音。摄影机的镜头拉近，那个阴暗的东西比较清楚了，扎克看到他张着嘴。嘴巴怎么能张那么开？而且他嘴里还有个像银鱼的东西不断拍动摇晃。

那怪物的眼睛又大又亮。扎克原本以为他脸上的表情看起来很悲伤、很难过。他的脖子上束了个项圈（显然是狗的项圈），项圈接在铁链上，铁链接在妖怪后方的泥地上。怪物在阴暗的棚子里看起来很苍白，毫无血色，简直就快要发光了。然后他听到了奇怪的机械声——**咻碰、咻碰、咻碰**，三枚银钉从摄影机后方往前飞（是爸爸发射的吗?），像针头般大的子弹击中怪物。怪物发出怒吼，录像画面突然摇晃，往上举，孱弱的怪兽被痛苦淹没。

“**够了。**”录像中出现一个声音，那是瑟拉齐安先生的声音，不过扎克从来没听到过这位慈祥老迈的当铺老板用这种口气说话，“**我们还是要慈悲一点。**”

老先生走进镜头里，念念有词，听起来是种很古老的外国语言——好像在召唤灵力或念咒。他扬起银剑（在月光下显得既长又亮），棚里的妖怪一嚎，瑟拉齐安先生便猛力一挥……

下方街道传来的声音让扎克的吸引力离开了影片。他合上笔记本电脑，站起身，和顶楼边缘保持距离，俯瞰着118街。

五个男人沿着街道朝当铺走来，后面有一辆休旅车慢慢跟着。他们都带了武器——枪,敲打经过的每一扇门。休旅车在路口前停下来,就停在当铺门口。步行的那几个人靠近这栋楼,用力摇着铁门,大喊着:“开门哪!”

扎克往后退,走到门边,心想他最好回房间,免得有人来找他。

这时他看到她了。一个女孩,十几岁,可能是高中生。站在附近另一栋楼的屋顶,两栋楼之间相隔着空旷的停车场。微风徐来,吹起她的连身睡衣,裙摆磨着膝盖,可是她的头发纹丝不动,又直又重。

她站在屋顶高起的边缘,就站在崖边,保持完美的平衡,一动不动。她在崖边蓄势待发,好像准备往下跃。不可能的跳跃。她想纵身一跳,而且知道自己必死无疑。

扎克睁大双眼。他不知道,他不确定,但他很纳闷。

他不作多想,举起手,朝她一挥。

她回眸看他。

诺拉·马丁内斯博士,疾管局的新同事,打开了前门的门锁。五个穿战斗服、防弹背心,配备突击枪械的男人站在铁门外低头瞪着她。其中两人戴了方巾,遮住脸的下半部。

“小姐,请问屋内一切都平安吗?”其中一人问。

“是啊。”诺拉在他身上寻找肩章或臂章,却什么都没看到,“只要铁门不打开就没事。”

“我们挨家挨户检查,”另一人说,“清查这个路口。那边有些事件——”他指指117街。“——不过我们觉得最糟糕的是暴动事件已经从那个方向往闹区移动了。”他意思是哈林区。

“请问你们是……?”

“见义勇为的市民。小姐,你不会想要独自在这里的。”

“她没有独居。”瓦西里·费特出现在她身后。他是纽约有害生物管制局的员工,也是独立作业的捕鼠员。

那人打量着大块头费特的身材:“你是当铺老板吗?”

“我爸是,”费特说,“你们看到了什么事件?”

“我们正设法制伏那些在市区为非作歹的怪人,他们净是看准机会兴风作浪的恶徒,利用治安败坏的形势让失序的情况更严重。”

“你说话听起来很像警察。”费特说。

为了回避话题,另一人说:“若您打算离开纽约市,最好现在就离开。桥上交通拥堵,隧道也塞得很严重。这地方马上就会变成废墟。”

另一人说:“你应该会想出来帮我们,贡献一己之力。”

费特说:“我会好好考虑。”

“我们走吧!”在街上慢慢前行的休旅车驾驶说。

“祝你们好运,”其中一人很不爽地说,“你们很需要运气。”

诺拉看着他们离开,然后锁上门,走回阴暗处。“他们走了。”她说。

伊费·顾威一直在门边看着,这时走了出来说:“蠢蛋。”

“是条子。”费特看着他们弯过街角。

“你怎么知道?”诺拉问。

“条子就是那德性。”

“还好你没被他们看到。”诺拉对伊费说。

伊费点点头:“为什么没有徽章?”

费特说:“八成是刚值完班,去酒吧欢乐时光喝个几杯后决定不要放任纽约沦陷。可能老婆把家当都收拾好离开纽约了,反正一时半会儿也没其他事要忙,就决定出来除暴安良。警察都觉得这是他们的地盘,而且觉得自己一定对,他们的心态就和街头帮派一样,要守住势力范围。”

“其实你仔细想一想,”伊费说,“他们和我们也没什么不一样。”

诺拉说:“只不过他们在巡街,但其实大挥银剑的工作应该交给他们。”她把手放进伊费的掌中。“真希望我们有机会能警告他们。”

“我就是想警告大家才落得变成逃犯。”伊费说。

伊费和诺拉是首批登上瑞晶 753 班机检查的传染病专家。

他们发现乘客尸体并未自然腐坏，还有，日食出现时像棺材一样的大木柜就消失了。这两个因素让伊费相信他们面对的是一般医学或科学无法解释的传染病危机。他在无法释然的情况下发现事实，因此认识了当铺老板瑟拉齐安，也得知这场恶疫背后的恐怖真相。他急切地想向全世界警告这场灾难的本质——吸血鬼病毒会在大家不知不觉中在市区各角落散播，并扩散到郊区，结果他和疾管局闹翻了，局内想诬陷他谋杀，让他无法发声，而他从此变成了逃犯。

他看了费特一眼："东西都放上车了吗？"

"都准备好了，随时可以出发。"

伊费贴贴诺拉的手，她不想让他走。

瑟拉齐安的声音从展示厅后方的旋转梯上头传下来："瓦西里？伊费！诺拉！"

"教授，我们在下面。"诺拉回他。

"有人过来了。"他说。

"不，我们已经打发掉他们了。是守望相助的自治队，不过武装很齐全。"

"我不是指人类，"瑟拉齐安说，"而且我找不到小扎。"

扎克的房门被大力撞开，他转过头。他爸风驰电掣地冲进来，好像准备进入战斗模式。"天啊，爸。"扎克套着睡袋坐起身。

伊费环顾房间："瑟拉齐安说他刚刚才进这里找你。"

"呃……"扎克假装揉揉眼睛，"他一定是没看到我躺在地上。"

"嗯，大概吧。"伊费多看了他一眼，不太相信他说的话，可是眼下有更重要的事情要烦恼，伊费不急着拆穿儿子的谎言。他在房间里绕了一圈，特别检查窗外的栅栏。扎克注意到他其中一手握了一样东西放在背后，可是他步行的时候刻意阻挡不让扎克看清楚。

诺拉赶到伊费身后，见到扎克时立刻停下脚步。

“怎么了?”扎克起身问。

他爸爸要他放心,摇了摇头,不过他笑得太快了——只是轻轻钩起嘴角,眼中毫无任何笑意:“只是来看一下。你在这里等哦,好不好? 我马上回来。”

他走出房间,转身的时候仍遮遮掩掩着不让身后的东西露出来。扎克纳闷了一下:会不会是什么**武器**,也许是银剑?

“别动哦。”诺拉说完便关上了门。

扎克不知道他们在找什么,他曾经听到他妈妈一度在和他爸爸争吵的时候提起诺拉的名字——好吧,也不算真的吵架,毕竟那时候他们已经分开了,那时比较像是他妈妈在发脾气。上次扎克还看到他爸爸吻她——然后他爸爸就留下诺拉和他,跟瑟拉齐安先生和费特一起出发了。他们三人回来后,一切都变了。伊费看起来好沮丧,扎克再也不想看到爸爸这模样了。瑟拉齐安先生回来的时候还受了重伤。扎克接下来在屋子里四处打听刺探,撷取到了部分对话,但还不够。

他听到了“血祖”。

还有日光,没办法“摧毁他”。

还听到了“世界末日”。

扎克独自站在这个备用房间,脑中有好多谜团不断盘旋,这时他注意到墙上有几面镜子里出现了模糊的影像。一个扭曲的画面,有点像视线在晃动——理应清楚对焦的景象却在镜子上显得模糊不清。

有个东西在他的窗口。

扎克转过身,他先慢慢转——然后迅速转过头。

不知道怎么办到的,她竟攀在这栋楼的外墙上。她的身体很不协调,极度扭曲,双眼圆睁,冒出炙红的火焰。她头发散乱,看起来又瘦弱又苍白。小学老师的装扮已经被撕烂了,一肩外露,但裸露的肌肤却糊上了泥巴。她颈部的肌肉肿胀变形,血虫沿着她的脸颊蠕动,爬过她的额头。

妈妈。

她来了，他知道她会来。

直觉驱使他朝她走了一步，然后他端详她的表情在那一瞬间从痛苦转为阴险，他只能说她有如恶魔。

她注意到铁窗栏杆了。

刹那间，她的下颚突然打开（张很大，就像录像里面的一样），一条螯针从喉咙深处舌头下方射出来。螯针砰一声撞上玻璃，紧接着发出叮叮当当的声音，玻璃碎了，螯针又继续从洞里穿过来。那条螯针接近两米长，末端很尖，和他的喉咙只差几厘米的距离。

扎克怔住了，他本来就有气喘，这时肺脏一锁，无法呼吸。

那条螯针的末端像蛇信一样分两个叉，在空中一直抽动。扎克仍呆若木鸡。螯针渐渐无力了，她随意地将头往上扬，迅速把螯针收回口中。凯莉·顾威的头往窗户一撞，砸碎窗框上的玻璃。她的身体往空窗框贴，只要再过去几厘米就可以碰到扎克的喉咙，把她挚爱的儿子献给血祖。

扎克看着她的眼睛，定在原地。发红的双眼中央有黑点。他晕眩地在那双眼睛里寻找妈妈的影子。

她死了吗？爸爸是这么说的。难道她还活着？

她已经永远离开人世了吗？难道她还在——就和他处在同一个房间里？

她还是他的母亲吗？难道她已经属于别人？

她把头硬塞进铁栏杆里，擦破皮肤、压碎骨头，就像蛇要钻进兔窝一样，拼命想缩短距离，让螯针得以碰到男孩的血肉。她的下颚又打开了，发亮的双眼紧盯着男孩的颈子，喉结上方。

伊费冲进房里，发现扎克站在那边呆滞地瞪着凯莉。那吸血女鬼的头一直往栏杆中间钻，准备要攻击。伊费从背后抽出银剑，大喊一声：“不！”并挡在扎克身前。

诺拉跟在伊费身后闯进来，打开光杖，刺眼的短波紫外线光嗡嗡响。诺拉看到凯莉·顾威那腐败的人形以母亲的外表包藏厉鬼的祸心，不禁觉得恶心反感，但她仍迈步向前，伸直手臂，挺出能消灭病毒的光。

伊费也朝凯莉和那条丑陋的螯针前进。吸血鬼凯莉的眼神变得更为深沉，带着野兽般的愤怒。

“出去！回去！”伊费对凯莉怒吼的样子仿佛在斥喝野生动物，让它们不要进到屋里觅食。他朝她举起长剑，往窗口奔去。

凯莉又用饥饿得痛苦不堪的眼神朝儿子看了一眼，才退离窗台，退到伊费剑刃碰不到的地方——然后沿着大楼外墙奔远了。

诺拉把紫外线灯放在窗台内，架在两根交叉的栏杆中间，让光线漫在窗框内，以免凯莉又回头。

伊费跑去看儿子。扎克的凝望已经退却了，他的手护着喉咙，胸口猛烈起伏。伊费刚开始以为这是绝望所致，后来才发现这不只是绝望。

恐慌症。他全身都闭锁了，连呼吸都没办法。

伊费狂乱地扫视四周，发现扎克的吸入式气喘药放在旧电视机上。他把吸入器塞进扎克手中，握着他的手靠近嘴边。

伊费一压，扎克吸一口气，药物就让他的肺脏打开了。扎克苍白的脸庞立刻有了血色，气管像气球一样膨胀——他颓然一倒。

伊费放下剑，扶住儿子。但扎克推开他，跑到破碎的窗前。“妈！”他低沉地喊着。

凯莉撤退到砖墙上，中指长出来的利爪让她能像蜘蛛一样攀在大楼侧面。她还在气那两个人破坏她的好事。凯莉感觉到她的爱子就在附近，就像一个母亲在恍惚之间听到悲痛的孩子呼唤着她。他那股人性的悲怆就像灯塔指引着她。他对母亲的需要更加强了她那吸血鬼之身对他的渴望。

她的双眼见到扎克·顾威时，看到的不是一个小男孩。那不是她的儿子，她的宝贝。她见到自己体内仍存一点固执的人性。她见到生物学为她永远保留了一部分的自己。她的骨肉，只不过那仍是人类般红色的血肉而非吸血鬼般白色的血液。还继续运送着氧气,而非养分。她看到自己不完整的一部分,被外力所持。

她想要那一部分,想得发狂。

这不是人类的爱,而是吸血鬼的需求。吸血鬼的渴望。人类的繁衍过程是往外茁壮,一代一代开枝散叶,但吸血鬼的繁殖则反过来,循着血脉回溯,让身体细胞转为被吸血鬼消化。

爱的正面吸引力也逆转过来,但不是变为恨——也不是死亡。负面的吸引力是感染。两个人不再因为互相爱着对方,让精子与卵子结合,由基因库创造出独特的、新生的人类。吸血鬼的生殖过程是一种退化,惰性物质侵犯活细胞,复制出上亿个细胞。这些细胞不会共享资源也毫无进化,只会暴力地毁灭宿主,变态地糟蹋宿主的身躯,简直就是生物性的强暴和侵占取代。

她需要扎克。只要她还没得逞,她就不完整。

凯莉外形的吸血女鬼站在屋顶边缘蓄势待发,对这城市的纷乱视若无睹。她只能体会自己的饥渴,贪婪地想要血液,想要和自己相同的血液,就是这股狂乱迫使着她。病毒只知道一件事:一定要散播。

她开始寻找其他方式进到屋内,这时听到隔壁的过道后方有旧鞋子碾压石砾的声音。

她在黑暗中仍能清楚地看见他。老迈的吸血鬼猎人瑟拉齐安持着银剑朝她走来,准备要把她钉在屋顶和夜色中。

他的热指数很微弱,年纪大了,血流较慢。他看起来很矮小,她现在好像觉得所有的人类都看起来很小。瘦小又不成熟,这些生物紧抓着生存的机会,却因为无知而跌了一大跤。她看着他,而这场面就好像背上画了一颗骷髅头的蝴蝶,鄙视着自己曾经待过的蛹。进化不完全的人类落后到连血祖的鼓励都听不到。

她身体的一部分已经回到血祖身边,靠的是一种原始但顺畅的动物沟通方式,像蜂群一样只靠感应、无需言语。

老人朝她逼近，屠魔银剑的利刃在她眼中闪着明亮的光芒时，她立刻做出回应，那是血祖直接下达的指令。血祖通过她将信息传递给苍老的复仇者。

亚伯拉罕。

是血祖的信息，但就凯莉所知，那不是他的声音。

亚伯拉罕，不要。

那是女人的声音。不是凯莉的声音，她没听过这声音。

但瑟拉齐安听到过。她从他的热指数就可以察觉出来，他的心跳变快了。

我也住在她体内呀……我在她体内……

复仇者停下动作，眼神闪过一丝怯懦。吸血鬼凯莉把握当下，张开下颚，咧开大口，感觉到自己的螯针一触即发。

不过那猎人立刻举起武器，呼喊一声，朝她奔来。她必须做决定。银剑在暗夜中灼烧她的双眼。

她转身沿墙而逃，往下扶着墙壁碎步往前。她在底下空旷的停车场回头看那老人，他的热指数一直退缩，他独身而立，目送她逃离。

伊费走到扎克身边，拉拉他的手臂，让他离开窗边炽热的紫外线灯。

"走开！"扎克大叫。

"兄弟。"伊费想要安抚他的情绪，让两人都冷静下来，"老兄，小扎，嘿。"

"你刚刚要杀死她！"

伊费不知该说什么，因为他确实有此打算："她……她已经死了。"

"对我来说她没死！"

"小扎，你刚刚也看到她了。"伊费不想提螯针的事，"你见到了，她已经不是你妈妈了。对不起。"

"你没必要杀死她啊！"扎克的声音仍因哽咽而粗哑。

“我必须这么做,”伊费说,“我一定要。”

他走向扎克,想要再碰他,但儿子身体一缩,反而走向诺拉。这位女性正好可以暂代母亲角色,他把头靠向她的肩膀哭了出来。

诺拉以安慰的眼神看着伊费,但伊费没办法接受。费特出现在他身后,站在门口。

“我们走吧。”伊费一说便匆匆离开了房间。

夜巡队

他们继续朝马库斯·加维公园走,那五个已卸下勤务的警察是步行的,警官则慢慢驾驶着自己的座车。

没有警徽,没有警车的行车录像机,没有检讨报告,没有侦讯。不必理会小区管委会,不必理会纪律条令。

武力就是一切,只要恢复秩序就行了。

“传染性群聚躁狂症,”联邦政府是这么称呼的,“传染性精神错乱。”

“坏人”这个老派的说法很贴切啊,这个词有错吗?难道这个词过时了吗?

政府还说要部署州警?国民兵?军队?

至少先给我们警察一个机会吧。

“嘿——搞什……”

其中一人握着手臂,袖子被深深地划了一道。

另一发落在他们的脚上。

“靠,现在丢石头了啊?”

他们检查那几栋楼的屋顶。

“在那!”

一大块装饰用的鸢尾花石雕朝他们的头顶落下来,把他们的队伍打散了。石雕砸在马路边,碎石划伤他们的小腿。

“在这里面!”

他们朝大门奔去,闯入屋内。第一个进屋的人冲上阶梯直达二楼,有个少女穿着睡衣站在走廊中间。

“亲爱的,快出来!”他一边大叫一边从她身边跑过,要沿着楼梯继续往上。有人在上面骚动。警察不像军队还有接战规定,或衡量两边武力相当才能开火反击。他大喊着,要那人停下脚步,然后展开攻击,开了四发才把他撂倒。

他冲上前靠近暴徒,发现黑人男性胸口中了四枪。警察带着微笑从阶梯缝隙往下喊。

“我解决了一个!”

那黑人坐起来。警察往后退,他跳起来扑向警察之前,警察又开了一枪。他捉住警察,朝他的脖子下口。

警察转身,他的突击步枪横置在两人中间,感觉到扶手抵着臀部。

他们一起往下坠,大大一摔。另一个警察转过来,看到嫌犯压在第一个警察身上,好像在咬他的脖子。他发射子弹前先抬起头看他们是从哪里摔下来的——然后就看到了穿睡衣的少女。

她往下一跃,把他撞倒在地,跨坐在他身上,双爪抓着他的脸和颈。

第三名警察走到楼梯上,看到了她,也看到她身后的男子从口中吐出螫针,一边搏动一边吸吮着第一名警察。

第三名警察朝少女开枪,她往后一倒。警察拔足追那怪人,这时有只手扫过他身后,又长又锐利的指甲划开他的颈子,让他整个人转了一圈,再将他拉过去。

渴望儿子的凯莉·顾威急切又饥饿得发狂了,她单手拖着警察进到隔壁的公寓里,用力甩门关起来,好在不受打扰的情况下恣意饱餐。

血祖——第一回

那人的四肢又抽搐了最后一回，呼出最后一口气，临终前喉头一呜，表示血祖已经用完餐了。高耸的身影放下这具再也无法行动的裸体，将他和另外四个受难者一起搁在脚边。

他们的大腿内侧软嫩的部位都有螫针穿刺的痕迹，就在股动脉上。大家都以为吸血鬼从颈部饮血，这观念也没有错，但威猛的吸血鬼比较喜欢从右腿的股动脉下手。那个位置的血压和血液含氧量最佳，香味更饱满，没有任何腥味。颈动脉的血液比较不纯，有强烈的腥味。但不管以哪一种方式，血祖早就对摄取血液提不起劲了。这古老的吸血鬼在进食的时候往往不直接看着猎物的双眼——尽管猎物在恐惧时肾上腺素激增可以让血液更提味。

好几世纪以来，人类的痛楚仍能让他精神一振：各种不同痛苦呈现的方式让血祖乐在其中，牲口的喘息、尖叫、呼吸还是能大幅激发他的食欲。

不过现在，尤其是像他这样暴饮暴食之后，他只想要安静地吃顿饭。血祖用他体内最原始的声音，他自己原本的声音发出呼唤，盖过体内所有人、所有灵魂。他径自低吟：从体内发出一种镇定心灵的节奏，魔音穿脑，麻痹周围的猎物，让他们久久不能醒来，血祖才能在寂静中进食。

不过，**这声音**不能随意发出来，因为会泄漏血祖最真实的声音，真正的本相。

他花了一些时间和心力才把所有存在的声音都压抑住，并再度发掘自己的声音。这是一步险棋，因为那些声音是血祖的伪装。那些声音（包括萨铎的声音，也就是血祖所寄居的少年猎人），可以掩饰血祖的存在、位置、思绪，让其他始祖无从探知，就像是他的隐身斗篷。

他在瑞晶航空的波音777客机降落时就用过**这种低鸣**了，现在则运用脉冲声让周围鸦雀无声，并厘清思绪。血祖发出低鸣不会有问题，因为这半废弃的地底水泥停尸间是在地面下数百米的地方，而他又在中央的墓室。血祖的房间就在蜿蜒曲折的环形迷宫中间，上方则是屠宰场的通道。这里曾经堆积了血液和残骸，不过血祖入住之前经过一番刷洗，整栋建筑物看起来就像小型的工业风格教堂。

血祖背上抽痛的砍痕几乎是在一受击之后就立刻开始愈合了。他从来不担心创伤会造成身上永远的伤害——他从来就不畏惧任何事。但这砍痕会形成伤疤，在他的身躯上留下屈辱的烙印。那个老糊涂和他身边的那几个人类必将后悔他们那日惹恼了血祖。

深沉的愤慨让他体内各种声音与自己的意志轻回共鸣。血祖一阵恼火，这种感受让他感到元气充沛。他并没有太多机会体验愤慨的感觉，因此血祖接受——甚至可说是相当乐意地接受了这种新奇的反应。

他负伤的躯体内兴起静默的笑声，血祖在这场竞赛中仍占有优势，他的卒子也都根据他的指示而动。波利瓦，这支吸血军团中充满活力的中尉用战绩证明了自己擅长散播渴望，甚至还动员了几个奴隶替他们在日光下办事。当每一个战术略有进展，帕墨就变得更骄傲狂妄，但他仍在血祖的掌握下。月球掩日就是他们计划的始点，明白阐释了这个行动需要精准而神圣的几何条件。现在，很快地，地球就要开始燃烧了……

地上的残肴哀鸣了起来，没想到他竟然还未死绝。血祖低头看着他，又惊奇又感到新鲜。他心中众人的合声又开始了。血祖睥睨着脚边的那个人，眼神中仍有痛楚与恐惧——没想到还有点心。

这一回，血祖放纵地大嚼咸腥的餐后零食。在这停尸间的拱顶下，血祖将那人举起来，小心地把那人的手放在那人胸前，搁在那人的心口，贪婪地吞噬他体内的旋律。

世界贸易中心遗址

伊费跳下轨道时，月台空荡荡的，他跟在费特后面进入地铁隧道中，前往世贸遗址重建工地。

他从来就没想过自己还会回到这里，这个地方。经过他们所目睹、遭遇的一切后，他没想过竟有这么强烈的力量能迫使他回到这地底迷宫，血祖的巢穴。

一天之内伤口结痂的程度并不大，威士忌比较有用。威士忌的帮助颇大。

他和之前一样走在黑色石头上，旁边就是停用的轨道。老鼠都没回来。他经过坑道工人遗留的污水管，那坑道工人也消失了。

费特带着他平常惯用的钢条。尽管他们带了更适合、威力更强大的武器（紫外线灯、银剑、装满银针的钉枪），费特仍带着他的钢条。其实他们都知道这里早就没有老鼠了，吸血鬼占据了老鼠的地下领土。

费特也喜欢用钉枪。但气动钉枪需要空气和水，电动钉枪力道不够弹道也不对，两种武器都没办法真正随身携带。费特的这把是火药推进式（老人的军火库里有各种罕见的古代和现代武器，他就是在那里拿的）钉枪，火药量和霰弹枪一样多。一发子弹有五十枚银针，弹匣就和乌兹冲锋枪一样从底部装上去。铅弹可以打穿吸血鬼的身体（和人类一样），可是神经系统失效的他们根本感觉不到身体疼痛，铜镀弹壳毫无作用。

霰弹枪的子弹杀伤力较强，可是除非你瞄准脖子把头切断，不然小子弹的创伤也不足以杀死吸血鬼。而这些四厘米长的银针就可以消灭病毒。

铅弹只会激怒他们，银钉才能根本地伤害他们。至少对伊费来说，还有一点也同样重要:纯银会让他们害怕。

纯粹的短波紫外线光也会。银和日光对吸血鬼来说就像钢条对老鼠的效果一样。

费特刚开始接触这一切时只为了善尽职责。他在市政府工作,负责灭鼠,他原本只是想调查为什么老鼠纷纷迁移到地面上。他在地底冒险的时候就已经和几个吸血鬼打过照面了,他的专长和技巧(擅长杀灭老鼠,他是地下工作的专家)让他成为绝佳的吸血鬼猎人。之前是他带着伊费和瑟拉齐安下来寻找血祖巢穴的。

屠杀的味道仍留在地下洞穴久久不散。吸血鬼被烧成焦炭后的臭味,还有他们的排泄物浓厚的阿摩尼亚味。

伊费发现自己落在后头,他加快步伐,拿着手电筒扫视隧道,追上费特。

捕鼠员咬着一根没点燃的托罗雪茄,他很习惯含着雪茄说话。"你还好吗?"他问。

"很好,"伊费说,"不能更好了。"

"他只是很困惑。噢,我在那个年纪的时候也是懵懵懂懂,我妈也不……你知道的。"

"我知道,他需要时间。除了时间之外,我现在还有很多东西都没办法给他。"

"他是个乖孩子。我一向不怎么喜欢小孩,但我喜欢你儿子。"

伊费点点头,很感激费特的用心:"我也喜欢他。"

"我倒是很担心那老人。"

伊费小心地踩在松散石块上:"他流失了许多体力。"

"没错,不过他流失的不只是体力而已。"

"挫败。"

"正是。追逐了那么多年以后,功败垂成,只发现血祖竟然能承受他最猛烈的一击。不过我觉得这件事没那么单纯,有些事他没告诉我们,或者是他原本打算说，只是还没说，我相信一定是这样。”

伊费记得血祖以胜利凯旋的姿态甩开斗篷的样子。阳光烘烤着他百合花瓣般苍白的皮肤，他蔑视地对日长啸——然后消失在屋顶。“他以为日光能杀死血祖。”

费特咬着雪茄：“至少，太阳没伤到他。谁知道那妖怪能在阳光下撑多久？而且你——你砍了他，还是用银刃。”伊费凭着一点运气劈到血祖的背，刀疤后来给太阳一晒就立刻变成黑色的疤。“如果他会受伤，就会死。对吧？”

“不过，猛兽负伤时不是会变得更危险吗？”

“动物跟人一样，都会受痛苦和恐惧驱使。不过这妖怪？他生活在痛苦和恐惧中。他不需要额外的驱动力。”

“他要把我们都彻底消灭。”

“关于这一点，我一直在思考。他会想要把人类都消灭殆尽吗？我是说——我们是他的食物，他的早餐、午餐、晚餐都需要人类。他把所有人都变成吸血鬼之后，就断粮了。你把鸡都杀光，就没鸡蛋了。”

伊费觉得费特的推论很有道理，捕鼠员的逻辑让他印象深刻：“他总要维持平衡吧？如果把太多人都变成吸血鬼，那对人类的需求太大，供需失衡。血液经济学。”

“除非还有不同的宿命结果等着我们，我只愿瑟拉齐安有答案。如果他没有……”

“那就没人知道了。”

他们走到昏暗的隧道交口。伊费举起他的光杖，短波紫外线光照亮了遍地的吸血鬼便溺：大便、小便。他们的生理物质在短波紫外线照射下泛着荧光。不过上回伊费看到的时候光芒更亮，这次已经暗多了。这表示最近都没有吸血鬼回到这里。或许，他们通过心电感应已经得知伊费、费特、瑟拉齐安斩杀了几百个吸血鬼，因而离开。

费特用他的铁条戳戳那座废弃手机堆成的小丘，这一座锥形的手机冢俨然是人类虚妄的纪念碑——仿佛吸血鬼攫取了人类的生命，唯一留下的是信息设备。

费特低声说："我一直在想他说过的话。他说不同文明、不同年代的迷思都显示出人类根本的恐惧，那是一种共通的符号。"

"原型。"

"就是这个词。不分族群、不分国家，大家都懂畏惧，对疾病、疫情、战争、贪婪的恐惧深植于人类内心。他的重点是，如果这些不只是迷信呢？如果他们有直接关联呢？若不是我们潜意识里把这些恐惧都连在一起，而是这些恐惧因素在我们的过去的确有共同的根源？也就是说，如果恐惧不是人类共同的迷思呢？如果是共同的真相呢？"

目前纽约市已被吸血鬼包围，伊费觉得在围城的状况下很难推敲这个论点："你是说，他的意思是我们或许一直都知道……"

"不但知道，还很害怕。吸血鬼靠人血维生，并占据人体——这个威胁始终存在，始终为人所知。不过当他们潜居地底，或不管为了什么原因而潜伏到阴影中的时候，真相就被转变成了神话以及民间传说。但这份原始的恐惧仍然深植人心、长存于文化之中，始终没有消失。"

伊费点点头，但仍无法专心。费特大可退一步思索大格局，可是伊费的状况和费特相反。他的妻子，不对，是前妻已经被吸血鬼捕获，转化为吸血鬼了。现在她不顾一切只想把她的骨肉、她的宝贝、他们的儿子也转化为吸血鬼。恶魔所散播的祸疫和他切身相关，所以他发现自己很难集中心神去管其他事，更没办法去推论这种大规模疾病的祸源——尽管他身为流行病学家应该要具备宏观分析的专业素养。当如此隐伏的祸害进入你的私生活时，所有的理性思考都会被你抛在脑后。

伊费发觉自己愈来愈担心石心集团的首脑，也是全球最富有的三人之一——奥狄·帕墨了。他们发现帕墨是血祖的共谋。

国内攻击事件规模愈来愈大，每隔一夜吸血鬼的人数就加倍。新品种妖魔按指数成长，新闻仍坚持说他们是"暴徒"，这就像是把革命说为单一抗议事件。他们必须更了解真相，不过有人影响媒体、操纵疾管局——那一定是帕墨，因为误导美国与全世界攸关他的利益。只有他的石心集团有钱有势到足以塑造这么大规模的假象，提供月球掩日的错误信息。伊费暗自决定，如果他们不能在短时间内摧毁血祖，那就一定要毁掉帕墨，他不但年老体衰，而且大家都知道他体弱多病。如果是其他人早在十年前就败给病魔了，可是帕墨家财万贯足以延长命数，就像古董车只要随时维修保养还是能继续上路。伊费以医生的角度思考，或许帕墨也有恋物癖，而他依恋的是生命：他还能活多久？

伊费对血祖的愤怒是有根据的——他恨他把凯莉变成吸血鬼，恨他颠覆了自己所有的信念，恨他扭转了伊费的科学观念、医学知识。但他无能为力，就像对着死神挥拳那般徒劳无功。但谴责帕墨的话，伊费的痛苦就有了方向和目标，谁叫他是血祖的帮凶和助手。不仅如此，这也将他的复仇私欲正当化了。

帕墨那老头瓦解了扎克的人生，让他的心碎成一片片。

他们走到那狭长的房间，这里正是他们此行的目的地。费特将钉枪准备好，伊费绕过转角前先扬起长剑。

这低矮房间的另一端有一堆泥土和垃圾。肮脏的祭坛上就是那具棺材原本所在的位置，那是个雕刻细致的木柜，躲在瑞晶航空 753 班机冰冷的下腹内跨越大西洋抵达美国，棺材里面装满冰凉松软的泥土，血祖便藏匿其中。

棺材已经被搬走了。又消失了，之前在暂放于戒备森严的拉瓜地亚机场机棚里时也一度凭空消失。泥土祭坛的平顶上仍看得出棺材以前置放在这里的痕迹。

有人——或比较可能的说法是，有鬼——回来取走了棺材，以免伊费和费特把血祖的休息间给毁了。

“他回来过。”费特环顾四周。

伊费尝到失望的苦涩。他一直想要拆毁那只厚重的棺材——将他旺盛的怒火转化为具体的毁灭行动，破坏恶魔的栖所。让他知道他们没放弃，而且永远不退缩。

“过来，”费特说，“你看这个。”

侧墙的底端出现一片五颜六色的漩涡，费特拿光杖一照，这些图案就活了过来，显得非常生动，看得出是一片吸血鬼刚洒下的尿。然后费特用一般的手电筒打亮整面墙。

一整面涂鸦，全都是狂乱的记号，构图很随性，把整片石头都盖住了。伊费走近一点才在黑暗中辨识出这些符号都是一种六角图案的变形，有的很草率、有的很抽象、有的则根本看不懂。这边有几个看起来像星星，那边的图案看起来像变形虫。从地板到天花板全都画满了。再靠近一点就可以闻出来这些图案才刚画好。

“这个，”费特退一步才能看到所有的记号，“是新的。”

伊费凑近去细看，其中一个比较精致的星星中央有个符号，看起来像个钩子，或爪子，或……

“一弯新月。”伊费把他的光杖举起来放在那个复杂的图案前左右摇晃。这个符号中间隐藏了两个一模一样的图案，但人类肉眼看不到。还有一个箭头，指向远方的隧道。

“他们可能在迁徙，”费特说，“前一批告诉后面的怎么走……”

伊费点点头，顺着费特的眼光看过去。那是朝东南的方向。

“我爸以前跟我讲过这些记号，”费特说，“非法移民的符号——他战后刚到美国的时候，他们会用粉笔标志出哪些人家比较友善，哪些比较凶。你可以去哪里找吃的，或许还能住下来，他们甚至还会警告其他人哪一户有敌意。我这几年都还会在仓库、隧道、地窖看到……”

“这是什么意思？”

“我不懂那个语言。”他看看四周，“不过好像是指那边。找找看哪一个照相手机还有电。”

伊费爬上手机冢的顶端，拿手机起来看，把没电的扔到一旁。他手上拿到一个挂了夜光凯蒂猫吊饰的粉红色诺基亚手机，还能用。他抛给费特。

费特看了一下："我始终不懂，这只烂猫头那么大，怎么会是猫呢？你看，它是不是有病？是头里面有水吗？"

"你是说脑部水肿吗？"伊费实在不晓得怎么会讲到这里来。

费特扯下吊饰，丢到旁边："这东西太邪门了，会招霉运。烂猫，干，我恨这只猫。"

他用手机拍下靛色光芒所映照出来的新月字形，然后又把整面疯狂的壁画都录像下来，在暗室中见到这景象让他有点承受不住，这幅画的出现也让他觉得吸血鬼阴魂不散——同时他又对这些图像的含义感到不解。

他们上到地面的时候天已经亮了。伊费肩上背了一个棒球袋，里面有银剑和其他装备，费特以前就有一个附滚轮的工具箱，原本是装捕鼠工具和灭鼠药，现在则装了他的武器。打扮得像工人的他们从世界贸易中心重建遗址下的隧道走出来时，全身脏兮兮的。

华尔街安静得有点诡谲，两侧骑楼几乎不见人影。远方有警铃声，持续呼唤着永远不会到来的警卫。这城市的天空似乎永远都带着一抹黑色浓烟。

即便路上有稀少的几位行人，也只是匆匆和他们擦身而过，连点头微笑都没有。有的人戴口罩，有的人用围巾遮住口鼻——都是因为他们接获了神秘"病毒"的错误信息。大部分商店都没开，不但被洗劫一空，而且也没有电力。他们经过一间超市，虽然有灯光，可是没员工。里面的人不是正要靠近店门口的地方搜刮架上犹存的烂水果，就是在后方掠取食品罐头。只要能吃就行。冰箱里的饮料早被搬光了，冷冻食品区也毫无剩余。收款机空空如也，因为人类的积习难改，不过货币在短时间之内就会比不上食品饮水的价值。

“太疯狂了。”伊费低声说。

“至少大家还有电池，”费特说，“等他们的手机和笔记本电脑都没电，也没办法充电，他们就知道了，那时候他们就会开始尖叫。”

行人红绿信号灯从红色的手掌变成小绿人，不过却没人过马路。曼哈顿没有行人就不是曼哈顿了。伊费听到汽车喇叭声从主要干道上传来，但偶尔才见到一辆出租车开进街道——司机驼着背窝在方向盘后方，乘客焦虑地坐在后座。

他们两人都在下一个路口停下脚步，等信号灯转为红灯，这只是习惯使然。“你觉得，他们为什么要选择这时候发起这种大规模行动？”伊费说，“如果吸血鬼存在了那么久，长达几世纪——为什么这时要引起暴乱？”

费特说：“他的时间观和我们的不一样。我们用几日几年来计算我们的人生。他是夜行性动物，只关心天空。”

“日食。”伊费突然说，“原来他在等这个。”

“或许日食真的代表了什么，”费特说，“对他来说或许有特别的意涵……”

纽约市运输局的一名警察从车站走出来，瞟了他们一眼，眼神一直没离开伊费。

“该死。”伊费别开头，虽然速度很快，但看起来很像是刻意回避。尽管警力渐渐不支，但他的照片还是经常在电视中播出，每个人都还是会看到，都知道他是通缉犯。

他们继续往前走，警察往别的地方看。伊费说：“是我想太多了。”

那名警察根据明确的指示，绕过街角之后才打了通电话。

费特的博客

早安,全世界。

或我应该说尚存的世界。

我以前认为写博客最没用。

我无法想象还有哪些事比写博客更浪费时间。

我是说,谁管你有什么想法?

所以我真的不知道博客是什么。

但我必须要写。

我想,我有两个理由。

一、厘清思绪。把我的想法打在计算机屏幕上,好让自己可以看见,或许就可以了解所发生的这一切。因为我过去这几天的经历已经改变了我——彻底地改变了。我必须尽力思考我现在是谁。

第二个理由呢?

简单。公布真相,这一切的真相。

我是谁?我的职业是捕鼠员。所以如果你刚好住在纽约市的五个行政区里,又看到浴缸里有一只老鼠,你可以打给有害生物管制局……

没错,打了电话后,隔两周你就会看到我。

你以前可以把这种不堪的工作留给我。灭虫、捕鼠。

但以后没办法了。

一种新型祸疫正在这座城市中蔓延,即将扩散到全世界。新品种的入侵者。消灭人类的病毒。

这些生物正栖息在你的地下室。

你的阁楼。

你的隔间。

现在,问题来了。

若是老鼠蟑螂——要消灭它们最有效的方法就是移除食物源。

好。

只不过,这新品种生物的食物源是什么?

没错。

是我们。

你和我。

懂了没?如果你还没搞清楚,就听我说吧——我们的麻烦大了。

康涅狄格州,费尔菲尔德郡

这条荒路的尾端有好几栋低矮的建筑,这个办公商圈在金融危机袭击之前就已经崩溃了。之前的招牌还留着“亚洛汽车工业”,那是一个防弹车装配和修理公司,周围仍有坚固的铁链篱笆。只能用电子门禁卡才能通过电动门。

这空间有一半作为车库,医师的米白色捷豹轿车,另外还有一排黑头轿车显示出此人的显要尊贵。这空间的另一半原本是办公室,现在已改建为小型的私人手术室,只保留给这一位病患。

奥狄·帕墨躺在恢复室里,每回手术后苏醒时总会有股不舒服的感觉。他缓慢而坚定地坐起身,恢复意识的过程像一条黑暗的甬道,他已经走过很多趟了。

他的外科手术团队很清楚他所需的镇定剂与麻醉剂剂量。他们从来就不会让他过度麻醉,以他这么大的年纪来说,麻醉的风险实在不低。对帕墨来说,麻醉剂量愈低他就能愈早醒来。

机器的管线还接在他身上,测试这颗刚移植的肝脏效能好不好。捐赠者是一名离家出走的萨尔瓦多少年，经过测试后证实他体内没有疾病、药物、酒精。健康、年轻、粉嫩的肝脏略呈三角形，尺寸和美式足球差不多。这颗肝脏才刚下喷气机，在摘除手术后不到十四小时内就移植进了帕墨体内，根据他自己的记录，这是他的第七颗肝脏。他身体淘汰肝脏的速度就和咖啡机换滤纸的速度一样。

肝脏不但是人体内最大的器官，也是最大的腺体。肝脏负起各种维生机能，像是新陈代谢、储存肝醣、合成不同的离子、制造荷尔蒙、排毒。目前现代医学还无法用任何机器取代肝脏——对身不由己的萨尔瓦多少年来说，这真是个不幸的消息。

菲茨威廉先生身兼帕墨的护士、保镖、随从，从海军陆战队退伍的他全神戒备地站在角落。外科医师走了进来，仍戴着口罩，换上一双干净的新手套。这个医生很严谨、一丝不苟，而且具有强烈的企图心，就连一般外科医师都觉得他富有得不得了。

他拉下棉被，刚缝合的切口把以前移植手术的伤疤给绷开来了。从外观看起来，帕墨的胸腔覆满一块一块丑陋难看的疤痕。而他的躯干内部则是一个经过强化的篮子，装满了功能不断衰退的器官。医生对他说："恐怕你的身体不能再承受任何组织或器官移植手术了，帕墨先生，这是最后一次。"

帕墨微微笑。他的身体是个箱子，装满其他人的器官，因此他和血祖有了区别。血祖的身体里装满别人不得安息的冤魂。

"大夫，谢谢你，我懂。"帕墨还插着管子，所以声音很粗哑，"不过我建议你删除这次手术的记录，我知道你很担心我们摘取活体器官的方法被美国医学协会检举，我不会让你负任何责任。我不再需要任何医疗介入的行为了——再也不需要了。"

医师的眼神还是很不确定。奥狄 · 帕墨几乎病了一辈子，但他想继续活下来的意志简直令人费解：他的求生本能很强烈，又很不自然，这位外科医师过去从来没见过这么刚毅的人。难道他终于要向命运低头了吗?

无论如何,外科医师觉得如释重负,且心存感激。他老早以前就开始规划退休生活了,他一切都安排好了。能够在这动荡喧嚣的时期放下所有的责任是一种幸福,他只希望还有客机飞往洪都拉斯。社会治安已经败坏到就算他为了毁灭证据而烧掉这栋大楼也不会有人关心。

医师用一抹礼貌的微笑吞下这一切,离开了菲茨威廉先生钢铁般冷冽的视线。

帕墨让眼睛休息一下,思绪回到血祖在瑟拉齐安那老糊涂的逼迫下受阳光曝晒的景象。帕墨用他所理解的方式评估这个进展:这对他来说代表了什么?

这只表示进度加快了,相对地,他也快解脱了。

经过了漫长的岁月,他的日子终于快到了。

瑟拉齐安。失败尝起来是不是很苦涩?是不是更像灰烬撒在舌头上?

帕墨从不知失败的味道是什么,他永远不会体验失败。世上能发此豪语的又有几人?

瑟拉齐安就像一块石头站在湍急的河流中,愚蠢又骄傲地相信自己扰乱了水流——事实上河水仍继续滔滔地淹没他。

人类真无用。这一切之所以会开始正是因为人类很无用,不是吗?但这一切的结局已呼之欲出。

他的想法转到了帕墨基金会。全世界的超级富豪都知道有钱人会用自己的名字成立慈善团体。他自己只成立了这唯一一个慈善组织,这基金会近日用丰裕的资源招待了整整两辆游览车的小朋友,这些小孩都是前一阵子日食现象的受害者,在那场罕见的天文奇观中失去了视觉——有些是因为没有保护眼睛就直接观看太阳,或者是不幸戴了有瑕疵的儿童尺寸安全镜片。那些瑕疵眼镜经过追踪后发现都是远东的生产厂制造,代理公司则设在台北的荒废办公室……

他的基金会高声疾呼,说花再多费用也无法弥补这些悲惨的灵魂。确实,帕墨深信不疑。

这正是血祖的要求。

珍珠街

伊费过街时察觉到他们被跟踪了,费特则注意着老鼠。流离失所的老鼠从一间间房舍中跑出来,在大太阳下沿着排水沟往前冲,显见它们有多么慌乱。

"你看上面。"费特说。

伊费原本以为是鸽子窝在窗台,但其实那都是老鼠。老鼠低头往下看着伊费和费特,好像等着看他们会怎么做。老鼠的出现是一种指标,可以观察出吸血鬼在地下活跃的程度,因为老鼠都被吸血鬼赶出巢穴了。可能是返魂尸发出的动物频率或他们邪恶的存在迫使其他动物必须离开。

"这附近一定有吸血鬼的巢穴。"

他们经过了一间酒吧,伊费突然口干舌燥。他折回来,推推门把,发现门没锁。这间酒吧很有历史了,已经营业了一百五十多年,招牌上骄傲地宣称这是纽约市持续营业最久的酒店,可是里面却没有顾客、没有调酒师,唯一的声音是墙角高挂的电视仍在播新闻。

他们走到后场工作人员区,那里更暗,但一样空荡荡。喝了一半的啤酒瓶被摆在桌上,几张椅子上仍挂着外套。看起来狂欢结束时,所有人一哄而散,人潮离开得很突然。

伊费检查厕所,男厕用的还是从远古保留到今天的一条沟,不过正如伊费的预测,厕所里也没人。

他回到外面，靴子底磨着地上的沙尘。费特放下工具箱，拉了一张椅子歇歇腿。

伊费走到酒吧后面去，那里没有酒瓶、调酒杯或冰块桶，只有啤酒桶，还有柜子下方的300毫升玻璃啤酒杯。这里只供应啤酒，没有威士忌等伊费想要的烈酒。只有酒吧自酿的麦芽啤酒，有浓淡口味可选。古董啤酒桶只是展示品，现代啤酒桶才能顺利操作。伊费倒了两杯黑啤酒："敬……"

费特站起身，走到吧台边，举起一个酒杯："杀光喝血妖怪。"

伊费一口气灌下半杯："看来当时所有人都赶着冲出去。"

"上飞机前不都有最后的广播通知吗？"费特抹掉上唇的泡沫说，"纽约也收到最后的通知了，再不走就走不了了。"

电视的声音吸引了他们的注意，他们往前厅走去。记者正在布朗克斯威尔做现场直播。瑞晶航空753班机的四名生还者其中一人就住在那儿。记者背后的天空被浓烟染黑，跑马灯写着当地暴动仍持续不断。

费特伸直手臂去换台。消费者的恐惧、或许比新流感更严重的传染病、证券经纪人相继失踪，这些因素合起来重创了华尔街。新闻画面中只见股市指数往下一泻千里，股票交易商个个坐着呆若木鸡。

纽约第一电视台的新闻重点是交通，曼哈顿出岛道路的每一个出口都塞爆了，大家听说这座危岛即将封锁隔绝，纷纷都想逃离。机票和火车票全数售罄，机场和车站都一片混乱。

伊费听到上空直升机盘旋的声音。或许现在只有搭直升机离开曼哈顿才比较容易，前提是你得有私人停机坪，就像奥狄·帕墨。

伊费发现吧台后面有一部复古的有线电话。他拿起话筒听到沙沙的拨号音，然后耐心地用转盘拨出瑟拉齐安的号码。

拨通了，诺拉接起来。她还没说话，伊费就先问："扎克还好吗？"

"好点了，他情绪宣泄了一会儿。"

"她都没回来吗?"

"没。瑟拉齐安把她从屋顶外赶下去了。"

"从屋顶外赶下去了? 老天啊。"伊费一阵难受,他抓了另一个干净的啤酒杯,不过倒酒的速度却不够快,"小扎现在人呢?"

"楼上。你要我去叫他来听电话吗?"

"不,还是等我回去再当面沟通比较好。"

"你说得对。你们销毁棺材了没?"

"还没,"伊费说,"棺材不见了。"

"不见了?"

"显然他的伤势不严重,完全没影响他的行动。而且有件事很怪,地下墙壁上出现很多奇怪的涂鸦、喷漆——"

"什么意思? 有人在那边涂鸦吗?"

伊费拍拍口袋里的手机,确认那粉红色的手机还在。"我拍了一段影片,我真的不知道要怎么描述。"他把话筒拿远一点,喝口啤酒,"不过我跟你说,这城市——很诡异。万籁俱寂。"

"这里不会呢,"诺拉说,"因为天刚亮所以稍微静下来了,但不会平静太久。他们现在好像没那么怕太阳了,他们好像变大胆了。"

"就是这样,"伊费说,"他们在学习,愈来愈聪明。我们必须离开那里,今天就走。"

"瑟拉齐安刚刚也才讲过一样的话,因为凯莉。"

"因为现在她知道我们在哪吗?"

"因为她知道,血祖就知道。"

伊费用手按一按闭上的双眼,想舒缓头痛:"好。"

"你在哪里?"

"金融圈,靠近渡轮站。"他没说自己在酒吧里,"费特有一辆大一点的车,我们去取车然后就回去。"

"那——拜托你们完整地回来。"

“正有此意。”

他挂上电话后就蹲到吧台下，想找个大容器多装点啤酒，他沿地下通道回去的时候很需要。玻璃杯不中用，他找到一只老式的皮囊。他在擦拭铜盖时发现皮囊后面还有一罐上好的陈年白兰地。酒瓶上没有灰尘，或许是调酒师自己偶尔嫌只有啤酒太单调才放的。他用狭小的水槽洗杯子，小心翼翼倒酒时听到有人敲门。

他赶紧从吧台后面出来，伸手拿武器后才想到，吸血鬼才不会敲门。他走过费特身边到门口，从窗边往外看，发现疾病管制局局长埃弗里特·巴恩斯博士站在门口外。这位年长的医师以前总喜欢穿海军制服（疾病管制局原本是美国海军下属单位），但现在穿了象牙白色的西装，外套纽扣没扣上。他看起来好像早餐没吃完就赶过来了。

伊费可以看到他身后的街景，巴恩斯局长显然是只身前来的。至少就目前看起来，他没有派人埋伏。伊费解开门锁，拉开大门。

“伊费。”巴恩斯说。

伊费揪住他的领子，把他拉进酒吧，又锁上门。“你，”伊费再看看街道，“其他人在哪？”

巴恩斯局长推开伊费，整理外套：“他们在后方待命，不过他们很快就到了，我坚持要单独和你谈几分钟。”

“天啊，”伊费先检查街道对面那几栋楼的屋顶，才从窗边退回来，“他们怎么有办法那么快就把你送过来？”

“我一定要和你说上话。没有人要伤害你，伊费，这一切都由我指挥。”

伊费转过身背对他，朝吧台走回去。“这或许是你一厢情愿的想法。”

“我们需要你回局里，”巴恩斯跟在他身后亦步亦趋，“伊费，我需要你。我现在懂了。”

“听我说，”伊费走到吧台后转身面对他，“现在的状况或许你懂，或许你不懂,或许你是主事者之一,我不晓得。搞不好你还在状况外。不过这幕后一定有人在搞鬼,而且这个人势力庞大。如果我的行踪让你知道,我就会死无葬身之地。”

“我只想听你的,伊费,不管你说什么我都相信,我就当着你的面承认我错了,我现在知道我们只差一步就要坠入万劫不复的深渊。”

“不是深渊,就在原地。”伊费把白兰地酒囊的盖子旋上。

费特站在巴恩斯背后说:“他们多久之后会到?”

“不需要太久。”巴恩斯不确定这个身穿捕鼠员连身工作服的大块头是谁,他又把注意力转回伊费和那只酒囊上了,“你现在不该喝酒吧?”

“此时不喝更待何时,”伊费说,“你想喝就自己来,我推荐你喝黑啤酒。”

“嗯,我知道你承受了很多压力——”

“埃弗里特,我经历了什么并不重要,这件事和我个人无关,所以你用这种维护我自尊的招数根本没用。我在意的是疾管局赞成发布的那些信息不够真实,简直公然欺骗大众。埃弗里特难道你现在不为百姓谋福利了吗? 你眼中只有政府吗?”

巴恩斯局长的脸抽搐了一下:“政府和百姓都有。”

“软弱、无能的组织就像罪犯一样。”伊费说。

“因此我才需要你回来,伊费。我需要你的一手信息、你的亲身体验、你的专业素养——”

“来不及了! 你们连这点都看不出来吗?”

巴恩斯往后退一小步,双眼盯着费特,因为费特让他很紧张:“关于布朗克斯威尔,你的评估没错,我们已经封锁那个小镇了。”

“封锁?”费特说,“怎么封?”

“用铁丝网。”

伊费苦笑了一下:“铁丝网? 天啊,埃弗里特,我就是这个意思。你们是根据对病毒的**一般认知**来做出处置，而非面对这个威胁。你用铁丝网来安抚大众？这只是一种**象征**意义吧？他们可以轻而易举地突破铁网重围——”

“那你告诉我。说我需要什么。你需要什么。”

“先销毁所有尸体，这是第一步。”

“销毁……？你知道我不能这么做。”

“那你采取其他措施也没有用了。你要派一支军队扫荡全镇，消灭所有已感染的人。然后将这行动扩大到南边，进入纽约市，还有布鲁克林和布朗克斯……”

“你讲的是大屠杀，想想看那画面——”

“想想**现实**，埃弗里特。我是医师，和你一样，但这世界已经不一样了。”

费特离开他们，回到前面注意街道的动静。伊费说：“他们不希望你找我帮忙，他们是希望你找到我，然后就可以把我和我认识的人干掉。这——”他走到装武器的包包前，抽出银剑，“这就是我的解剖刀了。你要治愈这些生物就得让他们解脱。没错，这代表大屠杀，不是诊治。你想救人吗？真的想吗？那就上电视公开这一切，让大家知道真相。”

巴恩斯看着站在前面的费特：“那这位是谁？我以为马丁内斯医师和你在一起。”

不知道为什么，伊费觉得巴恩斯念诺拉名字的方式怪怪的，但他没细想。费特快步从窗边走过来。

“他们来了。”费特说。

伊费冒险靠近窗户，看到好几辆面包车开过来，从不同的方向包围这条街。费特走过他身旁，扣住巴恩斯的双肩，带他走到后方角落的小桌子坐下来。伊费把棒球袋甩到肩上，把费特的工具箱递给他。

“拜托，”巴恩斯说，“我恳求你们二位，我可以保护你们。”

"听我说，"费特说，"你已经正式成为人质了，所以给我他妈的闭上嘴。"他又对伊费说："现在怎样？我们要怎么逼退他们？短波紫外线对联邦调查员没用。"

伊费环顾老酒吧寻找答案。一个半世纪的短暂时光和照片挂在墙上或叠在吧台后方的橱柜上，林肯、加菲尔德、麦金莱，还有肯尼迪——全部都是被暗杀身亡的总统。

离他比较近的地方有些古董珍品，像是滑膛枪、装刮胡泡的马克杯，和裱褙的讣文，还有一把银制的匕首挂在墙上。

匕首旁边有块招牌写着：我们在你出生前就开店了。

伊费冲到吧台后面，木头地板上镶嵌了一个牛鼻环，他把环上的沙土踢开。

费特这时来到他身边，帮他举起地板门。

一闻到那股臭味，他们什么都知道了。阿摩尼亚，有新有旧。

巴恩斯局长还坐在角落，他说："他们只会进来抓你。"

"从这个味道来判断，我可不建议他们进来。"费特说完便率先下楼。

"埃弗里特。"伊费下楼前先打开光杖，"要是刚才还有没讲清楚的部分，我在此澄清一下，我不干了。"

伊费跟着费特走下楼梯底端，他的光杖让吧台下的储藏室一片亮紫。费特往上走几步准备关门。

"不必关了，"伊费低声说，"如果他像我想的那么龌龊，他早就跑到门口了。"

费特听他的话，任地板门开着。

天花板很低矮，几十年来累积的杂物（旧木桶、破椅子、空架子、旧式工业洗碗机）让过道更显狭窄。费特在袖口和裤脚套上橡皮筋，这是他多年来除蟑吃了不少苦头后累积的经验技巧。他拿几条橡皮筋给伊费。"有虫。"费特说完就把外套拉链拉上。

伊费走过铺石地板，推开侧门通往一间陈旧而温暖的冷藏室，空荡荡的。

接下来有一道木门，椭圆形的门把很老旧。门前地板上的灰尘被踩过，呈扇形，费特对他点点头，伊费便拉开门。

伊费已经学会一件事：不要犹豫、不要思考。你不能给他们时间聚集起来准备反击，因为他们的基因已经决定了他们的行为模式——其中一人会牺牲自己让其他人有机会攻击你。敌人拥有可以弹射五六米的螯针和清楚的夜视能力，所以你绝对不能在赶尽杀绝前停下脚步。

他们最脆弱的地方是颈部，猎物最脆弱的地方也是颈部。砍断脊柱就可以摧毁吸血鬼。他们的血呈白色，吸血鬼若失血过多也会死，但这招比较危险，因为血虫离开吸血鬼身体后还能活着，他们会侵入其他人体，这也就是为何费特要把袖口束起来。

伊费用目前证实最有效的方式先杀了两个吸血鬼：以短波紫外线灯当作火炬逼退怪兽，把他们逼到墙边，然后靠近，挥下长剑赏他们个痛快。银制的武器才能伤害他们，而其他武器对吸血鬼来说根本不痛不痒——短波紫外线灯则会像火焰般灼烧他们的DNA。

费特用他的钉枪朝吸血鬼的脸发射银针，把他们刺瞎或至少弄得搞不清方向，再攻击他们肿胀的喉咙。血虫从伤口处流出来，在湿黏的地板上蠕动。伊费用短波紫外线光杀了不少血虫，没烤焦的血虫则死于费特的重踩。费特用力跺脚之后，挖了几铲倒到小罐子里再收入工具箱。“给瑟拉齐安。”他说完又继续斩魔。

他们听到楼上酒吧里有很多纷乱的脚步和人声，但他们还是继续往下一个房间前进。

有个吸血鬼从伊费侧面攻来，他还穿着调酒师的围裙，双眼圆睁、饥饿难耐。伊费反手一挥，以紫外线光逼得他连连后退。伊费渐渐学会忽略医师的慈悲了，他逐步逼近，而那个吸血鬼气得咬牙切齿，伊费速速解决了怪物。

有两三个吸血鬼看到靛蓝色光芒后就从隔壁溜走了，还有好几个吸血鬼留在原处，蹲伏在残破的橱柜下，作势要攻击。

费特走在伊费身边，手持光杖。伊费本想朝吸血鬼走去，但费特拉住他的手臂。伊费气喘吁吁，但捕鼠员却从容得像是在办公一样，心无旁骛。

“等等，”费特说，“把他们留给巴恩斯那些联邦调查员去处理。”

伊费搞懂费特的妙计后，往后退一步，不过手中的光杖仍对准吸血鬼：“接下来怎么办？”

“其他那几只跑了，这里一定有出口。”

伊费看着下一道门说：“希望你说得没错。”

费特在地底下带头。干燥的吸血鬼尿液在光杖照射下闪着荧光，他便循迹往前。那几个房间连接到地窖，通往徒手挖出来的老旧隧道。阿摩尼亚的痕迹分别指往不同的方向，费特选择其中一条线索，在隧道汇合处转弯。

“我喜欢这个任务，”他把靴子在地上磨一磨，擦掉脏污，“就像捕鼠一样要跟着线索，还好有紫外线灯，找起来比较容易。”

“但他们怎么知道这些路线？”

“他们很忙啊，又要探险，又要填饱肚子。你从没听过沃尔斯特德网吗？”

“沃尔斯特德？和沃尔斯特德法案有关系吗？”

“餐厅、酒吧、夜店都要打通酒窖，往地下拓展空间。纽约市的建筑物都往上发展，但有人说，若是把旧酒窖、地下室、隧道、沟渠和旧管道都连通起来，你就可以在纽约的任意两点间移动。”

“波利瓦的家。”伊费想起了那个摇滚巨星，他是瑞晶航空753班机中四名生还者之一，他的豪宅原本的主人以酿造私酒为业，所以有个秘密酒窖，可以通到地铁隧道。他们穿过隧道时，伊费仍留心着后方：“你怎么知道自己要走到哪里？”

费特指着石头上刮出来的记号，八成是吸血鬼用利爪刻上的。"我们要去一个地方，"他说，"我也只知道这样，但我敢说渡轮站离这里应该只有一两个路口。"

宾夕法尼亚州，拿撒勒

奥古斯丁……

奥古斯丁·埃利萨尔德站起身。他站在完全漆黑的环境中，心烦意乱。这里乌漆抹黑，一丁点光亮都没有。就像在没有星子的外层空间。他眨眨眼睛想确认自己有没有睁开眼，眼睛已经张开了，但还是一样。

这就是死亡吗？不可能有比这更黑暗的地方了。

一定是，真他妈的挂点了。

或者——他们可能已经让他变态了。他现在是吸血鬼了吗？会不会是他的身体被吸血鬼占据了，而过去的他就被困在脑海幽暗的深处，像地牢里的囚犯？或许他现在感觉到的寒意和脚板感觉到的地面硬度都只是幻觉，他被永远永远地锁在自己的脑中了。

他蹲低一点点，想要借由肢体动作和官能感受来确定自己的存在。因为眼神无法聚焦，所以他有点晕眩，他让双脚站开一点。他双手高举、往上跳，可是感觉不到上头有天花板。

一股微弱的气流撩动他的上衣，闻起来像泥土的味道，像土壤。

他在地底下，他被活埋了。

奥古斯丁……

又来了，他妈妈呼唤他的声音，像梦一般。

"妈妈？"

他的声音折回来，像恐怖的回音。他想起他要离开她时，她的模样：她坐在卧室衣橱的底端，躲在一堆衣服下。她抬头望着他，眼神就和其他刚变态的吸血鬼一样，凶狠又饥饿。

“吸血鬼。”那老人说。

格斯转过身，想要判断那声音从哪个方向传来。他无事可做，就循着声音寻找。

他走向一堵石墙，顺着光滑又蜿蜒的墙面摸索前行。他手掌被玻璃割破的地方还很酸痛，他在谋杀（不，应该说是摧毁）他哥哥变态成的吸血鬼时，曾经以玻璃碎片为武器用力挥舞。他停下脚步，摸摸手腕，自从他进了警察局之后就戴上手铐，后来逃亡的时候也一直戴着，后来手铐中间的锁链被吸血鬼猎人劈开，但这时他的手铐却不见了。

那些吸血鬼猎人自己也是吸血鬼，他们出现在晨间高地的街上，和其他吸血鬼对战，像帮派械斗一样。不过吸血鬼猎人都全副武装，他们有火力，彼此行动也经过协调，还会开车保持机动力。他们和格斯之前看到、杀死的那些吸血鬼不一样，后者只会在渴血的状态下盲目攻击。

格斯最后的印象是，吸血鬼猎人把自己丢进休旅车的后座。不过——为什么会找上他？

又一阵风，刷过他的脸，像大自然的最后一口气。他跟着气流走，希望自己的方向正确。石墙的终点是个急转弯，他摸摸石墙的另一侧，他的左边，发现那里也一样：石墙到转角就没了，两堵墙中间有个缺口，就像一道门。

格斯穿过去，他的脚步声开始有回音了，表示这房间比刚刚那间还要宽广，天花板也比较高。这里微微有一股味道，不知道为什么闻起来很熟悉，他一直在想那究竟是什么味道。

他想起来了，那是他在监狱里负责维修保养时所用的清洁剂。阿摩尼亚的味道，只是没有浓烈得刺鼻。

这时环境开始出现了变化，他本来以为是自己的心理作用，但后来就明白，没错，光线透进了这个房间。缓慢的明亮和不确定的情势都让他惊恐不已。两座三脚立灯分置两侧，就在遥远的墙边，它们渐渐亮起，稀释着深沉的黑暗。

格斯收紧双臂,学网络影片里那综合各种武术的拳手。光线愈来愈明亮,只是亮的速度很缓慢,所以他无法分辨那灯光有几瓦。不过他在黑暗中太久了,瞳孔已经完全放大,视网膜过度曝光,所以一点点光源都会让他反应很大。

他刚开始没看到那东西。那人就站在他面前,距离他不过三四米,只是他的头和四肢都太平滑苍白了,而且他静止不动,所以他的眼睛以为那是石墙的一部分。

他身上唯一明显的特征就是那对称的两个深色圆洞,不是黑洞,但接近黑色。

最深的红色,血红色。

如果那是眼睛,那它既没有眨动,也没有凝视。那双眼睛对着格斯,却不带任何情绪,冷漠得像红砖——看尽世间炎凉的血色眼眸。

格斯隐约可见那人身上披着斗篷,身形和幽暗的背景混融在一起,像是窟窿中的窟窿。若他没看错,那人应该是直挺高耸地站着,不过他一动也不动又像是死了。格斯也不动。

"现在想怎样?"他的声音听起来有点滑稽,透露出他的恐惧,"你今晚打算吃墨西哥人吗?你最好再考虑一下,混账东西,到时候噎死你。"

那人的静默让格斯觉得自己看到的可能是披斗篷的雕像。他的头颅很光滑,没有头发,也看不到耳朵的轮廓。现在格斯察觉到了,他听到了,或者说他感觉到了一股嗡鸣的震荡。

"到底想怎样?"他对那双毫无表情的眼睛说,"你在等什么?是打算在开口之前先玩弄猎物吗?"他收紧双拳、靠近脸颊。"我可不会乖乖地任你宰割,你他妈的老不死。"

他右边虽然没什么动静,却吸引了他的注意力,他一转过去就看到那里还有一个人。他看起来就像石墙的一部分,这道暗影比第一个矮一点,眼形不太一样,但都一样无神。

然后,在左边,第三个人慢慢走进了格斯的视线中。

格斯以前就进过法庭,此情此景让他觉得自己好像在石室里面对三个外星法官。他觉得自己快疯了,可是本能反应却是一直要嘴皮子,一直把帮派黑话吐出来。他以前面对的法官说这是“藐视法庭”,但格斯认为这是“正常反应”。他觉得自己被人看扁的时候就会这么做。这时他觉得自己没有被对方平等看待,而是被视为绊脚石。

我们会长话短说。

格斯的手捂着太阳穴,不是耳朵:那声音是从他头部里面发出来的。那声音和他自己内心的独白一样都来自他的脑中,就好像他的脑波被地下电台盖台了。

你是奥古斯丁·埃利萨尔德。

他紧扣着头,可是那声音还在头里面。关不掉。

“对,我他妈的当然知道自己是谁。你他妈的是谁?你他妈的是什么东西?你是怎么进到我——”

你不是我们的食物,我们手上的牲口足够撑过整个雪季。

牲口?“哦?你是说人类吗?”格斯偶尔会听到几声尖叫,洞穴里回荡着痛苦的呐喊,但他以为那是他梦中的哭喊。

数千年来,放牧的方式都能满足我们的需求,蠢笨的动物就够吃了。偶尔还会供过于求。

格斯听不太懂,只希望他能讲重点:“那——怎样?你的意思是你不会把我也变成……和你们一样?”

我们的血脉纯净珍贵,加入我们的族群是天赐恩德。只有最独特的人才有机会,而且要付出极高、极昂贵的代价。

格斯觉得这段话一点道理也没有:“如果你不打算喝我的血——那你到底要怎样?”

我们有个提案。

“提案?”格斯用力敲敲头,好像电器故障一样,“就当作我是在认真听好了——难不成我还有选择的余地吗?”

我们需要能在日光下活动的奴隶,一个猎人。我们是夜行族,你是昼行族。

“昼行族?”

你的内发性生理时钟直接对应光暗周期,也就是你们所称的24小时制。你们族群体内的生理反应已习惯了这个行星的日升月落,刚好和我们的相反。你是太阳生物。

“听都听不懂,搞屁啊?”

我们需要一个能在日光下自由行动的人,这个人必须能接受日光照射并利用太阳能量,还要懂得利用手边的武器屠杀那些劣质族群。

“屠杀劣质族群?你是吸血鬼,对吧?你的意思是要我去杀你们自己人?”

不是我们的族群,而是在人类之间迅速茁壮散播的劣质吸血鬼——那场灾害已经失控了。

“你打算怎么做?”

我们和那场祸疫无关,你面前所见的是尊贵优荣的吸血鬼。停战宣言已维持了数个世纪,但这场祸疫代表他破坏了休战协议,直接侮辱了我们的秩序。

格斯往后退几厘米,他真的认为自己开始听懂了:“有人开始要占据你们的地盘。”

我们不像你们的族群那样随意、无序地繁衍。我们很谨慎。

“你们会挑食。”

我们想吃什么就吃什么。食物就是食物,我们在饱足之后会谨慎处理。

格斯的胸口冒出一连串笑声,差点呛到自己。他们口中的人类就好像菜市场里三颗一块钱的甘蓝菜。

你觉得这很好笑吗?

“不,正好相反。我就是觉得不好笑才笑。”

当你吃完一颗苹果,你会把核丢掉吗?还是你会留下来种苹果树?

“我会丢掉吧。”

那塑料桶呢?你用完以后呢?

“好啦,我懂了。你们把血喝完之后,就把人类这个容器给扔了。那我想知道的是,为什么找上我?”

因为你有这个能耐。

“你怎么知道?”

你的前科就是一项证明。你在曼哈顿街头因谋杀罪名被逮捕的时候就被我们注意到了。

在时代广场乱闯的那个胖裸男攻击了一家子观光客,那时格斯好像大喊着“神经病,不准你在这里胡闹”。现在回想起来,他只希望自己和其他人一样袖手旁观。

然后你逃离了警方的监禁,并杀戮了更多不洁的劣质吸血鬼。

格斯皱皱眉头:“其中一个不洁的劣质吸血鬼是我死党,你们住在地底怎么会知道这么多?”

你要知道我们和人类世界紧密相依。不过,如果要维持平衡,我们就不能曝光现身——这也就是为什么不洁的族群现在也威胁到了我们,为什么我们需要你。

“帮派斗争,这我懂。不过你漏了一个最重要的信息,就是,我他妈的干吗要帮你?”

有三个原因。

“说来听听,最好有点道理。”

首先,你可以活着离开这里。

“好,这点说得通。”

第二,你若成功了就能获得数也数不清的财富。

“嗯,这很难说,我算术还蛮强的。”

第三个原因,就在你背后。

格斯转身,他先看到一个吸血鬼猎人,就是在街上碰到的那群人。他的头缩在黑色斗篷里,目光如炬,炯炯灼烧。

猎人旁边的另一个吸血鬼表情中隐隐漏着饥饿,现在格斯已经很习惯那神情了。她身材矮胖,黑发纠缠,穿了一件破烂的居家裙,咽喉前侧肿起来,里面就是吸血鬼的螯针。

她衬衫的领口下原有个黑红色的精致十字架,她说她年轻的时候一时冲动去刺青,之后一直很后悔。不管她怎么说,她当时一定很风骚,格斯小时候看了就很着迷。

那个吸血鬼就是他妈妈,她的双眼被用深色破布蒙起来。格斯可以看到她的喉咙起起伏伏,螯针蓄势待发。

她感觉到你了,不过她的眼必须继续蒙着。她的身体里藏着我们的敌人。他的视觉、听觉都可以突破她的感官。我们不能让她在这里待太久。

格斯的眼眶盛满愤怒的泪水,悲凄以愤怒的形式打击着他。他十一岁以来就只有让她丢脸,从没孝顺过她,而她现在站在他面前,却成了野兽、将死未死的怪物。

格斯转回来面对吸血鬼,怒火熊熊,但他知道他在这里无力可施,他明白。

第三,你可以解救她。

干哑的啜泣像悲苦的饱嗝一拥而上。这情势让他作呕,使他惊骇到无法自持,不过……

他转身了。她就像被绑架了一样,成为他们口中"不洁"吸血鬼的人质。

"妈妈。"他说。虽然她听到了,可是她的表情完全没变。

杀死他哥哥克里斯平很容易,因为他们兄弟俩感情失和已久,因为克里斯平是个毒虫,比格斯更没用。他以玻璃碎片为剑斩下克里斯平的人头，动作干净利落，为家除害兼资源回收。他多年来的积怨随着每一次挥砍而烟消云散。

但解除他妈妈蒙受的诅咒，是爱的表现。

格斯的妈妈被带离那个房间，可是那个吸血鬼猎人还在。格斯回头看三个吸血鬼，现在觉得他们比较好了。只是讨厌他们始终一动也不动。

你要完成任务的过程中需要什么，我们都能提供。资金不是问题，毕竟我们长久以来已经搜刮了不少财宝。

好几个世纪以来，那些追求长生不死的人都付出了极高的报酬。吸血鬼始祖的宝库里有美索不达米亚的银币、拜占庭的金币、德国马克。这些货币对他们一点意义也没有，就像原始人用来交易的贝壳一样。“所以，你要我当你的杂役——对吧？”

昆蓝先生会提供你需要的一切，应有尽有。他是我们最优秀的猎人。忠心不二且效率极高，从许多方面来说都是一个独特的吸血鬼。你唯一受到的限制就是要保守秘密，绝对不可泄漏我们的存在。我们授权你招募其他猎人。他们虽然不可见、不可知，却很擅长杀戮。

格斯抬起头，感觉到他妈妈在身后拉着他。找一个可以释放他怒火的出口，或许正是他需要的。

他绷紧双唇，瘪出生气的微笑。他需要人力，他需要杀手。

他知道接下来要往哪儿走。

南码头地铁站

费特只不过转错了一个弯，就让两个人走进了这条通往南码头地铁站的隧道。纽约地铁系统运输网里有很多荒废的车站，现在地图上已经看不到了，不过搭地铁时，只要你知道这几个车站在哪里，晓得在哪个时间点朝哪个方向看的话,还是可以从车窗里看到。

地底下比较潮湿,地底的土壤湿气很重,墙壁也湿湿滑滑的。

返魂尸的荧光排泄物愈来愈少,费特四下张望,百思不解。他知道这条路线沿着百老汇而下,这是纽约以前的地铁网络,南码头地铁站于1905开始营业,承载了无数通勤族。而通往布鲁克林的地下隧道要在三年后才开通。

墙上用马赛克小瓷砖拼成的站名还黏在高墙上,旁边有个更新的标志,看起来很突兀。

停止营运

——难不成还会有人在这里等车?伊费朝一个小型维修房走进去,用光杖检查一番。

在一片黑暗中,有个声音粗哑地说:"你们是地铁公司的人吗?"

伊费先闻到他的味道才见到他的人。他从旁边塞满破烂床垫的壁龛中走出来,身穿多层衬衫、外套、长裤,活像个没牙齿的稻草人,他的体臭长年来慢慢浸透所有的衣物飘散出来。

"不,"费特抢着说,"我们不准备驱赶任何人。"

那人上下打量他们,在最短时间内判断他们值不值得信任。"我叫疯吉,"他说,"你们是从上面来的?"

"当然。"伊费说。

"上面现在是什么样子?最后一批也只剩我一人了。"

"最后一批?"伊费说,他第一次注意到几个帐篷和破烂的纸板组合屋。过了一阵子,几个如鬼魅般的人形出现了。"鼹鼠人"就是指这些万丈深渊里的市民,他们是铁面市长朱利安尼时代的"漏网之鱼",或因经商失败,或因误触法网而遁入地底。这里一年四季始终暖和潮湿,就连在严冬也能保持温暖。只要有足够的经验和运气，一个人可以在地底下扎营六个月或更久。有的鼹鼠人选择离地铁站较远的地方，可以连续住好几年都不被维修人员发现。

疯吉的一只眼睛受白内障所苦，眼球上布满白色颗粒，所以他转过头，用视力较好的那只眼睛看着伊费："没错。大部分的人都离开了，就和老鼠一样，老兄，对。他们消失了，把唯一的财产留了下来。"

他指着一堆又一堆的垃圾：皱巴巴的睡袋、布满泥泞的鞋子，还有几件外套。费特心头一震，他知道这几堆杂物就是那些往生者所有的财产。

疯吉露出茫然呆滞的微笑："很不寻常哦，吓死人了。"

费特想起了他似乎在《国家地理》杂志里读过一段文字，或是某个夜里在历史频道里看到过：在美国建国之前，有一群垦荒者突然消失了，他们或许是住在洛亚诺克吧。超过一百多人凭空消失了，留下所有的家当，可是却没留下任何解释。没人知道他们为什么突然间就神秘地离去，唯一的线索是两个晦涩难懂的刻痕：堡垒柱子上刻的"克罗亚顿"这四个字，以及刻进柱子旁边的树干里"克罗"这两个字。

费特又朝高墙上马赛克瓷砖拼出来的"南码头站"看了一眼。

"我认识你。"伊费和酸臭的疯吉保持一个礼貌的距离。"我在附近见过你，我是说，在地面上。"他朝地表指一指，"你扛着告示牌走来走去。上面写着'上帝正在看着你'之类的话。"

疯吉咧嘴一笑，却看不到他的任何牙齿，然后走到一旁去拉出他手写的告示牌，显然对于自己小有名气感到很骄傲。亮红色的字体写着"上帝正在看着你！！！"还有三个惊叹号加重语气。

疯吉就是那种时而妄想症发作、时而清醒的狂热分子，在地底世界里，他是边缘人中的边缘人。他在地底生活的时间和其他鼹鼠人一样久，或许他的资历还更老。他说自己可以完全不必上到地面就能移动到纽约市的各个角落，可是他每次尿尿都还是会溅到脚趾头。

疯吉一边沿着轨道走，一边比出手势要伊费和费特跟着，他钻进用防水布和草垫搭成的棚子里。老旧的电线一路纠结，往天花板延伸，被老鼠咬得破破烂烂，通到不知位于何处的电源插座。隧道里开始下起毛毛雨，天花板管线滴下来的水弄湿了泥地，溅在疯吉的防水布上，滑进底下的宝特瓶里。

疯吉从棚子里走出来的时候拿着一张纽约前市长埃德·科赫的宣传单，上头印着他的招牌微笑，仿佛问着大家："我做得还不错吧？"

"喏，"他把那张真人尺寸的照片递给伊费，"拿着。"

疯吉带着他们走向远程的隧道，指着轨道。

"就在那里，"他说，"他们就朝那个方向去。"

"谁？鼹鼠人？"伊费把科赫市长放在一边，"他们走进隧道里？"

疯吉哈哈大笑："不，不只是隧道，猪脑袋。地底下。管线在那个弯之后就钻到东河下，穿越总督岛，然后连接布鲁克林的红弯区。他们就在那里带走了他们。"

"带走他们？"伊费感觉背脊一阵冰凉，"谁？谁带走他们？"

就在那时，附近的轨道警示灯亮了。伊费往后跳："这轨道现在还在用？"

费特说："五号列车还会经过内环道。"

疯吉朝轨道吐口痰："这家伙很懂地铁嘛。"

列车靠近时，光线盈满地底空间，把旧车站打亮，让荒废的车站重现生命。科赫市长在伊费的手里一直发抖。

"仔细看好啰，"疯吉说，"千万别眨眼！"他遮住失明的那一眼，露出毫无牙齿的笑容。

列车轰隆隆驶过他们身边，转弯的时候比平常快一点。车厢里面几乎空荡荡的，透过车窗或许可以看到一两个人，孤单的身影拉着手环。地面上的人刚经过他们身边。

最后一节车厢经过时，疯吉紧抓着伊费的前臂："在那——**就在那——**"

在列车闪烁的光线下,费特和伊费看到最后一节车厢外头有东西。一串影子,是人影,就平贴在车厢外面,挂在那边的模样就像鲫鱼骑着金属鲨鱼。

“你看到没?”疯吉欢欣鼓舞地说,“你看到他们了吗? 异族人?”

伊费甩开疯吉的手,往前走几步,离开他和科赫市长。列车驶离了他们面前的轨道,消失在黑暗中,灯光离开隧道的景象就像水流入水管一样。

疯吉又钻进棚子里:“总得有人做点事,对吧? 你们两个刚刚已经帮我下了决心。这是末日的黑暗天使,如果我们继续纵容的话,他们会把我们全都抓走。”

费特以沉重的步伐追着逐渐远去的列车,他在停下脚步回头看伊费之前就说:“隧道,就是这样他们才能突破重围,他们不能跨越水域,对吧?需要有人类的协助才行。”

伊费站在他身边:“可是他们可以从水下穿过,没人说不行。”

“进展。”费特说,“我们的麻烦正在蔓延。那个词怎么说? 你觉得有个方法可以采取,又没人规定说不可以?”

“漏洞。”伊费说。

“没错。这个就是,对不对?”费特张开双臂,指着他们周围的环境,“我们刚发现了一个超大的漏洞。”

游览车

刚过中午,豪华长途大巴就离开了新泽西圣路西亚盲人庇护之家,朝纽约上州的特殊教育学院出发。

司机先生一路上说着老掉牙的故事和笑话,逗得乘客笑开怀。这一车上大约有六十几个紧张怕生的小朋友,他们的年纪介于七岁和十二岁之间。纽约州、康涅狄格州、新泽西州三州包围着纽约市,这些盲童前一阵子才被送进这三州的急诊室。这些小孩才刚失去视力不久,他们全都是因为最近的日食现象才意外失明,对其中不少小朋友来说,他们还是第一次在没有家长陪同下外出旅行。

他们的学费全数由帕墨基金会赞助提供,包括这次类似新生训练的校外教学,活动主旨是让这些刚失去视力的学童适应并学习新的生活技巧。他们由九名圣路西亚的毕业生陪伴,这九位辅导员都是美国的法定盲胞,也就是说他们的视力都不到零点一,不过他们对光线都还有微弱的感应。他们照顾的这些小朋友全部都对光线没有反应,也就是全盲。司机先生则是车上唯一视力正常的人。

这一路上车行速度都不快,主要是因为大纽约地区塞车塞得很严重,不过司机还是用谜语和笑话让小朋友都很开心。不说笑的时候,他就为乘客形容路边的景色或车窗外有趣的景象,或自己捏造一些故事让无聊的景致生动一点。他已经在圣路西亚服务很久了,一点也不在意扮小丑。他知道这些小朋友经历过重大的创伤,要发掘他们的潜能、打开他们的心房,让他们面对未来的挑战就只有一个秘诀,那就是为他们提供想象力,多和他们相处。

“乌龟的心长得像什么?”

“什么?”

“箭。”

“为什么?”

“因为归(龟)心似箭。”

整体来说,在麦当劳休息的时候还算顺利,虽然快乐儿童餐的附赠玩具是立体闪卡。司机先生自己一个人坐,看着小朋友用手指试探性地寻找薯条,他们还没学会以顺时针的方式依次吃掉餐盘上的食物,这样比较简单。同时,这些小朋友和天生眼盲的小朋友不一样,他们之前见过麦当劳,所以来麦当劳有一定的意义,他们似乎觉得滑得不得了的塑料椅和粗大的吸管有种熟悉怀念的安全感。

回到长途大巴上之后，三小时的路程竟延长了一倍。辅导员带着小朋友唱歌，又利用车上的视听系统播有声书。有几个小孩在失去视力之后生理时钟也不再规律，因此在车上一直打瞌睡。辅导员透过车窗察觉到光线的变化，知道外头逐渐变暗了。他们进入纽约州之后车速渐快，但突然大家都感觉到大巴紧急刹车，填充玩偶和饮料杯都掉到地上了。

长途大巴靠边停下。

“怎么了?”辅导员队长问，约尼今年二十四岁，她坐在巴士的最前面。

“不知道……怪怪的。在位子上坐好，我马上就回来。”

司机下车去，辅导员忙着照顾学童无暇多虑。每次巴士停下来，大家就纷纷举起手，他们需要辅导员帮忙才能到车子后面去上洗手间。

过了十几分钟之后，司机回来了。他不发一语就启动引擎，但辅导员还在照顾上厕所的小朋友。约尼要他等一下再发动，他却像是假装没听到，不过小朋友在辅导员的协助下还是回到了座位上，大家都没事。

长途大巴安静地往前进，视听系统中断之后就没继续播下去。司机不继续说笑话了，不但如此，不管约尼问什么问题他都不回答。约尼坐在乘客座的第一排，驾驶座正后方，开始有了戒心，但决定不要让其他人察觉到她的忧虑。她告诉自己：巴士仍然好端端地向前开，车速很稳定，不管发生了什么事，他们应该很接近目的地了。

过了一阵子，长途大巴开上了泥泞路，大家都被晃醒了，接着巴士又开上更颠簸的路段，所有人握着扶手，饮料溅到大腿上，而巴士仍摇摇晃晃地继续前进。他们耐着性子在车上摇了一分钟，然后巴士就突然停了下来。司机熄掉引擎，他们听到车门打开的声音，他什么也没说就离开了巴士，钥匙碰撞的声音渐行渐远。

约尼要其他辅导员在原地等，她希望如果他们已经抵达了学院，教务人员就会立刻过来接待。木讷司机的问题可以找适当的时机再提出来。

不过，看这情况好像愈来愈不对劲，没有人过来和他们打招呼。

约尼撑住座椅站起来,往车门的方向摸索前进,她对着一片黑暗大喊:“有人在吗?”

她什么都没听到,只有巴士引擎冷却下来后发出的机械声响和鸟儿飞过时扑着翅膀的声音。

她转身面对她要照顾的年轻乘客,感觉到他们的疲倦和焦虑。长途跋涉后却面对着不确定的终点。有些坐在巴士后端的小孩开始哭了。

约尼把一个辅导员叫到前面,压低声音热烈讨论之后,还是没人知道要怎么做。

约尼的手机以温柔得令人发火的声音说:“您目前不在服务区。”

其中一名辅导员沿着仪表板摸到了无线电,可是却找不到听筒。他也注意到司机的座椅热得很不寻常。

另外一名辅导员,乔尔,今年十九岁,个性有点毛毛躁躁、盛气凌人。他耐不住性子,打开了白手杖,沿级而下,离开巴士到了地面。

“是草地。”他回报给车上的人听,然后放声大喊,希望周遭的人或司机能听见:“请问一下,这里有人吗?”

“这实在太不对劲了,”约尼虽然身为辅导员队长,但她和其他小朋友一样无助,“我搞不懂。”

“等等,”乔尔的声音压过她,“你听到了吗?”

他们都安静下来张大耳朵。

“听到了。”有个人说。

约尼什么都没听到,只听见远方的猫头鹰呜呜地呼啸:“什么?”

“我不知道。有个……嗡嗡声。”

“什么?是机械声吗?”

“有可能,我不确定,有点像……像瑜伽课上听到的念咒声。你知道,那种诵经的声音?”

她再继续听一阵子:“我没听到,可是……好吧。听我说,我们有两个选择。把车门关了留在车上继续无助,或请外面的人帮忙。”

没人想待在车里，他们已经在巴士上待太久了。

“如果这是一种测验呢?”乔尔猜测着，“你知道，周末活动的一部分。”

另一位辅导员低声表示同意。

这倒让约尼有了另一个想法。“好，”她说，“如果这是测验，那我们一定要好好表现。”

他们让小朋友逐排下车，带领他们排成纵队，每个人把手伸出来搭着前一个人的肩膀。有些小朋友听到了“嗡嗡声”还跟着哼了起来。这个声响好像让他们都冷静了下来，大家都把声音的来源当成目的地。

三名辅导员带头，以白手杖探索路况，地面崎岖不平，但没有石头或危险的障碍物。

不久后，他们听到远方传来动物的叫声，有些人猜是驴子，但大部分的人都不同意，听起来像猪。

是农场吗? 或许那嗡嗡声是大型发电机? 或是某种饲料机在夜里磨谷物?

他们加快脚步，后来碰到了一个障碍物：低矮的木造栏杆篱笆。两名带头的辅导员分别往左右去寻找篱笆的开口，找到一个开口之后，便把大家都带过去，朝篱笆的另一侧走去。脚下的草地变成泥地了，他们走在宽敞的小径上。辅导员把小朋友排成紧密的纵队，大步往前走，后来碰到了一栋建筑物。这条路径直接连上了宽敞的入口，他们走进屋内，大声呼喊，可是却没有回音。

这个宽敞的空间里有各种不同声调的杂音。猪在他们出现后便好奇地尖声啼叫，吓着了小朋友。它们猛撞猪圈，猪蹄在铺满干草的地面上刮呀刮的。

约尼用手感觉到两侧有棚舍。牲畜排泄物的味道，但也有……更肮脏恶臭的味道，很像停尸间的气味。

他们走到了屠宰场里的猪圈，不过大家虽心知肚明却不敢说出来。

有些人觉得嗡鸣声变成了人声，有几个小孩身不由己地想要离开队伍，好像是那声音里有种熟悉的感觉要他们这么做，辅导员必须把他们围起来，甚至得使上蛮力。他们又重新报数了一次，确保大家都在一块儿。

约尼在报数的时候终于听到了那个声音，她认得那是她自己的声音，没有什么比这更诡异的感觉了，那声音来自她脑海里，唤着她，和梦一样。

他们循着声音，沿着宽阔的坡道往下走到充满浓厚的停尸间气味的交谊厅。

“有人在吗？”约尼的声音发颤，她还希望满肚子老梗的游览车司机能响应他们，“你可以帮我们吗？”

有个人在那里等他们，像日食一般的暗影。他们感觉到他的温度和巨大的身型。嗡鸣声更强了，笼罩着他们的脑海，像被子一样覆盖了他们仅存的感官——听觉，让他们处在停格的状态中。

没有人听到血祖熊熊燃烧的身躯缓步轻移的声音。

插曲一

1944年，秋

牛车在泥地与草丛上颠簸，固执地碾过乡间小径。这几头牛都很温驯乖巧，其实大部分牲口结扎后都很听话。它们摇着细细的尾巴辫，像钟摆一样，每一只的动作都很一致。

车夫的手上抓缰绳的部位有护套，他身旁的乘客穿了黑色长袍和黑色长裤。

他的颈子上系了波兰神父的垂坠圣珠。

不过这名身穿神职人员祭衣的年轻男子不是神父，他根本不是天主教徒。

他是个犹太人，这身打扮只是乔装易容。

后方有辆汽车愈来愈靠近，在凹陷的路面上追过他们，那是一辆载了俄国士兵的军车，不一会儿就从牛车左侧超前了。车夫没有挥手或转头示意，柴油引擎往后喷烟，他则用长杖戳戳慢行的牛只。"不管你赶多快，"他等烟雾散尽后说，"最后我们都会到同一个终点，神父，您说对吧？"

亚伯拉罕·瑟拉齐安没作答，因为他再也不确定车夫说得有没有道理。瑟拉齐安脖子上缠了厚重的绷带，那只是伪装，他学了一点波兰语，虽然听得懂，但是一开口就有破绽。

"神父，您被打了啊，"车夫说，"手掌都碎了。"

瑟拉齐安看着自己年轻但已遭碾碎的双手。粉碎的指节在他逃亡的时候无法妥善治疗，当地有个外科医师同情他，将指节打碎后再接起来，减少骨头和骨头的直接磨损。他的手指现在可以动了，他原本还不抱什么期望的。医生说他年纪愈大,关节就会愈退化。瑟拉齐安每天都会屈伸手指,虽然痛苦难耐,可是这样才能增加弹性。战争让人类不再对长寿和成功抱持希望,但瑟拉齐安认为,不管他还剩下多少时间,他永远都不要被人当成残废。

他这次回来不认得这片乡景了——话说回来,他又怎么会认得?他刚来的时候被关在封闭无窗的列车里,他在暴动之前都没离开过集中营,暴动后他就逃进森林深处。他想找铁轨,不过显然都被移除了。铁道的痕迹还在,明显地压过农田。大自然花了一年的时间还是无法洗清罪行留下的污痕。

瑟拉齐安在最后一个转弯处爬下牛车,临别前为农村车夫祈祷。"神父,您可别在这里待太久,"车夫在引领牛上路前说,"这地方不太吉利。"

瑟拉齐安看着牛车缓步前行,然后沿着刻满伤痕的小径前进。他看到一栋朴素的砖造农舍,旁边有一大片广阔的农田,只有几个农夫在耕作。特雷布林卡灭绝营在建造的时候就不打算永久保留,当时的想法是要将其打造为临时人类屠宰场,以最高的效率消灭营内俘虏,完成目标后就彻底拆除。特雷布林卡几乎没有文书作业,也不像奥斯维辛集中营会在俘虏的手上刺青。这个灭绝营伪装成火车站,连假售票亭都有,还有假的车站广告牌("上马伊丹站")和假的路线图。纳粹策划的"莱因哈德行动"就是要进行种族屠杀。

监狱暴动之后没多久,特雷布林卡灭绝营就于1943年的秋季被拆除了。那块地被重整过,上面盖了个农场,不希望当地人进入或在那个区域耕作觅食。毒气室拆下来的砖瓦打造出农舍,住户就是之前驻在特雷布林卡灭绝营的乌克兰守卫,施特雷贝尔和他的家人。在灭绝营工作的乌克兰人是苏联时期的战犯,这里的工作(即大屠杀)影响了他们所有人的心理。瑟拉齐安亲眼见到这些前战犯,尤其是有德国血统的乌克兰人,在死亡集中营的颓废气氛下逐渐瓦解,开始贪污收贿,或变成虐待狂。他们原本也是囚犯，但是在灭绝营里，他们被赋予重大责任，有的是班长，有的是排长。

瑟拉齐安光看名字还没办法想起施特雷贝尔这个人的长相，不过他最记得乌克兰人的黑色制服、他们的卡宾枪，和他们的残酷冷漠、泯灭人性。瑟拉齐安听过一个流言，说施特雷贝尔一家人荒废了农地，在红军进抵之前就已经开始逃亡。不过瑟拉齐安在六十英里外的小镇担任神父一职，他也听到乡野传闻说邪恶的瘟疫在死亡集中营改建的那个区域散播开来。有人说施特雷贝尔一家人在某个晚上不告而别，连个人物品都没带。

让瑟拉齐安最好奇、最感兴趣的是最后那一则传闻。

他本来还在怀疑，自己在死亡集中营里是不是发疯了。他是不是有幻觉？高大的吸血鬼以犹太囚犯为食的画面是不是他的想象？是不是他的大脑因为无法接受纳粹人竟凶残至此，所以才以鬼魅的形象来合理化这一切？

他一直到现在才坚强起来，准备寻找答案。他穿过砖屋，经过在田里耕耘的农夫——却发现他们不是农工，而是当地居民。他们从家里带了挖土的工具，不断翻土，想要寻找犹太人在大屠杀中遗落的黄金和珠宝，不过他们怎么翻，也只能找到电线、铁丝和骸骨。

他们露出怀疑的表情看着瑟拉齐安，仿佛掠夺赃物这一行也有行规，尽管这一块地不是他们的。就算瑟拉齐安穿着神父的祭衣，他们挖掘的动作也没有慢下来，他们依旧毅力十足地寻宝。有几个人放慢了速度，低下头。倒不是羞耻心使然，而是他们比较上道，等他继续向前走再开始掘墓。

瑟拉齐安从以前的营地继续走，离开了以前的外墙，回溯着他当时逃到森林里的路线。他好几次走错路，最后终于找到了古罗马废墟，那里看起来几乎没变。他走进洞穴里，走进他杀死变态为吸血鬼的纳粹军官齐默尔的地方。尽管他双手已废，他仍逼齐默尔走进日光里，让他被阳光烘为焦土。

他在洞穴里环顾左右,突然懂了:地上的刻痕、洞内磨出的一条步道,这都表示最近有人迁进了洞穴里。

瑟拉齐安快步走出去,站在阴森森的废墟外头,感觉到胸口一窒。他察觉到这地方透着诡谲,暮霭沉沉,黑暗即将占领大地。

瑟拉齐安闭上双眼,像神父祷告的动作一样,但他并不是在和上天沟通,他是要集中心神,压抑恐惧,接受迎面而来的挑战。等他回到农舍时,当地居民都回家了,整片农田就和墓地一样沉静灰暗。

瑟拉齐安走进农舍里,他四处探看,只是要确保屋内真的只有他一人。他在客厅吃了一惊。室内最舒适的那张椅子旁边的小阅读桌上挂了一支雕刻精细的木质烟斗。瑟拉齐安伸手去取,握在变形曲折的指头里——他立刻就看出来了,那是他的作品!

他刻了四支,是1942年的圣诞节前一位乌克兰上尉军官特别订制了要当礼物的。

烟斗在瑟拉齐安的手中颤抖,他想象着警卫施特雷贝尔陪家人坐在这个房间里,身边的一砖一瓦都背负着刑场的诅咒,而他享受着烟草,烟圈往上飘到天花板——在过去,这地方也曾有火舌喷向天花板,焚烧尸体的焦臭味往上蹿,如尖叫呐喊声直达天听。

瑟拉齐安用力将烟斗折成二半,扔在地上,用力踩,气得全身发抖,他已经好几个月没这么愤怒过了。

暴怒来得突然,去得也急,他又恢复了平静。

他走回朴素平凡的厨房,点燃一根蜡烛放在窗边面对树林,然后坐在桌边。

他只身坐在屋内,一边伸展手指一边等待,他想起了他刚到小镇教堂的那一天。他在逃亡的途中,为了寻找食物,意外发现了那座空荡荡的教堂。

纳粹围捕了所有天主教神父,把他们全数带走。瑟拉齐安在教堂旁边的宿舍找到保暖的祭衣，迫不得已之下他只好穿上，因为他身上衣衫褴褛，连补都没办法补，一眼就看得出是逃犯，而且夜晚经常冷得冻骨。他后来灵机一动，将颈部包扎起来，让人误认为是声带受伤，在战争的年代里根本不会有人质疑。

就算他不发一语，村民还是接纳了他，纷纷向这位身穿制服的神职人员告解。或许是黑暗的年代里大家渴求信仰吧，而他只能以残破的双手为他们奉上祝福。

瑟拉齐安的家人本来期望他长大后能当犹太教经师，但他没走上那条路，他这时却担任了一个很不一样的职务，却又奇怪地相似。

就在那里，在荒废的教堂里，他和他过去所见的画面缠斗。从虐待成癖的纳粹军官到恶心病态的吸血鬼——他时常怀疑究竟那一切有多少真实多少虚幻。唯有那双碎裂的手掌能够证明这一切的真实性。有时其他难民也会到"他的"教堂避难，其中有从波兰家乡军、德国国防军或盖世太保魔掌中逃出来的农民，而瑟拉齐安从他们的口中听到特雷布林卡灭绝营已经从地表上消失了。

日落之后，月色覆盖乡野，一股诡谲神秘的寂静笼罩着农场。入夜后，乡间本来就会变得很安静，但这块过去是死亡集中营的区域简直鸦雀无声、肃穆萧瑟，仿佛连黑夜都屏住了呼吸。

很快地，访客就到了，他出现在窗外，摇曳的烛光映出薄玻璃外那张爬满白色血虫的脸庞。瑟拉齐安没锁门，访客走了进来，僵硬地移动步伐，好像大病初愈。

瑟拉齐安转过头，寒颤不断、不可置信地看着这个人。纳粹党突击队的霍普德曼士官长是他以前的舍监，负责管理控制木匠及所有具有特殊专长，可以供士官长和乌克兰籍守卫使唤的犹太人。过去他的全黑色士官长制服永远光洁如新，瑟拉齐安对那样式仍很熟悉，但那身制服现在已经破烂不堪，残碎的布条露出他的官阶刺青和前臂，他变态为吸血鬼之后手毛都掉光了。晶亮崭新的纽扣、皮带、黑帽都掉了，党卫队骷髅总队的骷髅头徽章仍扎在破损的黑色领口上，他的黑皮靴以前总是刷得发亮，现在却满是刮痕并积了厚厚一层尘垢。他的双手、嘴唇、脖子都黏上了黑色干涸的血渍，头上还有苍蝇不断绕着飞。

他瘦长的双手上拿着粗布麻袋，瑟拉齐安不知为什么开始怀疑这突击队士官长是来以前的特雷布林卡营地收集泥土的，因为这里的沃土受过瓦斯毒气和种族屠杀的滋润。

这个吸血鬼睁着红锈色的双眼低头看着他，眼神冷淡。

亚伯拉罕·瑟拉齐安。

这声音不知从哪儿传出来，绝非来自吸血鬼的嘴巴，那沾满血污的嘴唇始终没移动。

你逃过了焚洞死劫。

那声音回荡在瑟拉齐安体内，既深又远，震到他觉得自己的脊椎好像成了音叉。还是同样的声音、众人齐鸣的声音。

那个高大的吸血鬼，就是他在灭绝营里见到的吸血鬼，他通过霍普德曼士官长的身体发声。

“萨铎。”瑟拉齐安以那吸血鬼过去身为人类时的名字唤他，过去他是个身材高大的贵族，尤赛夫·萨铎。

你打扮成神职人员，你曾经和你的上帝对话。你相信是他将你从焚洞中拯救出来的吗？

瑟拉齐安说：“不。”

你还想摧毁我吗？

瑟拉齐安不说话，不过答案是肯定的。

他好像能读心，他的声音好像愉快地不断冒泡泡一般。

你真是不屈不挠，亚伯拉罕·瑟拉齐安，就像不肯凋零的树叶。

“现在想怎样？你为什么还在这里？”

你是指霍普德曼吧，他就是为了让我能进入灭绝营才存在。最后，我将他转化为吸血鬼，然后他开始以那些他欣赏的年轻军官为食，他偏好纯

种雅利安人的血液。

“那么——还有其他吸血鬼。”

首席文书官和军医。

艾希霍斯特和德雷弗哈文医师，瑟拉齐安心想，没错，他还记得那两人。

“那施特雷贝尔和他的家人呢？”

我对施特雷贝尔一点兴趣也没有，只不过是一顿饭。我们饱餐后，在他们还没变态时就销毁了他们的尸体。你知道，这里的食物愈来愈稀少了，你们的战争很无用，我何必要制造更多张嘴来抢食呢？

“既然如此，你为什么要这块地？”

霍普德曼的头一歪，肿胀的喉咙极不自然地发出咕咕声，像青蛙一样。

我们就说是我念旧吧，我怀念灭绝营的效率，我已经被这人类自助餐飨宴宠坏了，而现在，我已经懒得回答你的问题了。

“最后一个问题，”瑟拉齐安朝霍普德曼手中的那一袋土壤再看一眼，“暴动前的一个月，霍普德曼命令我做了一个巨大的木箱，甚至提供我需要的木材，是进口的厚乌木板，他还给了我一张草图，要雕刻在上开式的门上。”

没错，犹太人，你手艺精湛。

霍普德曼说那是个“项目”，当时瑟拉齐安别无选择，只担心自己要打造的是要供柏林的士官长使用的家具，或许用的人是希特勒也不一定。

不过他错了，实情比他的臆测更糟糕。

历史让我知道这个灭绝营不会永远存在，大型的实验都只是暂时的。我知道这飨宴总会散场，我迟早要离开。同盟国的炸弹没命中目标，却击毁了我的床，所以我需要一张新的，现在我总是随身携带。

瑟拉齐安没有畏惧，而是愤怒地全身颤抖。

好了，霍普德曼该吃饭了。亚伯拉罕·瑟拉齐安，你会回到这里我一点也不意外，似乎我们两人对这里都很有感触。

霍普德曼放下那一袋泥土，那吸血鬼往餐桌移动，瑟拉齐安贴墙站着。

亚伯拉罕·瑟拉齐安，别担心，我之后不会把你交给那些野兽，我认为你应该加入我们，你的性格很坚强刚烈，你的骨骼会愈合，然后你的双手就能继续为我们服务。

霍普德曼进逼，瑟拉齐安感觉到他的体温高得离谱。那吸血鬼散发出高温和腐土的臭味，无唇的嘴张开来，瑟拉齐安看见螯针的尖端准备朝他袭来。

他望着吸血鬼霍普德曼的红眼，希望萨铎也正看着他。

霍普德曼肮脏的双手圈着瑟拉齐安颈上的绷带。吸血鬼撕开绷带，同时发现他的食道和颈动脉外围有一片闪亮夺目的银甲。霍普德曼睁大双眼，蹒跚后退。瑟拉齐安要求小镇铁匠打造的银甲驱退了吸血鬼。

霍普德曼退到另外一道墙上，呻吟了一声，顿时锐气全消却又困惑不解，可是瑟拉齐安看得出来他正在准备下一步。

死到临头仍不屈不挠。

霍普德曼冲向瑟拉齐安，但瑟拉齐安从袍子暗袋拿出尾端削尖如剑的银色十字架，让对方只跑到一半。

斩杀纳粹吸血鬼原来如此痛快。对瑟拉齐安来说，这代表他有机会在特雷布林卡的土地上复仇，同时重挫那高大的吸血鬼，打击他那诡秘的妖法。不过，更重要的是，这证明了瑟拉齐安神智清醒、并未发疯。

没错，他在灭绝营里见到了他见到的恐怖画面。

没错，传言都是真的。

没错，真相很骇人。

这次杀戮确定了瑟拉齐安的宿命，他从此将生命投入所有关于返魂尸的研究——还要将他们赶尽杀绝。

他那天晚上脱下神父的祭衣，换上粗野农夫的衣衫，以火焰消毒十字架匕首的白色尖端。他走出去时推倒了袍子和破布上的蜡烛，让身后受诅咒的农舍被大火吞灭，而他在熊熊火光中迈步前行。

冷风飒飒

COLD WIND BLOWING

哈林区东118街,纽约人典当质借中心

瑟拉齐安解开当铺大门的锁,拉起安全闸门,费特就像在门外等候的顾客,想象着老人在过去这三十五年来每天都要重复这些琐事。当铺主人从屋内走到阳光下,这一刻,世间一切都看起来很正常。一个老人在纽约市街头对着太阳眯起眼睛。这瞬间让费特有点怀旧,反而没有鼓励打气的作用,他觉得这样“正常”的时间不多了。

瑟拉齐安身穿粗花呢背心,没披外套,白色的衬衫袖子卷到手腕上方。他看着大面包车,车门和侧面都写着:曼哈顿公务处。

费特对他说:“我借来的。”

老教授看起来欣然却疑惑:“我想知道,你能不能再弄一辆来?”

“为什么?我们要去哪里?”

“我们不能再待在这里了。”

瑟拉齐安家的顶楼有一间格局很奇怪的储藏室,伊费就坐在平坦的运动垫上。扎克曲着一条腿坐着,他的膝盖立起来,和脸颊等高,双臂环着大腿。扎克看起来很疲惫,就像在外露营过夜的小男孩一样,虽然改头换面,气色却没有好起来。他们身边有很多面银底的镜子,让伊费觉得好似有许多双古老的眼睛盯着他瞧。铁栏内的窗框才刚急促地钉上木板,那就像包扎的绷带一样,比它遮盖的伤口更丑陋。

伊费端详着儿子的脸,想要解读他的表情。他担心这孩子的精神状况,也担心自己的。他揉揉嘴角准备发言,感觉到嘴唇周围和下颚很粗糙,才想起自己已经好多天没刮胡子了。

“我今天翻了翻家长守则,”他开口说,“可惜里面没有任何一章提到

吸血鬼。”

他硬挤出微笑，却不知道有没有用。他不确定他的微笑还有没有说服力，也不确定现在还有人笑得出来吗。

“好吧，那，我知道这一切听起来很荒诞，确实这整件事都很荒谬，不过我还是得说。小扎，你知道你妈妈很爱你。她对你的爱胜过你所了解的程度，就和所有妈妈对孩子的爱一样，所以之前我和你妈妈才会让你觉得我们好像在拔河，因为我们两人都无法忍受和你分开的生活。因为你是我们的生活重心，我知道小孩有时候会把父母离婚怪在自己身上，但你是我们还能保持联系的原因，为了争夺谁能和你在一起，我们都快把自己逼疯了。”

“爸，你不必——”

“我知道，我知道。要我讲重点，对吧？但，我该讲的你还是得听。或许我也得听一听，可以吗？我们必须要很清楚对方的想法，把一切摊开来谈。一个母亲的爱……就像一股力量，超越人类的情感，直达灵魂深处。而父亲的爱——我对你的爱，小扎，那是我生命中最强烈深刻的情感，绝对是。不过这也让我理解母爱的特别，母爱可能是人类最强韧的关系。”

他看看扎克的反应，想知道他听不听得懂，判断不出来。

“现在这件事，这场祸疫，这可怕的……已经占据了她，将她善良美好的那一面，还有真诚、明理的那一面消灭殆尽。也就是我们所谓人性的那个部分。你妈妈……她很漂亮、很体贴，她……她也很疯狂，就像所有为孩子尽心尽力的妈妈一样。你是她送给这世界的礼物，你在她眼中就是这样。她对你的看法没变，这个部分仍持续存在，不过现在她已经不是她自己了，她不是凯莉·顾威，不是你妈妈了。这对我们来说都很难接受。就我所知，她已经变了，唯一没变的就是她还认得你，因为你们之间的关系很神圣，永远不会断。我们称为爱的东西，用温馨贺卡的方式来形容，就是我们人类都无法想象的深刻情感。而她对你的另一种爱……已经变质了，变成一种渴望和需要。她现在的处境非常糟糕，可是她希望你和她在一起。她并不觉得这种想法很邪恶、很危险,她只要你和她在一起。你只需要知道,她这么做都是因为你,妈妈爱你爱得很彻底。”

扎克点点头,他不肯或不愿说话。

“好,讲了那么多,我们现在开始要保护你的安全,不能受她攻击。她现在看起来不太一样,对吧?这是因为她已经不一样了,完全变了,我知道这件事很难面对。我不能强迫你接受,只能保护你不受她袭击,不受她已经变成的怪物的威胁。这是我的责任,因为我是你爸爸,是一个家长。你想想你妈妈,想想她原本的样子,还有她如果碰到任何可能会让你失去健康或安全的威胁的话,她会怎么做……然后告诉我,她会怎么做?”

扎克点点头,立刻回答:“她会把我藏起来。”

“她会把你带走,远离威胁,带你去安全的地方。”伊费听着自己说的话,“会去接你……然后逃跑。我说得没错吧?”

“你说得没错。”扎克答。

“好吧,那——当个过度保护的妈妈?现在是我的任务了。”

布鲁克林

埃里克·杰克逊取了三个不同的角度来拍摄窗上的蚀痕。他执勤时总会随身携带一部轻巧的佳能数码相机,另外还会配枪和警徽。

现在流行的是酸蚀创作,美术材料行会卖相关的工具和鞋油,让你可以把鞋油擦在玻璃或塑料玻璃上。当下不会立刻看出图案,侵蚀玻璃需要几小时的工夫,等得愈久,刻痕就能愈持久。

他退后一步打量这个图案,六束黑色线条从中心的大红色块放射出去。他检查相机存储卡里之前的照片,有一张他昨天在瑞奇湾拍摄的照片,可是主题不够突出;另一张在卡纳西,看起来像一颗大星星,只是强调了紧密的线条。

杰克逊认得出菲德在各地的创作。没错，这不像他平常的作品——相较之下这比较像是业余创作者的图案，可是他绝对不会认错那精致的弧线和完美的挥洒比例。

这老兄在纽约城市内创作，有时在一夜之间完成。这怎么可能呢？

埃里克·杰克逊是纽约市警局全市公物破坏专任小组的成员，他的工作就是要追踪故意破坏公共财物的人，并避免他们继续犯罪。他信守纽约市警局对涂鸦的看法，就算是精致细腻、用色鲜艳的涂鸦创作也算破坏公共秩序，这只会让其他人认为自己可以对整个都会环境为所欲为。"表现自由"一直都是无赖的逃避手段。乱丢垃圾也是一种表现行为啊，但你丢了就是会被抓。秩序是很脆弱的，混乱只有几步之遥。

这城市正目睹着混乱，第一手目击。

暴徒攻陷了南布朗克斯区的几条街，入夜后情况最糟糕。杰克逊一直等队长让他穿回以前的制服，回到街头主持正义，但现在仍无消息。每次当他回到车上打开广播，大伙儿也不会用无线电聊天了，所以他继续做他分内的工作。

州长拒绝出动国民军，但他只不过是位于纽约州首府奥尔巴尼的一个人，以政治前途来权衡所有决定。照理推测，美军的部队有许多都在伊拉克与阿富汗，所以国民军人手不足，装备也不够，但看着远方天空蹿起的黑烟，杰克逊还是很希望能得到援助。

杰克逊负责这五个行政区，只要有人破坏公务就归他管，但没有人像菲德这样大肆破坏纽约市容。这家伙无所不在，一定是白天猛睡，然后彻夜涂鸦。他现在大概十五六岁，从十二岁开始涂鸦。这些人多半从那年纪开始涂鸦，他们先从校园和邮筒画起。监视摄影机总是拍不清楚菲德的脸，他通常会戴顶扬基棒球帽，拉起连帽外套的斗篷，有时候甚至会加上防毒面罩。他的打扮和大部分爱涂鸦的人一样：口袋很多的工装裤、装喷漆的背包、高筒运动鞋。

大部分涂鸦都是集体创作，但菲德独来独往。他是个年轻的传奇人物，在好几个不同的区域搞破坏都没被惩罚，据说他有一串偷来的万能钥匙，连地铁的车厢都能打开。他的作品很受重视，根据性格分析，年轻的涂鸦客通常缺乏自信，想要获得同侪的赏识，对于名誉的追求有点扭曲。菲德完全不符合这些描述，他的招牌不是他的签名，通常他们会用昵称或符号来代表自己，而他的招牌就是他的风格，他的绘画从墙上跳出来。杰克逊自己推测（早就从直觉变成他很确信的推论了）：菲德很有可能得了强迫症，或许还出现了亚斯伯格症候群的症状，也就是发展障碍，或甚至是自闭症。

杰克逊之所以明白这一点，一部分是因为他自己也有强迫症。他有一本菲德的作品集，就像那些爱涂鸦的人身边都会带画册一样，他们的画册里有各种涂鸦的图案。公物破坏专任小组里的制止涂鸦惯犯小队有五名警察，他们这个小队又称为鬼魅小队，而他负责管理维护涂鸦惯犯数据库，只要看到新图就和其他数据库交叉比对，调查那个涂鸦的地址。认为涂鸦是"街头艺术"的人对涂鸦的既定印象就是大楼壁画或地铁车厢上色彩鲜艳的狂野图案，有点漫画的风格。这些人不晓得其实爱涂鸦的人会用强酸侵蚀店面，他们互相竞争，看谁能得到最嚣张、最危险的分数。而且，涂鸦有时候代表帮派地盘，他们用涂鸦来打响名号、建立威信。

鬼魅小队另外四名警察已经不在该上班的时间出现了。有些广播节目说纽约市警局的警察擅离职守、遗弃了纽约市，就像卡特里娜风灾后纽奥良的警察自己先逃命一样，不过杰克逊并不相信。他觉得事有蹊跷，绝对不只是传染病那么单纯而已。你如果生病了，赶快请病假、找人代班就不会拖累其他同事。政治名嘴说他们玩忽职守、懦弱胆怯，他听了就有气，就好像他看到蹩脚的涂鸦客在刚粉刷好的新墙上画了难看的图案一样。他宁愿相信之前别人鬼扯说纽约有吸血鬼，也不愿相信他的兄弟都成了缩头乌龟逃去新泽西。

他回到自己外壳干净的汽车上，沿着安静的街道开往科尼岛。他至少每周会去三趟，科尼岛主题乐园是他小时候最喜欢的地方，不过他爸妈倒没那么喜欢带他去。他原本打算长大之后每天都去科尼岛一趟，虽然他无法信守童年的诺言，但他还是会去那儿吃午餐，也算是履行了承诺。

宽广的步道空无一人，他并不意外。秋日虽然很温暖，但现在传染病散播迅速，大家当然不会想去游乐场。他去纳森热狗连锁店瞧一瞧，发现热狗餐厅已经没人经营了，可是大门却没锁。这间餐厅已经荒废了，他高中毕业后就在这个热狗摊打工。他走到柜台后面，进了厨房。他赶走两只老鼠，擦擦流理台，冰箱里面温度还很低，所以他拿出两条牛肉热狗，找到面包和一罐封了保鲜膜的红洋葱。他喜欢洋葱，尤其是当他吃完午餐，逮捕涂鸦犯后，看他们受不了洋葱气味而皱起眉头的样子。

热狗一下就熟了，他走到外头去吃。摩天轮和云霄飞车都安安静静地休息不动，海鸥停在最高的轨道上。有一只海鸥愈飞愈靠近，结果在快要靠近轨道顶点的时候突然振翅快速离去。杰克逊凑近一看，才发现停在上面的小动物根本不是鸟。

都是老鼠，一堆老鼠散布在游乐设施顶端想要抓鸟。搞什么？

他沿着宽阔的人行道继续往下走，经过“射击怪物”的游乐器材，那是科尼岛最著名的游戏。他站上围有栏杆的高架步道，俯瞰状似小巷的靶场，场内有篱笆、四散的桶子、各色各样的假人头，生锈的网架上还放着保龄球瓶供人做打靶练习。栏杆的旁边有六把漆弹枪链在桌子上，告示牌上写了价钱，还特别标榜“活人标靶”。

侧面的砖墙上有许多涂鸦，看起来更有个性。不过他在那些白色喷漆的图案旁边发现了另一个菲德的作品。另一个六束放射线的图形，这次涂上了黑色和橘色，这个由线条和斑点构成的图形就像他在市中心各处见到的一样。

然后他就见到了那个怪咖。那个怪咖穿着厚重的黑色盔甲，就像战斗服，盖住全身。头盔、口罩、护目镜完全遮住他的脸。铁闸门旁边有一个沾满橘色油漆的盾牌，那是游客用来挡漆弹的工具。

那怪咖站在射击区和标靶中间，戴着手套、握着一罐喷漆，继续往墙上作画。

“嘿!”杰克逊喊他。

怪咖没理他,继续涂鸦。

“嘿!”杰克逊放大音量,“纽约市警局! 我要跟你说话!”

还是没反应。

杰克逊把每一支步枪造型的漆弹枪都拿起来试试看,希望里面还有子弹。他找到一把里面还有几颗橘色漆弹的枪,架在肩上,瞄准低处,步枪一响,漆弹就在怪咖靴子旁边的地板上爆裂。

怪咖毫无退缩之意,画完那个图案后,扔下空瓶,往杰克逊高架步道下的方向走来。

“嘿,混蛋,我说我要跟你说话。”

怪咖脚步不停,杰克逊朝他胸口开了三枪,留下红色漆印。怪咖经过他的射击范围,走到了他的正下方。

杰克逊翻过扶手,先把自己撑起来,晃个几秒钟,再往下跳。他到了下方就可以较清楚地看到怪咖的杰作。

他就是菲德,杰克逊敢保证。他脉搏加速,朝唯一的那道门冲过去。

门里面是狭小的更衣室,地上斑斑驳驳都是漆。更衣室后方有一条狭窄的走廊。他看到怪咖的头盔、手套、护目镜、盔甲和其他装备散落一地,杰克逊这才明白:菲德不是个利用城市动乱来四处涂鸦的投机分子,他和纽约的骚动不安有关。他的涂鸦、他的图案:这场动乱一定有他一份。

走廊末端,他转进一间小办公室,那里有个柜台、电话、一栏又一栏的漆弹,和超市里的生鲜鸡蛋一样,还有出故障的步枪。

旋转椅上有个背包,拉链没拉,里面有喷漆和麦克笔。菲德的工具。

杰克逊身后传来阵阵声响,他转过身,涂鸦犯就在那边。没想到对方个头那么小,连帽上衣沾到了油漆,扬基队棒球帽上有银黑色队徽,另外还有工业口罩。

“嘿。”杰克逊一时语塞。他追踪菲德那么久,没想到会在这么突然的场景下找到他。“我要跟你谈一谈。”

菲德不发一语,两眼直视前方,深色眼珠从帽檐下方露出。杰克逊往旁边移动,免得菲德丢下背包就跑。

“你实在很狡猾,”一如往常,杰克逊已经把相机收在外套口袋里,做好准备了,“先把帽子和口罩脱掉,我要你对镜头笑一个。”

菲德动作缓慢——刚开始几乎一动也不动,不过他后来举起沾满油漆的双手,拉下连帽上衣的斗篷,脱下棒球帽,再拿下口罩。

杰克逊的相机仍靠在他的眼睛上,但他始终没按下按钮。他透过镜头所看到的景象先是吓着了他,然后让他呆若木鸡、束手无策。

这根本不是菲德,不可能。这是个波多黎各女孩。

她的嘴边都是红色油漆,仿佛为了寻求刺激才刚喝下一大口。但这也不对,若是这样的话,嘴边会留下薄薄一层油漆,而她脸上有黏稠的红色水珠,有些就干在下颚处。她的下巴往后一缩,螯针弹出来,吸血鬼街头艺术家往杰克逊的胸膛和肩膀蹬去,将他扑倒在柜台上,吸得精光。

布鲁克林平原区

平原区在布鲁克林南岸,介于卡纳西镇和海洋公园之间。就像纽约市的住宅区一样,平原区在20世纪内也经历过剧烈的人口结构变化。这里的图书馆现在除了为从海地和其他加勒比海地区移民来的住户提供法语和克里奥尔语的书籍之外,也和当地的神学院一起为信仰东正教的犹太家庭举行伴读活动。

平原大道上有一间长形的购物商场,费特的小店就开在里面。没有电,可是费特的旧电话还是有嘟嘟声。商店门面主要用来存放货品,而不是招呼过路的客人。事实上,费特在门上挂了个老鼠招牌就是不要让人随便走进来。他的工作室和车库在后面,他们把瑟拉齐安地下军火库里最重要的装备都放在那里——书籍、武器和各种工具。

伊费注意到瑟拉齐安的地下军火库和费特的工作室很类似,费特的敌人是鼠类和昆虫,因此这里塞满了铁笼、伸缩针筒、紫外光手电筒,还有矿工用的安全帽,很适合夜间猎鼠。一旁还有蛇钳、控制杆、消臭液、镖枪、抛置网、捕鼠粉、手套。小水槽上方有个实验区,那里有鼠科兽医装备,可以在捕到老鼠之后抽血或采样。

唯一令人匪夷所思的物品是安乐椅的脚边有厚厚一大叠房地产杂志。别人可能会在工作室里囤积许多色情杂志,费特却收集房地产杂志。"我喜欢里面的图片,"他说,"每一栋房子都打上温暖的光泽,衬着蓝色的淡暮,好美。我会想象住在里面的人过着什么生活,真幸福。"

诺拉卸货卸到一半走进来休息,拿起瓶子灌水,一手放在腰间。费特递给伊费一只沉甸甸的钥匙圈。

"前门三道锁、后门三道锁。"他示范了一遍,给他们看每一把钥匙已经按照开门的顺序串好了,"这几把是柜子用的——从左到右。"

"你要去哪里?"伊费在费特往门口走去时问。

"那老人吩咐我去办点事。"

诺拉说:"回来的路上帮我们买点东西吃。"

"那是往日的好时光。"费特说完便登上第二辆面包车。

瑟拉齐安从曼哈顿过来的路上一直捧着一捆小地垫在腿上,他递给费特,那里面还包了个东西。

"你回到地底下,"瑟拉齐安说,"找到通往美国本土的管道后就封起来。"

费特点点头,老人的要求很明确。"为什么要单独去?"

"你比其他人都更知道那些隧道,而且扎克需要和爸爸相处。"

费特点点头:"那孩子现在怎么样?"

瑟拉齐安叹口气:"他嘛,目前的处境会先让他很绝望,新的真相会让他觉得很恐怖,再来就是玄异离奇、无法解释的感觉。我指的是他妈妈。熟悉与陌生结合在一起就会产生焦虑,既吸引他又让他觉得恶心反感。”

“你现在讲的好像也可以套用在医生身上。”

“没错。现在呢,办这个任务,你一定要很敏捷。”他指指那个包裹,“定时器设定好三分钟,你只有三分钟。”

费特眯着眼睛看这捆沾满油污的地垫:三条炸药和一个小小的定时器。“天啊,这看起来就像煮蛋用的定时器。”

“就是,1950年代的类似品。这么简单的机械就不会出错,扭到底然后拔腿就跑。下面的小盒子会产生火花点燃引线。三分钟,糖心蛋。你觉得你可以很快就在下面找到适合放炸药的地方吗?”

费特点点头:“应该不会很难。你什么时候组装好的?”

“已经好一段时间了,”瑟拉齐安说,“还能用。”

“你一直把这东西收在地下室?”

“易燃武器都收在地窖后方,有个小型保险库,水泥墙面和石棉打造的,封死了。可以躲过稽查员或爱多管闲事的捕鼠员。”

费特点点头,小心地把炸药包起来,夹在腋下。他靠近瑟拉齐安一点,私底下说:“教授,你老实跟我说,我们到底在做什么?除非是我搞错了,要不然我们根本没办法阻止这一切。或许可以拖点时间,但一个一个杀光吸血鬼——就像徒手杀死纽约市的每一只老鼠一样。吸血鬼散播得太快了。”

“你说得没错,”瑟拉齐安说,“我们需要用更有效率的方式摧毁他们,可是同样地,我不认为血祖会满意这样急遽的增加。”

费特消化着信息,然后点点头:“因为疾病扩散太快就会停了,这就是医生说的,因为宿主不够了。”

“正是如此,”瑟拉齐安看起来很疲惫,“显然背后还有更大的阴谋,但那阴谋究竟是什么——我只盼我们永远都不必知道。”

“不管是什么,”费特拍一下他的地垫,“放心,我都站在你这边。”

瑟拉齐安看费特爬进面包车离开。他喜欢这俄罗斯裔小子，尽管他有点担心他会太陶醉于杀戮的暴力中。乱世造豪杰，不过他们是英雄或败寇就要看哪一边赢得胜利了。开战之前他们都只是渴望出头的平凡人，奢望有个机会能抛下平淡的人生，破茧而出。他们察觉到天命，可是只有在周围环境崩解时他们才能成为战士。

费特就是这样的人，他和伊费不同，费特对于自己的使命和行动毫无疑问。并不是因为他笨或无所谓——正好相反。他思绪清晰、反应敏捷，天生就是战术家。一旦确定方向，他不会退却，不会停止。

在血祖发动最后一击时，最需要这样的盟友。

瑟拉齐安回到屋内，拉开一个装满泛黄报纸的小箱子。他从里面小心谨慎地拿出几个化学实验用的玻璃器皿——像是炼金术士的厨房而不像是科学实验室。扎克在旁边嚼着最后一条燕麦棒。他拿出一把银剑，举起来掂掂重量，小心地拿着武器，没想到那么重。然后他摸摸胸甲上逐渐粉碎的缝线，那是用粗兽皮、马毛和植物汁液做成的盔甲。

“14 世纪，”瑟拉齐安告诉他，“从奥斯曼帝国，也就是黑死病的时期开始。你看到那颈饰了吗？”他指指围住下颚的那一片护甲。“这原本属于一个 14 世纪的猎户，他的名字已经不可考了。这可以收进博物馆啦，现在已经没用途了，可是我就是没办法放手。”

“七个世纪以前？”扎克的指尖滑过脆弱的外壳，“那么久了？如果他们已经存在了那么久，如果他们的力量那么强大，那么他们为什么要躲起来？”

“暧暧内含光，力显则损，”瑟拉齐安说，“真正强大的力量会以隐晦的方式发挥影响力。有人说曝光就是暴露弱点。”

扎克仔细检查护甲的侧面，兽皮上刻了一个十字架：“他们是恶魔吗？”

瑟拉齐安不知道该怎么回答：“你觉得呢？”

“我觉得不一定。”

“要怎么判断?”

“看你相不相信上帝。”

瑟拉齐安点点头:“我觉得这个想法很对。”

“嗯?”扎克说,“你呢? 你相信上帝吗?”

瑟拉齐安苦着脸,但他希望扎克没注意到:“老人的信仰不重要,我已经是过去时了,你,则是未来时。你有什么信仰?”

扎克走到一面真银为底的手持小镜前:“我妈说上帝用他的形象创造出我们,他创造了一切。”

瑟拉齐安点点头,知道男孩其实答中有问:“这就是矛盾,两个互相抵触的事实,通常表示其中一项不是事实。”

“那他为什么把我们打造成……会变成他们的人?”

“这你要问他了。”

男孩悄声说:“我问过了。”

瑟拉齐安微微点头,拍拍男孩的肩膀:“他也从来不曾回答过我的问题,有时候是要我们自己去寻找答案,有时候我们永远找不出答案。”

这情况很尴尬,可是瑟拉齐安很喜欢扎克,这男孩有敏锐的好奇心,同时又很认真踏实,和这一代的小朋友不同。

“有人跟我说你们这年纪的小男生像刀子一样。”瑟拉齐安选了一把刀递给他。四英寸的折叠银制匕首,固定在棕色的兽骨手把上。

“哇。”扎克扳动机关,合起来再打开,“我或许应该先问我爸,确定我可不可以收下来。”

“我想这放在你的口袋里刚刚好,你看不出来吗?”他看着扎克把银刀折起来,放进裤子口袋里,“好,每个小男生都该有把刀。你可以取个名字,它就永远是你的了。”

“名字?”扎克说。

“每个人都一定要帮武器命名,你叫不出名堂的玩意儿都不能信赖。”

扎克拍拍口袋,好像看着很遥远的地方:“那得好好想一想。”

伊费走过来,发现扎克和瑟拉齐安在一起,察觉到两人之间好像有秘密。

扎克的手深深插在放银刀的口袋里,可是他什么都没说。

“面包车前座有个纸袋,”瑟拉齐安说,“里面有三明治,你要保持体力。”

“不会又是博洛尼亚大红肠三明治吧?”

“真抱歉,”瑟拉齐安说,“但我上次去市场的时候就只剩这个了,我加了好吃的芥末,另外还有两块巧克力奶油卷,你可以先吃一块,另一块拿回来给我。”

扎克点点头,他从后门走出去时,他爸爸拨乱他的头发。“你进去之后要记得锁车门,知道吗?”

“我知道啦……”

伊费看着他走出去,见他爬上屋外面包车的乘客座。他对瑟拉齐安说:“你没事吧?”

“我好多了,喏,我有些东西要给你。”

伊费接过一个上漆的木盒,他打开上层,里面有一把克拉克手枪,保养得很干净,原本刻编号的地方已经掉了,手枪旁边的凹槽里有五个弹匣。

“这可是非法的。”

“这可是很好用的,提醒你,那都是银弹,是特制的。”

伊费从盒子里拿出手枪,转过身让扎克看不到:“我觉得自己好像独行侠。”

“他也是为了正义挺身而出,不是吗?不过他没有智囊团,这些子弹射进对手体内后会爆裂为碎片,只要朝返魂尸的躯干射一枚应该就行了。”

这场产品说明会有一种仪典的气氛。伊费说:“或许费特应该带一把。”

“费特喜欢钉枪,他比较喜欢手动武器,不喜欢自动枪械。”

“而你喜欢的是剑。”

“大家最好都选习惯、顺手的用,尤其在这种麻烦的时刻。”诺拉走过来,她看到枪的时候露出好奇的表情。“马丁内斯医师,我有另外一把长度适中的银色匕首,我想应该会很适合你。”

她点点头,两手都插在口袋里:“我刚好缺一件珠宝。”

伊费把武器放回盒子里,合上盖子。诺拉的问题比较简单。“你觉得屋顶上究竟发生了什么事?”伊费问瑟拉齐安,“血祖为什么没死在阳光下? 这表示他和其他吸血鬼不一样吗?”

“毫无疑问,他很独特,是他创造了这批吸血鬼。”

诺拉说:“对,好,我们痛苦地、深刻地明白其他几代吸血鬼怎么被创造出来了,螯针就像是感染的媒介。但谁创造了第一代? 怎么创造的?”

“没错,”伊费说,“怎么会先有鸡才有蛋?”

“的确,”瑟拉齐安从墙上拿下狼头手杖,撑着身体,“我相信这一切的秘密都和血祖的诞生有关。”

诺拉说:“什么秘密?”

“毁灭他的方法。”

他们安静了一阵子,认真思索。伊费说:“那——你一定知道些什么。”

瑟拉齐安说:“我有理论,也有明确的证据,至少是可以证明部分理论正确的证据。我们在屋顶上目击的画面也能证明,但我不希望说错,因为这可能会误导我们。而且我们都知道,现在时间像流沙,光凭人类的力量无法倒转沙漏。”

诺拉说:“如果日光没摧毁吸血鬼,那纯银应该也没用了。”

“宿主的身体可能会受伤、会死亡,”瑟拉齐安说,“伊费成功地砍伤他的身体了,可是,你说得没错,我们不能假定光用银器就能杀死吸血鬼。”

伊费说:“你提过其他,你说过有七个吸血鬼始祖。血祖之外还有六个,三个在旧世界,三个在新世界。他们在哪里?”

“我自己也一直很好奇。”

“我们能不能认定,其他始祖在这件事情上支持他?我想应该是吧。”

“正好相反,”瑟拉齐安说,“他们不支持他的作为,打从心里反对,这我很确定。”

“那他们是怎么来的?他们是在同一个时间出现的吗?用同一种方式吗?”

“我想不出其他答案,我相信是的。”

诺拉问:“乡野传说有没有提到第一个吸血鬼是怎么变态的?”

“事实上,相关资料非常少。有的传说把吸血鬼归咎给叛徒犹大,或中世纪女妖莉莉丝,但这都是经过编纂的故事。不过……有一本书是可靠的典籍。”

伊费看看四周说:“放哪里,我去拿。”

“这本书还不在我手中,我花了好多时间一直想收藏。”

“我猜猜,”伊费说,“是不是《吸血鬼猎人拯救世界指导守则》?”

“很接近了,书名是《光之熄》。”瑟拉齐安拿出苏富比拍卖会的目录,翻到折起来的那一页。

这本目录里都是列表,尽管有个字段可以放图片,但是那个地方却写着“目前尚无缩略图”。

“那是什么书?”伊费说。

“很难解释,可能更难接受。我在维也纳教书时,因研究所需深入了解了许多神秘玄虚:塔罗牌、喀巴拉神秘哲学、以诺魔法等等,这一切都让我更了解我面对的基本问题。我很难把这些主题融入课程中,可是原因我就不深入说明了,但当时维也纳大学大力资助我的研究。那几年中我才第一次听说有《光》系列典籍,莱比锡的一个书商给我看一系列黑白照片，画质很粗糙，就是好几本书的内页翻印。他索价高昂，我从这书商手中买了几本书——其中好几本简直是天价，可是……可是这实在很离谱，我仔细研究之后发现这只是骗局，那书里所写的就是乡野奇闻。我要的那本书里说明了返魂尸的本质和来源，有七位吸血鬼始祖的名字……我在三周后去了那人的书店一趟，那店面规模不小，可是关门了。我后来再也没听到那人的下落。”

诺拉说：“这七个名字——包括萨铎吗？”

“正是如此。”瑟拉齐安说，“只要研究他们的本名就能掌握他的弱点。”

“你是叫我去把全世界最昂贵的白皮书找来？”伊费说。

瑟拉齐安含蓄地微笑，把目录递给伊费：“我知道你不相信，我真的能体谅。对一个现代人，尤其是从事科学研究的人，甚至是和你有相同经历的人来说，古代的知识早就过时了。老朽、封闭。可是你要知道，名字确实有意义。而且，没错——就算是列在名录里的名字。姓名、字母、排行，只要你深入探究就能拥有强大的力量。宇宙中万事万物都有密码，能译码就能掌握宇宙的奥秘——你能理解一件事，就能指挥这件事。我曾经碰到过一个很聪明睿智的人，他只要念六个字就可以让对方当场死亡。伊费，只要六个字——但很少人知道这个咒语。现在，你想象一下那本书里所记载的……”

诺拉站在伊费的肩膀后面低头看他面前的目录：“拍卖再过两天就开始了？”

瑟拉齐安说：“这实在是太巧合了，你们说不是吗？”

伊费看着他说：“我很怀疑。”

“没错，我相信这一切都是拼图片，可以拼出一个真相。这本书的出处很阴暗、很复杂。当我跟你说我相信这本书受了诅咒时，你可别以为翻阅过的人就会生病，我的意思是这本书每次现世，都会带来重大灾难。之前这本书也在其他拍卖目录里出现过，可是那两个拍卖会场在拍卖活动开始前就被大火吞噬、化为灰烬，第三个拍卖活动虽然临时决定不拍卖这本书，但也从此关门大吉。这本书的价值估计约为1500万到2500万美元之间。”

“1500万到2500万美元之间……”诺拉拍着脸颊，“这就是我们讲的那本书？”

“这不是一本简单的书，”瑟拉齐安拿回目录，“我们一定要得到手。没有其他选择。”

诺拉说：“他们收支票吗？”

“问题就在这，以这个价钱，我们不太有机会以合法的方式购得。”

伊费沉下脸：“奥狄·帕墨有钱。”

“正是。”瑟拉齐安微微点头，“他背后就是萨铎——血祖。”

费特的博客

又回来了，还在想办法搞清楚状况。

看吧，我想人类的问题就是他们已经被怀疑瘫痪了。

吸血鬼就是披着丝质斗篷的人。滑顺的头发、粉白色的脸颊、怪异的腔调。脖子上有两个洞，他会变身成蝙蝠，远走高飞。

我看过那部电影，对吧？管他的。

好，现在来查查蟹奴。

去他的，你都已经上网了。

查就对了，我已经查过了。

你回来了吗？很好。

那你知道蟹奴是寄生在蟹上、攻击螃蟹的藤壶了。

谁在乎啊，对吧？我干吗要浪费你的时间？

母蟹奴会在幼虫蜕变之后，在螃蟹硬壳上寻找脆弱的关节钻进去，将它的软体部分伸展到螃蟹全身，就连眼柱都不放过。

螃蟹的身体一旦被利用之后，母蟹奴就会变得像螃蟹的囊一样，这时公蟹奴才会靠近它。你猜下一步是什么？交配啰。

蟹奴的卵就在它们寄居的螃蟹体内孵化、成长，而螃蟹被迫奉献它所有的精力，抚养正在控制它的蟹奴家庭。

这只螃蟹是宿主也是奴隶，完全被异族占据，只得照顾侵略者的下一代，视如己出。

谁在乎啊，对吧？螃蟹和蟹奴？

我的重点是：大自然里有很多类似的情况。

有些生物会侵占其他种族的躯体，尽管他们完全不同，然后再改造宿主以符合自己的需求。

大家证明过了，早就发现这道理了。

可是我们相信我们比其他动物高等，我们是人类啊，不是吗？我们位于食物链最顶端。我们以其他动物为食，不会成为别人的食物。我们利用万物，不被万物利用。

据说哥白尼证明了地球不是宇宙的中心（真不敢相信以前只有伽利略这么认为）。

据说达尔文证明了人类不是生物界的中心。

那为什么我们还执迷不悟地以为人类优于其他动物呢？

看看我们，其实只是由化学信号构连而成的细胞而已。

如果某个生物侵略我们的身体，控制了那些信号呢？开始一个接着一个地占据我们，改写我们的自然反应，扭转我们存在的目的？

你大概觉得不可能吧？

为什么？你觉得人类"太庞大了绝对不会绝种"？

好，别看了。别在网络上寻找答案，拿个纯银制品走出去碰到危险就砍吧——免得一切都太迟了。

黑森林肉品加工厂

瑞晶航空753班机意外中四名“生还者”中只剩加布里埃尔·波利瓦还活着，他在三号屠宰场排水地板下方深处满墙污泥的洞穴里等着，两层楼之上就是黑森林肉品加工厂。

完全黑暗的地底空间里，血祖异常巨大的棺材摆放在石梁和泥土上，散发出明显而强烈的热气。在波利瓦的眼中，这具棺材光芒耀眼，好像从内部散发出光芒，亮到波利瓦可以观察到对开铰门上的雕花细纹。

血祖的体温就是这么热烈，绽放出他的光辉。

波利瓦已经进入吸血鬼进化的第二阶段了。变态的痛苦已完全退却，主要是因为他每天进食，红艳的血液满足了他的身体，就像人类要发展肌肉就需要摄取蛋白质和水分一样。

新的循环系统已经发展健全，他的动脉会运输养分到身体各处，消化系统已经简化了，排泄物直接从一个洞离开。他的身上完全没有毛发，就像玻璃那般平滑。中指变得特别长、特别粗，指头像鹰爪，指甲像石头般坚硬。其他手指的指甲都退化了，就像他现在不需要毛发和生殖器一样。他的瞳孔占据了眼眶，红色的圆圈遮蔽了人类的眼白。他的视觉只有灰阶，以热感应的方式呈现，而听觉功能大幅提升，他利用颅内构造感受声音，就连泥墙上蠕动的昆虫都听得到，脸颊两侧的软骨也已经不需要了。

人类感官都消失后，他更依赖动物直觉。他的作息与太阳循环一致，虽然太阳离地球表面甚远，他就算在地底下也知道夜晚即将降临。他的体温高达摄氏五十度。他在地底下感到特别舒适，偏好黑暗、潮湿、密闭空间。他在地底下觉得比较自在、安全,白天会把泥土盖到自己身上,就像人类会盖上温暖的被子一样。

除了上述几点之外,所有血祖的孩子都觉得自己和血祖之间心灵相通,但波利瓦更有一种小跟班的感觉。他觉得这个族群愈来愈壮大,但血祖好像为了重要的使命在栽培他。譬如说,只有他知道血祖休憩的地点。他知道他比其他吸血鬼更进入状况,他没有情绪反应或个人意见就接受了自己成为吸血鬼的事实。

就是这样。

血祖在即将崛起的时刻,将他召唤到身边。

木柜上方的门开了一扇。巨大的手掌先出现,两手的指头分别紧抓着棺材的两侧,就像蜘蛛的长肢一样协调灵活。血祖撑起上半身,几块干燥的草屑泥土就从他雄伟的上半身往下掉入泥层中。

那双眼是睁开的。血祖已经看到了许多事物,透视的距离不限于这黑暗的地底洞穴。

和吸血鬼猎人瑟拉齐安、顾威医师、捕鼠员费特对峙后,又直接曝晒于阳光下的血祖不但身体焦黑,心情也变得晦暗。原本光滑的皮肤变得干燥龟裂,每次移动表皮就皱成一团,片片剥落。他剥下皮屑,就像刮掉黑色皮衣的外层一样。血祖身上40%的皮肉都已经掉光了,让他看起来就像个恐怖惊悚、斑斑驳驳的黑色石膏像。他的身体不会修复再生,最外层的表皮逐渐剥落,露出内层的血管、真皮,某些部分还可以看到皮下组织和筋脉。身体则呈现血淋淋的红色和油脂般的黄色,就像甜菜和芥末做成的酱一样。血祖的血虫爬满全身,明显可见,尤其是在脸上,血虫在暴露的真皮层下或游泳、或蠕动、或快行。

血祖察觉到随从波利瓦就在一旁,他的两条庞然大腿跨过木柜的侧板,摇摇晃晃地踩在泥地上。血祖的身上沾了几块土,土屑和碎肉在血祖移动时掉到了地板上。通常皮肤光滑的吸血鬼从泥土中爬起时,会像人类从浴缸中起身一样干干净净。

血祖撕下身上一大块肉，他发现若不卸除这残破的躯壳他就没办法任意快速移动。这个宿主的身体没办法撑下去了。波利瓦端正地站在低矮洞口处，那本来是这地下室的出口。这人可以考虑作为短期人选，他可身负这莫大的殊荣，可是波利瓦才刚进入进化的第二阶段，还没完全发展成熟。

血祖可以等，他愿意等，现阶段要处理的事还很多。

他弯腰躬身带头走出暗室，敏捷地沿着低矮蜿蜒的隧道前进，波利瓦就跟在他后面。他走进较大的房间，这里比较靠近地面，宽广的地板上铺了柔软的尸体，就像空旷的完美花圃；天花板够高，让血祖能挺身站直。

太阳在他们看不到的地方西沉，黑暗于夜间统治大地，血祖周遭的泥土开始钻动。

几条四肢出现了，这里有只小手，那里有条细腿，好像菜圃里的幼苗在发芽。年轻、还长有毛发的头冒了出来，他们慢慢爬起来。有些人表情呆滞，其他人则因为在夜晚的重生而痛苦地翻身。

这些是巴士上的盲童，他们在黑暗和饥饿中孵化，就像幼虫一般。他们被太阳诅咒了两次——先被日食的天象灼伤双眼，现在又因为阳光致命的紫外线而被驱逐。他们在血祖的民兵中扮演“前哨”的角色，他们的感觉比其他吸血鬼更敏锐。准确的听力让他们可以当猎人也可以当杀手。

看清楚。

血祖对波利瓦下令，并将凯莉·顾威的画面放入波利瓦的脑中。她最近才在东哈林区的屋顶上和老教授面对面。

老人的热度显示有点灰冷，手上的银剑闪着刺眼的光芒，波利瓦的眼睑出于自卫的本能不自觉眯了一下。

凯莉在屋顶上奔逃，波利瓦以她的视角看着她跳跃、快跑——一直看到她从建筑物侧面往下坠。

血祖在波利瓦的脑中放入建筑物位置，还有吸血鬼族群逐渐扩大的地域范围，给他动物的方向感。

那老人是你的了。

南码头地铁站

费特在夜晚降临之前抵达流浪汉之家，他的露营背包里有煮蛋定时器改装的定时炸弹和他的银针钉枪。他低头进入滚球草地站的下方，沿着铁轨走到南渡口营地。

他在那里费了一点工夫才找到疯吉的住所。那里只剩一点家当：木栈板的碎片和纽约市科赫市长的笑脸。不过这样就已经够让费特辨认方位了。他转身朝地下管道的方向前进。

他听到隧道里回荡着喧杂的噪音，剧烈的金属撞击声之外好像还有远处传来的人声。他拿出钉枪，朝环状铁道前进。他在那里找到疯吉，全身光溜溜的只剩脏内衣，隧道内的污水与汗水在他棕色的肌肤上闪着光芒，错乱交结的辫子在身后甩着，他正努力要把破沙发立起来。

他残破的棚屋就在这里，碎片沿着另一间荒废棚屋的遗迹往上堆，形成轨道上的障碍物。废弃物堆成的小山最高点达一米半，上面还放了一些坏掉的枕木，锦上添花。

"嘿，兄弟！"费特大喊，"你到底在做什么？"

疯吉转身，站在垃圾山的顶端，就像狂癫的艺术家创作到一半。他挥舞着手上的一段铁管。"时间到了！"他放声长啸，仿佛站在山顶，"总要有人出来做点改变！"

费特花了一点时间才开口说："你会让他妈的地铁列车脱轨！"

"现在你也是共犯了！"疯吉回他。

这会儿其他还住在这里的鼹鼠人都走了过来，看着疯吉的创作。"你做了什么?”其中一人说。他的名字是掘地卡尔,原本的职业是养路工人,可是退休后发现他无法离开熟悉的隧道,所以又回到地底居住,就像水手终究属于大海。掘地卡尔戴着头灯,光束在他摇头的时候也一直晃。

疯吉受光束干扰,在路障顶端发出战斗般的呐喊:“我是世人眼中的小丑,不过他们不会这么快就把我带走的!”

掘地卡尔和其他鼹鼠人往前靠近,想要拆毁垃圾山:“只要一辆列车出事,他们就会永远把我们赶出去!”

疯吉转眼间就跳下来,在费特旁边着地。费特伸直手臂走过去想让这情况冷静下来,希望这些人可以配合他:“大家先等等——”

疯吉没心情谈判,他朝费特挥挥铁管,费特出于本能用左臂挡格,骨头应声断裂。

费特痛嚎一声,然后用沉重的钉枪当武器用力往疯吉的太阳穴砸下去。疯癫的疯吉大吃一惊,不过还是继续向前进逼。费特重击疯吉的胸廓,踢他右腿腿肚,让他膝盖脱臼,才终于把他撂倒。

“你们听!”掘地卡尔大叫。

费特停下动作照做了。

缓慢稳重的轰隆隆声传来,不用解释大家都知道是怎么回事。他转过身一看,轨道另一端的隧道墙面上浮现了光线。

五号列车要靠近回转路口了。

其他鼹鼠人继续破坏垃圾山,不过根本没有用。疯吉用铁管当拐杖,上上下下地跳。

“操你王八蛋!”他低吼说,“你们这些鼹鼠人都瞎了!他们来了!你们现在没有余地,只能反击,为自己的生命反击!”

列车逐渐逼近他们,费特眼见没有时间了,就从即将毁灭的灾难现场离开。车灯照亮疯吉的独舞,他像是用弯起来的那只脚跳着疯狂的吉格舞。

列车从费特身边急驰而过时,他瞥见驾驶员的脸。她直盯着前方,目无表情。她一定看到了那堆废物，可是她没启动刹车，什么都没做。

她就像刚转化的吸血鬼一样目光呆滞。

哗，列车撞上障碍物，车轮空转，发出唧唧的声响。第一节车厢栽进垃圾山，撞毁山丘后，把几样大型废弃物往前拖了十米，才脱轨而出。车厢往右倒，撞上月台边缘后仍继续滑行擦出火花。火车头开始摇摇晃晃地朝另一个方向前进，后方的车厢也被拉过去——整列车就在狭窄的轨道区上折拢了。

刺耳尖锐的金属摩擦声简直要把人逼疯了。隧道就像声带一样可以制造回音，所以列车都停止了以后那恐怖的声音还持续了一阵子。

有很多人跨坐在列车外面，有些人当场死亡——在车厢撞到月台边缘的时候被碾毙，有些人则是从头到尾都一直坐在车厢外面。等车子终于停下来后，他们就好像水蛭离开宿主一样地走下车厢，跳到地上，确认方向。

慢慢地，他们朝站在原地的鼹鼠人走去，眼中透露出不可置信的表情。

跨坐在车厢外面的人慢慢从灾难后的烟雾灰尘中走出来，看起来处变不惊却又步伐凌乱。他们的关节在走路的时候会发出轻轻的爆裂声。

费特快步走向自己的露营背包，拿出瑟拉齐安改制的定时炸弹。他觉得右腿肚痛得厉害，低头一看才发现一块又长、又细、像针一般尖锐的碎片刺穿了他的腿。如果他把碎片拔出来，一定会血流不止——现在，他最不想闻到血腥味。他只好让那碎片痛苦地插在肌肉里。

疯吉往铁轨走近，目瞪口呆地看着。怎么会有这么多人幸免于难?

这时，跨坐在车厢外的人聚拢过来，就连疯吉都察觉到这些人不太对劲了。他发觉这些人脸上还有人性的痕迹，但也仅止于此：痕迹，就像你在饥饿的狗眼中也可以看到一点贪婪的人性。

他认得其中几个人，以前住在地底下的男男女女，他们以前也是鼹鼠人——不过有个人他不认得。四肢纤长、皮肤苍白、胸口无毛，像是象牙雕像。几绺头发围绕着轮廓鲜明、英俊帅气但完全无神的脸庞。

那就是加布里埃尔·波利瓦。他的摇滚乐在地下城市不流行，可是所有人的目光都聚焦在他身上。他在人群中也能脱颖而出，生前出尽风头，就算还没死透也还保留那股魅力。他身穿黑色皮裤和牛仔靴，没有衬衫。细致、透明的皮肤下，每一条血管、肌肉、肌腱都清晰可见。

他的两侧各站了一个受伤的女人。其中一人的手臂被剖开，伤口很深，露出皮肤、肌肉、骨头，那条手臂差点就断了。那伤口没流出血，但的确喷出了液体——只不过那不是血，而是白色的物质，比牛奶浓稠，比鲜奶油稀一点。

掘地卡尔开始祷告了，轻柔的啜泣声很高亢，充满恐惧。费特刚听到的时候还以为是个小男生的声音。

波利瓦指一指那些瞪大眼睛的鼹鼠人，原本跨坐在车厢上的人立刻朝他们猛攻。

像女人的那怪物朝掘地卡尔奔去，撞倒他的脚，掘地卡尔胸口着地，然后被固定在地上。她闻起来像发霉的橘子皮和腐坏的肉。他想推开她，可是她紧抓着他的手臂，用力一转，当下就把他的手扭断了。

她热烫的手用强大的力气压着他的下颚。掘地卡尔的头往后仰，都快断了，他拉长了脖子，全部露出来。他的视线仰望，靠矿工头盔上的光线只能看到别人的腿、没绑鞋带的鞋子和赤脚跑来跑去。一大群怪物——援军，从隧道里朝他们走过来，发动大规模攻击，见到人类就冲上去。

现在他身上除了原本那女人，又攀附了第二个怪物，狂乱地撕开他的衬衫。他感觉到自己的脖子被狠狠咬一口，不是下颚张开用牙齿咬的那种力道，而是像打针穿孔，紧接着被吸吮的酸疼。另一个怪物抓破长裤缝线，把腹股沟部位的衣服撕碎，钳紧他的大腿内侧。

他先感到一阵痛，接下来是激烈的灼热感，然后，不一会儿……就麻木没感觉了。那感觉就像有个活塞重击在他的肌肉和皮肤上。

他被吸干了。掘地卡尔想尖叫,他张大了嘴可是却发不出声音,只有四只又长又烫的手指捂着他的嘴。那怪物把手伸进他的口腔里,撕裂他的脸颊,鹰爪般的指甲划开他的牙龈,裂缝开到颚骨。怪物的手指舔起来非常咸——最后掘地卡尔鲜血直流,他也只能尝到血液的那股铁味。

费特在车祸后立刻撤退,他知道自己刚刚目睹了一场必败的战争。尖叫声简直令人不忍,但他还有任务,那才是他的重点。

他往后爬进管道中,发现那里的空间对他来说根本太小了。恐惧也有好处,就是会让你的肾上腺素暴增,所以他的瞳孔放大,让他能把周围环境观察得格外清楚。

他摊开那捆破布,把定时器转了一圈。三分钟。180秒。正好可以做水煮蛋。

他觉得自己运气真背,因为见识过隧道里吸血鬼大战鼹鼠人后,他知道自己要把炸弹放到水管深处,吸血鬼就是利用这些管道跨越大河的,可是他放好炸弹后还得走回来。他现在不但手臂瘀青,腿还不断淌着血。

他放下定时器之前,看到地上有几具鼹鼠人的尸体,他们被吸血鬼吃掉的时候还不断扭着身体。他们已经被感染了,要变成吸血鬼了——除了疯吉。他站在水泥柱旁边,就像个不知忧伤的智障一样傻傻地看着。那些怪物都没打他的主意。

接着,费特看到身形细长的加布里埃尔·波利瓦靠近疯吉。疯吉在摇滚歌手面前跪下,烟雾弥漫又灯光昏暗,费特只能模糊地看见两人的轮廓,就像两枚剪影。

波利瓦把手放在疯吉的头上,疯吉一鞠躬,亲吻他的手,开始祷告。

费特看够了。他把定时器放在缝隙中,手离开了定时器的转盘……1……2……3……他听着滴答声一边数秒,一边抓起露营背包往后退。

费特一直往后退,过一阵子之后他觉得自己的身体在狭窄的轨道里移动得轻松多了,因为汩汩不绝的血液就像润滑剂一样。

……40……41……42……

一群怪物闻到费特血液那珍馐般的香味后便朝管道入口过来，费特在窄小的圆孔中看到他们的身体后就绝望了。

……73……74………75……

他尽量以最快的速度滑行，打开露营背包，拿出钉枪。他一面向后退，一面发射银钉——就像军人拿机关枪扫射敌人胸膛一样大声呐喊。

银钉深深打进第一个吸血鬼的脸颊和额头，那是个六十几岁的老头，衣衫笔挺。费特再发射银钉，打进那人的眼、口中，只见钉子长驱直入消失在他软嫩的喉咙中。

吸血鬼长嘶一声往后跳。他倒下之后，其他吸血鬼蜂拥上前，快速地在管道里蛇行。

费特看吸血鬼靠过来了——这是一个纤细的女人，她穿着慢跑服，肩膀受了伤、露出锁骨，她在水管里面爬的时候锁骨就一直摩擦着管壁。

……150……151……152……

费特朝进逼的吸血鬼发射银针，可是她就算是满脸插满银针还是毫不退却。该死的螫针从剑山般的脸颊中射出来，完全伸直，差一点就要碰到费特，逼得他只好更努力爬，在自己的血泊上滑行，他又发射了一枪可是没命中，那一针打中了后面那吸血鬼的喉头。

他已经爬多远了？有没有15米？还是30米？

还不够。

三根炸药加上一颗水煮蛋，他等一下就知道自己有没有爬到安全距离了。

他一边呐喊、射杀吸血鬼，同时也想起了那些房地产杂志上的温馨住宅照片，每一扇窗内的灯光都打亮。那些房子永远都不需要捕鼠员。如果他能逃过这一劫，他发誓一定要把公寓里所有窗前的灯都打亮，然后走到街上回头看。

……176……177……17——

吸血鬼后方爆炸了，热浪袭向费特，火辣的空气像活塞把他往后推，一具焦烫的吸血鬼尸体朝他一撞……他晕了过去。

他渐渐失去意识时，脑海深处出现了一个字，取代了节奏明确的读秒声。

恶……恶……

恶魔病毒。

泽西市亚灵顿公园

晚上十点三十分。

阿方索·克林已经在这公园一个小时了，他一直在选一个战略点。

他在这方面很挑剔。

这地点唯一让他不满意的地方就是头上的安全灯，橘色光芒从上方洒下来。所以他命令罗亚中尉（“罗亚”*真的是他的姓，中尉就不是真的头衔了）弄开灯座上的锁，露出电极板，再把轮胎拆卸棒塞进去——问题解决了。头上的灯闪烁一下就熄灭了，克林点点头表示满意。

他在阴影处就位。强健的手臂垂在身体两侧，它们壮得没办法交叠在胸前；他的腹部宽阔接近方正。泽西宝蓝帮的头子是个哥伦比亚籍黑人，他爸爸是英国人，妈妈是哥伦比亚人，这个帮派的势力覆盖亚灵顿公园周围的街道。他们如果想要的话也可以占领这个公园，可是没必要。这公园到了晚上就是罪犯的天堂，而清理罪犯是警察和优良市民的责任，跟宝蓝帮无关。的确，如果能掌握泽西市中心的这块区域对克林很有利：公共厕所可以把他街道上的人渣都冲掉。

克林占领的所有街道都是靠恶势力硬拼得手的。他就像一辆谢尔曼

---

* Royal，有皇家的意思。

坦克降服了所有反对势力。每次他多赢了一条街道,就镶一颗银牙来庆祝。克林的笑容不但灿烂还很吓人。银色闪光延续到他的指尖。他也戴项链,可是今晚他把项链留在柜子里了,人快死的时候一紧张就会抓项链。

罗亚站得离他很近,皮草外套里面热汗直流,黑色针织帽的正面缝了黑桃王牌:"他不是说要单独见面吗?"

克林说:"只说他想要豪赌。"

"哼,那计划是什么?"

"他的计划?完全不晓得。我的计划?在他脸上留下代表男妓的疤。"克林用粗厚的拇指在罗亚的脸上比划出一条刮胡刀的割痕,"我他妈的最讨厌墨西哥人,但这个人更让我讨厌。"

"不晓得为什么要选公园。"

公园里的谋杀案都破不了,因为没人抗议。如果你大胆得敢在天黑后进公园,那你笨得该死。不过为了以防万一,克林还是在指尖抹上疯狂三秒胶,以免留下指纹,并且在刮胡刀的手把上擦了凡士林和漂白水——手枪的把手也做了同样的处理,这样才查不出 DNA。

一辆加长型黑色轿车停在街道上,比凯迪拉克还招摇。车子慢慢停在路边,不透光的窗户始终没放下来,司机也没下车。

罗亚看着克林,克林看着罗亚。

后方的车门打开了,里面的乘客走了出来,戴着太阳眼镜。格子衬衫没扣纽扣,配上松垮的长裤、崭新的黑色靴子。

他脱下帽子,露出底下的红色围巾,然后将帽子一掷,扔回汽车后座。

罗亚屏着气说:"搞屁啊?"

那家伙跨越了人行道,穿过栅栏门口。他走在草地与泥土上,所以白色的紧身背心在夜间显得很明亮。

克林在对方逼近到连锁骨上的刺青都看得见之前,一直怀疑自己是不是看错了。

我就是我。

克林说:“我应该要觉得你很厉害吗?”

哈林区的帮派分子格斯说:“本来就是要吸引你的注意力。”

那辆车没熄火继续停在路边。

克林说:“你是来告诉我你中乐透了吗?”

“差不多吧。”

克林没接腔,上下打量着他。

格斯说:“其实我是来分你的乐透彩金的。”

克林龇牙低吼,想搞清楚这墨西哥佬在玩什么把戏:“老兄,你在想什么?坐那种车来我的地盘?”

“克林,你什么都看不上眼,”格斯说,“难怪你永远离不开泽西市。”

“你可是在跟泽西之王说话,跟你一起滑雪橇的人是谁?”

“没想到你竟然会问。”格斯往后看,点点下巴,驾驶座的门就开了。下车的不是个戴大盘帽的司机,而是个穿连帽上衣的大块头,他的脸被帽子盖住了。他绕过车身,站在前轮旁边,低着头等。

克林说:“大个子,你是从机场过来的呀。”

“克林,老方法已经结束了。我看到了,我看到他妈的世界末日了。地盘战?这种一条一条街道的争斗是20世纪的遗物啦,一点意义都没有。真正的地盘战是赢者全拿,输了就什么都没有。不是我们就是他们。”

“他们是谁?”

“你得知道这里变了,不只是河对面的纽约而已。”

“曼哈顿?那是你的问题。”

“你看看这公园。你的毒虫在哪?卖毒品的妓女呢?哪有动静?根本都死光了,因为他们先抓夜里活动的人。”

克林闷哼一声,他讨厌格斯说得有道理:“我知道生意是差了一点。”

“生意做不成啦,兄弟。这条街上有新毒品,自己去看看。那就是人血，有种的话就是免费的。”

罗亚说：“你也是那种信吸血鬼的疯子。”

“喂，他们把我妈和我哥都抓走了。你记得克里斯平吧？”

格斯的毒虫老哥。克林说：“我记得。”

“好，你以后不会在这公园附近看见他了。克林，我不跟你翻旧账，一笔勾销，重新开始。我得把个人情感放一边，因为现在我要找最厉害的杀手组队。”

“如果你是说要抢银行或其他勾当，利用现在混乱的局势，那已经——”

“趁火打劫太业余了，那能挣多少？我要搞大的，认真的，仔细规划过的。把你的人都叫过来，让他们一起听。”

“什么人？”

“克林。就是那些今晚要埋伏我的人，把他们都叫过来。”

克林翻白眼看了格斯一阵子，然后吹了个口哨。克林可是口哨冠军，满口银牙让他可以吹出尖锐的高音。

三个宝蓝帮的喽啰从树后走出来，双手插在口袋里。格斯把手摊开来，让他们都能看得见。

“好，”克林说，“格斯，说快点。”

“我会慢慢说，你们听仔细了。”

他原原本本地把始祖与血祖的地盘之争讲给他们听。

“你嗑药啦。”克林说。

不过格斯看到了他眼中的光芒，看到克林难掩兴奋之情：“我要拿出来的钱，是你们靠卖粉也绝对不可能赚到的金额。你们可以得到任意砍杀的机会——而且还不必因此去坐牢。这种机会一生只有一次，你们可以在五个行政区里无止境地杀戮。还有——只要完成任务，我们这辈子就高枕无忧了。”

“如果没完成呢？”

“那我看金钱也没意义了。不过至少你们的阻碍都被扫光了。如果没别的意见,我们就狠狠出去干一票,怎么样?”

克林说:“你讲得有点好到不切实际了,先给我看点白花花的钞票。”

格斯轻声低笑:“跟你说吧,克林,我给你看三种颜色:银色、绿色、白色。”

他举起手,朝驾驶做了个手势。驾驶走到后车厢,开门拿出两个袋子,拎到敞开的栅栏边放下来。

一个是庞大的黑色帆布袋,另一个皮包尺寸比较中等,有两条提手。

“你那兄弟是谁?”克林说。那驾驶身形高大,穿着厚重的工鞋、蓝色牛仔裤和连帽上衣。克林看不清楚帽子下的面孔,不过从这个近距离就可以看出来这人很不对劲。

“他们叫他昆蓝先生。”格斯说。

公园另一端传出尖叫声——男人的尖叫声,听起来比女人的尖叫声更恐怖。其他人都转头过去。

“我们动作快点,先看银色的。”

他蹲下来,拉开帆布袋的拉链,这里光线微弱。格斯拿出长枪,感觉到其他宝蓝帮的兄弟也纷纷伸手去拿他们的武器。格斯扭开枪管上的灯,原本以为是普通的白灯,但结果是紫外线灯。当然啰。

他用靛紫色的光线照亮其他武器:装上银制矛头的十字弓、木头刀柄的扁平扇形银剑、刀柄缠上皮革的阿拉伯偃月银刀。

格斯说:“克林,你最喜欢银的,对吧?”

这些造型各异的武器挑起了克林的兴致,不过他还是很在意那个驾驶——昆蓝:“好吧,那绿色的呢?”

昆蓝打开皮包,成捆成捆的钞票都在里头,格斯用紫外线灯一照,防伪标志就反映出蓝光。

克林朝那皮包伸手,又赫然住手。他注意到昆蓝的双手一直抓着皮包的带子。他的指甲都不见了,皮肤非常平滑。但最诡异的是他的中指,是其他指头的两倍长，而且末端弯弯的，弯到指腹可以碰到手掌内侧。

另一声尖叫划破夜空，紧接着听到类似狗吠的声音。昆蓝合起皮包，朝树丛看。他把装钱的袋子递给格斯，拿走他手上的长枪，然后凭着不可思议的力量和速度往树丛奔去。

克林说："搞什……？"

昆蓝完全不需要公园的步道，宝蓝帮的分子都听到枝丫断裂的声音了。

格斯把武器袋甩上肩："来吧，你绝不想错过的。"

他要跟上前去很容易，因为昆蓝压断了树枝，清出一条直直往前的通道，路上只见残干。他们一路推挤着，在公园另一头的空地找到了昆蓝，他把枪捧在胸前，安静地站着。

他的帽子拉下来了，克林气喘吁吁地从后方看见驾驶的大光头。在暗夜中，这人看起来好像没有耳朵，克林绕到前面去想清楚地看看他的脸。只看了一眼，这谢尔曼坦克般的硬汉就像风中的花蕊般瑟瑟发抖。

这叫昆蓝的人没有耳朵，也几乎没有鼻子。喉咙很粗，半透明的皮肤下几乎可以看得到斑斓的血管。还有那颗平滑苍白的头颅里血红色的眼睛——克林从没见过这么亮的眼睛。

这时，树枝上头突然出现一个人影，轻松着地，大步跨越空地。昆蓝就像追踪蹬羚的猎豹往前冲刺。他们碰在一起了，昆蓝压低肩膀用力一撞。

那人影摔个四脚朝天，尖叫一声后往前滚了几圈，又突然站起来。

昆蓝立刻用枪管上的灯照他，那人影嘶喊一声，连连后退，就算从远方也看得出来他痛苦的狰狞。昆蓝扣下扳机，锥形的银色炫光弹打穿了那人的头。

不过，那人的死法和正常人不同。白色物质从颈部冒出来，沾满了双臂，最后躯干颓跌在地上。

昆蓝又立刻迅速转头，比第二个人影从树后跃出的速度更快。这次是个女人,她打算逃离昆蓝,奔向其他人,不对,是锁定其他人。格斯从袋中拿出偃月刀。那女人衣衫褴褛,简直从没见过这么邋遢的贩毒妓女,不过她动作敏捷、双眼闪红——她一见到武器就往后跑,但太迟了。格斯单刀一挥轻松利落就划过她的肩颈,她的头往一边掉,身体往另一边坠。整具尸体都跌在地上后,白色糨糊般的黏液就从刀口汩汩涌出。

“这就是白色的。”格斯说。

昆蓝走回到他们身边,晃一晃长枪,拉上帽子。

“好,对,”克林手舞足蹈地像个孩子在等待圣诞节一样,“没错,我们他妈的也要掺一脚。”

平原区

伊费从当铺里拿了一把直形刮胡剃刀,才刮了半边脸就没心情了。他往后一退,洗脸槽里盛了乳白色的水,他望着水槽上方的镜子,看着右脸上的泡沫。

他想到了那本书《光之熄》,还有面前的重重阻碍,包括帕墨和他无比的财富。他要走的每一步都被挡住了。如果他失败了他们会怎样? 扎克会怎样?

刀锋划出血了。脸上的一道细缝变成红线,血液渗出来。他看着刀缘的血渍,意识飘回十一年前扎克出生的时候。

凯莉当时怀孕二十九周,之前流产过,所以这次怀扎克她就在床上安胎两个月。她对这次生产有特别的安排:不要使用任何药剂,不打无痛分娩,不剖腹。十个小时过去了,她还毫无进展,医师建议打催产素,可是凯莉不肯,她很坚持要执行她的计划。又过了八小时后她才让步,催产素的点滴慢慢滴进她体内。之后又过了两小时,阵痛几乎已折腾她整整一天了,她才终于同意无痛分娩。催产素的剂量慢慢增加到婴儿心跳能容忍的限度。

第二十七小时，她的医生建议剖腹，可是凯莉拒绝。她原本的计划几乎失守，她唯一能坚持的就是自然产。胎儿的心脏监测器显示，婴儿的状况还不错，产道开口已经有八厘米，所以凯莉执意要自己将宝宝推出来见见这个世界。

可是五个小时之后，尽管护士很积极地按摩凯莉的肚皮，宝宝还是固执地不肯动，而且凯莉的产道开口一直保持在八厘米。尽管做了硬脑膜外麻醉，凯莉还是感觉得到阵痛。医生推了一张小凳子到她床边建议她剖腹，这一回凯莉接受了。

手术房在走廊底端，有两道对开的门。伊费换上手术袍，在亮白色的手术房里陪她。胎儿监测器稳定快速的嘟嘟声让他放下心来。护士在凯莉肿胀的肚皮上涂了黄棕色的消毒剂，然后产科医生以自信的手势切开她腹部右下方，划开筋膜，再切开两条垂直的腹部肌肉，最后则是腹膜，露出又厚又肿的子宫壁。手术医生换成绷带剪，才能降低割伤胎儿的风险，划下最后一刀。

医生戴着手套伸进去，抱出一个全新的生命，但扎克还没出生，医护人员说他“还在大网膜里”，也就是他还被羊膜包着。这个膜像个泡泡，就像个尼龙蛋一样，不透明的膜把胎儿包起来。扎克当时还靠凯莉喂养，还持续从脐带获得养分和氧气。产科医生和护士努力保持专业的态度，可是凯莉和伊费都能感觉到他们的惊讶和紧张。后来伊费才晓得这样的几率不到千分之一，在非早产的胎儿中几率更低于万分之一。

这迥异的感觉继续蔓延，还没出生的胎儿和疲倦的妈妈仍拴在一起，胎儿已经产下了，却还没出生。后来羊膜自己破裂，从扎克的头上剥落，露出他水亮的脸。时间又停滞了一会儿……然后他放声大哭，医护人员才把湿淋淋的婴儿放到凯莉的胸前。

手术室里的紧张气氛没消失，又加上他们的喜悦，凯莉把扎克的手脚拉过来数数指头有几只。她仔细地检查他身上有没有任何畸形或不健全的部位，最后只发现自己的欢笑。他重达八磅，就像面团一样圆、一样白。过了两分钟后，他的新生儿评等有八分，五分钟后增加为九分。

健康的宝宝。

不过凯莉在产后有一点失望，不像产后忧郁那么严重、深刻，但她的心情确实很灰暗。生产的过程拖太长，耗尽她的体力，结果她完全无法分泌母乳，再加上她放弃了自己的生产计划，让她觉得很挫败。凯莉曾经对伊费说，她觉得她让他失望了，这点他很不能理解。她觉得自己很没用。在这之前，生命中每一件事都很顺利，对他们两个都是。

她恢复之后（她接受自己的新生儿是健康宝宝后），就不让扎克离开身边了。她那一阵子很在意羊膜包覆的事情，一直研究到底会不会影响小孩。有些数据说这情况很罕见，所以是幸运的吉兆，甚至预言这小孩长大一定会有非凡的成就。其他传说则号称这种小孩有千里眼，永远不会溺死，或者是一辈子都有天使的翅膀守护。她又寻找文学创作里的案例，举出几个曾经被羊膜包覆的虚拟角色，像是《块肉余生记》的主角戴维·科波菲尔或是《鬼店》里的小男孩。另外真实案例还包括了弗洛伊德、拜伦公爵、拿破仑。有时候，她可以完全不理会负面的联想（事实上某些欧洲国家认为这种小孩被下了诅咒），反复对自己说她的儿子很特别，不去理会那不顺利的生产过程。

这些想法随着时间累积毒害了她和伊费的关系，最后走向他根本不想要的离婚，以及监护权争夺战。现在，自从她转化为吸血鬼之后，他们夫妻间的战争变成生死存亡的挣扎。凯莉过去觉得如果自己不够完美就配不上他，对他来说就是一无是处。后来伊费自己的缺点（酗酒的问题）浮现了，让她既激动又害怕。邪恶预言成真了，原来连伊费·顾威都没办法完成自己的高标准。

伊费自嘲地对镜子里刮一半的脸笑。他伸手拿起杏桃酒的酒瓶，为该死的完美干杯，急促灌下两口甜腻的酒浆。

“你不必这么做。”

诺拉走进来,关上浴室的门。她打着赤脚,换上干净的牛仔裤和宽松的上衣,深色发丝盘在脑后。

伊费对着镜中的她说:“你知道的,我们已经过时了。我们的时代结束了,20 世纪是病毒的时代,21 世纪呢? 属于吸血鬼。”他又饮一口,好像要证明自己没错,表示没有任何理性论述能反驳他。“我搞不懂为什么你不喝酒。这就是酿酒的目的啊,只有用这好东西才能接受新的事实。”他又喝一口,然后看看标签,“如果我有好东西就好了。”

“我不喜欢你这样。”

“我就是专家口中的‘高知识酒鬼’,如果你要求的话,我可以躲起来喝。”

她把手臂交叠在胸前,往墙上一靠,瞪着他的背,其实她知道自己也无力改变什么:“你知道,这只是时间的问题,凯莉过不了多久就会被嗜血的本能吸引来这里,靠近扎克。这表示她会把血祖也带来,直接把他带到瑟拉齐安面前。”

如果酒瓶空了,伊费可能会把瓶子直接砸在墙上:“这他妈的实在太没道理了,可是这一切都是真的。我从来没有这么逼真的噩梦。”

“我是说,我觉得你必须带扎克离开这里。”

伊费点点头,两只手紧抓着水槽边缘:“我知道,我自己已经慢慢下定决心了。”

“而且我觉得你要和他一起走。”

伊费想了一下。他认真地思考过后,才转身面对她:“这是不是像长官要对属下说他不胜任?”

诺拉说:“这像是有人关心你,怕你会伤害你自己。这样的决定对他最好——对你也比较好。”

这句话卸下了他的心防:“我不能让你接下我的责任,诺拉,我们都知道这城市快沦陷了,纽约市完蛋了。这件事由我来扛比较好。”

“真是屁话。”

“你刚刚讲得没错,扎克在这里的话我没办法专心战斗,他必须离开,我必须知道他在战场外很安全。佛蒙特那边有个地方——”

“我不会离开。”

伊费深呼吸:“听我说。”

“伊费,我不会离开,你觉得你要像骑士那般英勇,但其实你是在侮辱我。我对纽约市的归属感比你还强,你知道我始终都觉得扎克是个乖孩子,但我不会做娘儿们的事,帮你看小孩、折衣服。我和你一样都是医学科学家。”

“相信我,我都知道。我只是顾虑到你妈妈。”

这句话就把她的连珠炮堵住了,诺拉张开口,准备反击,可是他的话让她无法呼吸。

“我知道她身体不好,”他继续说,“她现在是老年痴呆症初期,我知道你很在乎她,就像我很在乎扎克一样。你也有带她一起走的机会。我刚刚想跟你说的是,凯莉她爸妈在佛蒙特的山上有座房子——”

“我在这里可以发挥更多功用。”

“真的吗?我是说——连我自己能发挥多少功用我都不确定了。现在最重要的是什么?是生存。我知道这不是你要的答案,我知道这要求太过分。你说得没错——如果目前面对的是一般病毒威胁,你和我对纽约市都一样重要,不管从哪方面来看,我们都会是这一切的关键。可是现在,吸血鬼的恶疫大幅超越我们的专业。这世界不再需要我们了,诺拉,医生和科学家都没用了,现在需要的是驱魔师,是亚伯拉罕·瑟拉齐安。”伊费走到她身边,“我目前知道的就已经够危险了——所以,我必须涉险。”

她听到这句话就不再靠着墙,站直身子:“这句话是什么意思?”

“我可有可无。或者说,至少我和其他人一样死不足惜,当然其他人指的不是心脏不好又年事已高的当铺老板。拜托——费特的战功比我大得多。对瑟拉齐安来说,他比我还有价值。”

“我不喜欢你说话的样子。”

他不太有耐心等她接受事实，所以他逼她面对事实：“我想消灭吸血鬼，我想付出全力。可是如果凯莉正在追赶我最在乎的人，我就没办法专心。我必须无后顾之忧，所以我要扎克和你都很安全。”

他牵起她的手，十指交缠。这感觉强烈深远，伊费心想：他已经有多少天没感受到人与人之间简单的肢体碰触了？

“你打算怎么做？”诺拉问。

他用力握着她的手，体验双手并在一起的感受，同时在脑中让计划逐渐成形。危险而急迫，但具体有效。或许能扭转劣势。

他回答：“就只是要当个有用处的人。”

他转过头，想拿起水槽边缘的酒瓶，可是她抓住了他的手臂，让两人更靠近。“放着吧，”她说，“拜托。”她茶色的眼眸如此动人、如此悲伤——如此充满人性。“你不需要酒精。”

“但我想要，酒精也想要我。”

他想转身，可是她紧紧揽着他：“凯莉也没办法劝你戒酒吗？”

伊费想了一下：“你知道吗，我不确定她有没有劝过我。”

诺拉伸手抚摸他的脸，用指头背面轻柔地触碰还没刮过的那一侧粗糙脸颊，再刷过平滑的那一侧。这动作让两人都融化了。

“我可以让你不要再依赖酒精。”她靠着他的脸庞说。

她的吻先落在粗硬的脸颊上，然后他迎向她的唇，感觉到一阵希望与热情，那感觉强烈到仿佛初吻。他们过去的缠绵悱恻一拥而上，火热难耐。人类最简单的触碰就能点燃欲火，他们只想要这一阵子匮乏的交流。

精疲力竭、神经紧绷又毫无防备的两人紧抱着对方，伊费把诺拉压在墙上，他的双手只想要她的身体。在惨无人性的恐怖情势下，人类情感就是一种反抗的力量。

插曲二

《光之熄》：这本书的由来

棕色肌肤的中介商身穿黑色天鹅绒的印度传统外套，转着小指上的蓝色猫眼石戒指，沿运河踱步。“提醒你，我从来没见过布莱克先生。他这人很低调。”

瑟拉齐安和中介商并肩行走，他拿的是内行人伪造的比利时护照，化名为罗尔德·皮尔克，职业是“古董书商”。

那一年是1972年，瑟拉齐安四十六岁。

“不过我可以保证，他富可敌国，”中介商继续说，“皮尔克先生，你是不是很爱钱？”

“是啊。”

“那你一定会喜欢布莱克先生。他一直在找这本书，一定会给你丰厚的酬劳，他授权我跟你说，他绝对不会亏待你，这金额我自己是觉得很庞大了。这样你满意吗？”

“满意。”

“这就是啰，你能找到这本稀有的书籍真的很幸运，我想你也知道它的出处，你不迷信吧？”

“其实我相信那些，我们这一行就是这样。”

“啊，所以你才愿意将这本书割爱吧？我自己嘛，觉得这本书就像《瓶中怪》一样，你听过这故事吧？”

“史蒂文森写的，对吧？”

“没错。噢，我希望你不要以为我是在试探你的文学底子来评断你的信誉。我提到史蒂文森只是因为我最近经手卖掉一套稀有的《巴伦特雷少爷》,不过你一定也记得很清楚,在瓶中怪的故事里面,那个受诅咒的瓶子每次的卖价一定要比买价还低。不过这本书不一样,不,不。刚好相反。”

经过一扇明亮橱窗时,中介商的双眼闪烁着光芒。他们走在阿姆斯特丹的红灯区,大部分的橱窗女郎都是妓女,不过这一扇橱窗里是个人妖。

中介商摸摸胡须,眼神移回砖道上。“这个嘛,”他继续说,“这本书的背景很复杂,我自己不会经手。布莱克先生热衷收藏,是一等一的鉴赏行家。他的品味从稀有的书籍到无名的典籍都有,而且他的支票从不跳票。不过我觉得还是要警告你,之前有人曾经想拿假货诈骗。”

“这样啊。”

“那些骗徒的下场如何和我当然没关系,不过我还是得说,布莱克先生对这本书期待甚殷,因为每一次交易就算不成功他还是会付我一半的佣金,这样才能教我继续替他找书,任何机会他都不愿意放过。”

中介商随性地抽出一对白色棉质手套,裹起保养细致的双手。

“不好意思,”瑟拉齐安说,“我来阿姆斯特丹不是为了游览美丽的运河。就像我刚刚说的,我有点迷信,我想要尽快将这本高价书籍脱手。坦白说,我在意的是抢匪而不是诅咒。”

“我懂了,没错,你很务实。”

“布莱克先生什么时候方便进行交易?要选在哪里呢?”

“那么,这本书在你手上啰?”

瑟拉齐安点点头:“在这儿。”

中介商指指瑟拉齐安手中的硬壳黑皮双把手行李箱:“你随身带着?”

“不,风险太高了。”瑟拉齐安换只手提行李箱,让他知道书不在行李箱中,“不过这本书就在这里,在阿姆斯特丹,就在附近。”

“我就直接问了,你别介意啊。如果你拥有《光之熄》你就应该知道它的内容,它存在的理由,对吧?”

瑟拉齐安停下脚步,他这时才发觉他们已经离开了拥挤的街道,走进无人的巷弄中。中介商两手交叠放在背后,好像只是随意地聊天。

“我知道。”瑟拉齐安说,“不过如果我会说出来就太蠢了。”

“没错,”中介商说,“我们也不期望你会说出来——可是你能简介一下你的印象吗?简短的摘要就够了。”

瑟拉齐安感觉到中介商的背后有一道金属光芒——还是从手套里透出来的呢?反正瑟拉齐安不怕,他有所准备。

“上帝的信差,天使,大天使。这里指的是堕落的天使,还有他们在地球上堕落的家系。”

中介商的双眼映出炽热的火光,然后又趋于冷静:“非常好,嗯,布莱克先生最想见到你,他会尽快与你接触。”

中介商伸出戴着白色手套的手与他相握。瑟拉齐安戴着黑色手套,中介商在握手的时候一定能感觉到他弯曲变形的指头——不过除了稍嫌失礼地僵硬了一下,他没有太大的反应。瑟拉齐安说:“我是不是该把我在这里的地址留给你?”

中介商唐突地摇摇手:“我什么都不必知道。先生,祝你交易顺利。”他说完便离开,沿着来路回去。

瑟拉齐安在他身后问:“那他要怎么联络我?”

“我只知道他会联络上你,”他撇过肩膀说,“晚安了,皮尔克先生。”

瑟拉齐安目送衣冠楚楚的中介商离开,看着他转进之前经过的那扇橱窗,开心地敲敲玻璃。瑟拉齐安立起外套的领子往西边走,离开了墨黑色运河,朝大坝广场走去。

阿姆斯特丹是个运河交错纵横的城市,不适合返魂尸居住,因为他们无法跨越流水。他这几年都在追踪特雷布林卡灭绝营的纳粹医师维尔纳·德雷弗哈文,因而认识了一群地下古董书商,得知德雷弗哈文对于美索不达米亚典籍的拉丁译本的痴迷。

红灯区最闻名的就是药物泛滥、大麻酒吧、声色场所、酒店妓院,还有橱窗女郎、橱窗牛郎。不过这港都里的狭窄巷弄之间也住了几位影响力深远的古董书商，他们在全世界买卖昂贵稀有的手抄本。

瑟拉齐安听说德雷弗哈文（伪装为藏书家，匿名为让-皮耶·布莱克）在战后逃到了荷兰、卢森堡、比利时这几个低地国家。1950年代初期先在比利时游历，后来经过荷兰，1955年开始定居在阿姆斯特丹。他在红灯区，晚上可以沿着城市内的水道自由行动，白天在洞穴里则不会被人发现。他原本不愿意住在运河旁边，可是这里的书籍交易太诱人（尤其是《光之熄》），让他难以抗拒。他在这里建立了一个巢穴，并永远定居于此。

这座城市的中央就像个小岛，以大坝广场为中心辐射发展，运河环绕着阿姆斯特丹，却不将这城市划破。瑟拉齐安经过了历史达三百年的山形屋顶建筑，大麻烟的味道和美国乡村音乐一起从窗户内往外飘。一名年轻女性从他身边快步经过，一支鞋跟已经断了，所以走起路来有点跛，她晚上的工作已经迟到了，假貂皮外套下露出大腿的吊袜带和小腿的网袜。

瑟拉齐安看到鹅卵石上有两只鸽子，就算他走近它们也不闪躲。他放慢脚步去瞧瞧究竟这两只鸽子为什么会聚精会神地停在地上。

它们啄着排水沟里的老鼠。

"听说《光之熄》在你手上？"

瑟拉齐安全身一僵，那人很靠近他——事实上，就在他后方。不过那声音却来自他头里。

瑟拉齐安将头转到一边，惊骇不已："布莱克先生？"

他错了，没有人在他后方。

"我想你是皮尔克先生吧？"

瑟拉齐安猛地往右侧一靠。阴暗的巷口站了一个肥胖的人影，他穿着正式的长大衣和高礼帽，撑了一根金属底端的细拐杖。

瑟拉齐安肾上腺素旺盛，压抑着期待、控制着恐惧："请问您是怎么找到我的?”

“我只在乎那本书,皮尔克,在你手上吧?”

“我……放在附近。”

“你住哪个旅馆?”

“我在车站附近租了一套公寓,如果您愿意,我们可以在那里进行交易——”

“恐怕我不方便到那么远的地方,因为我有严重的痛风。”

瑟拉齐安朝那幽暗的人影转过去。广场里还有几个人,所以他朝德雷弗哈文走了一步,动作丝毫不起疑。他没有闻到返魂尸特有的泥土麝香味,不过大麻烟在晚上就像香水一样掩蔽了体味。“那您有何建议?我很愿意今晚就结束交易。”

“不过,你还是得先回公寓一趟。”

“对。”

“嗯。”那人大胆往前一步,拐杖的金属末端敲在鹅卵石上。鸽子拍拍翅膀,从瑟拉齐安身后飞走了。布莱克说:“我很纳闷一个在陌生城市旅行的人怎么会把贵重物品放在公寓而不自己贴身保管。”

瑟拉齐安换了一只手,提着硬壳黑皮双把手的行李箱:“您的重点是?”

“我不相信一个真正的收藏家会冒险让珍贵的宝物离开视线或掌握。”

瑟拉齐安说:“这里有扒手。”

“也有窃贼。皮尔克,如果你不想再被这受诅咒的物品缠身,而愿意换取高价,现在就跟我来。我的宅邸离这里只有几步之遥。”

德雷弗哈文转身走进巷子里,虽然手持拐杖可是却不依赖拐杖。瑟拉齐安稳住心神,舔舔嘴唇,碰到了易容伪装用的假胡子,随着未死的战犯走进石造巷道。

瑟拉齐安在特雷布林卡灭绝营被囚禁期间只有一次获准走到铁丝网外,是为了修缮德雷弗哈文的书房。德雷弗哈文医师的房子离灭绝营只有几分钟的车程,一辆车只会载一个工人,由三个武装持枪的乌克兰警卫押车。瑟拉齐安在那房子里和德雷弗哈文没什么机会碰面,更幸运的是,他也从未在灭绝营手术室里见过德雷弗哈文。这医生在手术室里满足自己对医学和科学的好奇心,就像是个没有大人看管的小男孩自己在研究室里解剖蚯蚓、火烧苍蝇一样。

德雷弗哈文从那时候就爱书成痴,利用战争和大屠杀的战利品(从活死人身上偷来黄金、钻石),大量收购了波兰、法国、英国、意大利等地的珍贵典籍。烽火连天的那几年里,他也在混乱的黑市里觅得出处不详的书册。瑟拉齐安接获命令要用上等桦木打造两厅书房,里面要加装滑轨式铁梯和画上药神蛇杖的彩绘玻璃。很多人都会把神使令牌和药神蛇杖混淆,药神的拐杖上缠绕了一条蛇,后来演变成药师和医师的符号。不过德雷弗哈文的图像上却画了死神的头颅,纳粹党卫军的标志。

德雷弗哈文曾亲自验收过瑟拉齐安的工艺,他的手指滑过书柜下缘寻找瑕疵时,蓝色的双眼如水晶般冷酷。检查完,他点点头赞许这年轻的犹太师傅,就遣他离开了。

他们后来又见了一面,在瑟拉齐安面对“焚洞”时,那医生用同样冷酷的蓝眼监督整场屠杀的经过。他们那时候没认出瑟拉齐安:太多面孔了,他根本不认得。不过,这实验家还是很忙碌,必须担任助理工作,记录子弹射进后脑勺到人犯最后一次抽搐的时间。

瑟拉齐安钻研传说野史,探索吸血鬼的历史,追踪纳粹军官,寻找古书《光之熄》,这一切都环环相扣。

瑟拉齐安让“布莱克”走在前方,走在他身后三步远,超过螯针的长度。德雷弗哈文撑着拐杖走路,显然完全不在意让陌生人走在后面有什么危险。或许是因为红灯区晚上仍有许多行人,不至于让敌人猝然攻击,所以他很放心。又或许是他只**想要**表现诚意。

换句话说,或许猫扮起了老鼠。

两扇红灯橱窗之间,德雷弗哈文插进了钥匙,瑟拉齐安跟着他走上铺了红地毯的楼梯。公寓顶端的那两层楼都属于德雷弗哈文,装潢很华丽,想必居住其中也很舒适。屋内用低瓦数灯泡,昏黄的光线朦胧地照着柔软的地毯。正面窗户朝东,没有厚重的窗帘。屋子后方没有窗子,瑟拉齐安目测室内面积时,觉得这房子太窄了。他记得自己在特雷布林卡灭绝营旁的医官宿舍时也有同样的疑惑——灭绝营里谣传着德雷弗哈文在自己的家里盖了一间秘密手术房。

德雷弗哈文走向点灯的桌旁,把拐杖搁在那里。瑟拉齐安认得瓷盘上放着他之前拿给中介商的文件:和1911年马赛拍卖会有关的证明文件,全都是昂贵的赝品。

德雷弗哈文脱下帽子,放在桌上,仍不转身:"帮你倒杯餐前酒好吗?"

"请容我婉拒,"瑟拉齐安解开行李箱的双扣,可是仍盖着箱子,"旅行让我的消化系统不太舒服。"

"啊,我的可是铁胃。"

"您可以喝一杯,不必迁就我。"

德雷弗哈文郁闷地慢慢转身:"我不行,皮尔克先生,我向来不独饮。"

瑟拉齐安本以为会看到垂垂老矣的返魂尸,但他却惊讶地发现德雷弗哈文看起来就和几十年前的模样一致——尽管他想掩饰这份惊讶。深黑色的头发落在后颈。瑟拉齐安尝到口中一阵酸涩,可是他实在不需害怕:德雷弗哈文既然在焚洞没认出他,过了四分之一世纪后当然也认不出来。

"那么,"德雷弗哈文说,"我们来完成愉快的交易吧。"

瑟拉齐安的意志力承受着极大的考验,他必须掩饰吸血鬼说话时带给他的惊讶。不,更精准一点说,吸血鬼是"假装在说话"才对,他用心电感应的方式,直接将声音传到瑟拉齐安的脑中,可是又动着无用的嘴唇,学人类说话的样子。瑟拉齐安终于明白让-皮耶就是靠这招才能在阿姆斯特丹夜行无阻,又不用担心被人发现。

瑟拉齐安环顾四周寻找另一个出口,他必须确定自己困住了返魂尸才能奋力一搏。他已经做了那么多努力,不能让德雷弗哈文溜走。

瑟拉齐安说:“我想确认一下,您对这本书毫无顾忌吗?因为拥有这本书的人似乎都会遭逢不幸。”

德雷弗哈文用手扶着后颈,站着说:“皮尔克先生,我对受诅咒的物品特别热爱,更何况——你在拥有这本书期间并未遭逢不幸啊。”

“只是时候未到,”瑟拉齐安谎称,“我能不能问一下,为什么您要这本书?”

“对文字的喜好,仅此而已。你也可以把我当成中介商,其实我也在为另一群有兴趣的人在全世界寻找这本书。它的确很稀有,超过半世纪都没有现身。很多人相信仅存的版本已经被销毁了,不过——从你的文件看来,或许它逃过了劫数,又或许这是第二版。你准备好要拿出来了吗?”

“我准备好了,但我要先看您的款项。”

“啊,这是当然。钱就在你身后角落椅子上的那箱子里。”

瑟拉齐安侧身移动,动作很漫不经心,不过他自己没发觉。他的手指碰到了盒上插销,打开上盖。箱子里装满一叠又一叠的荷兰盾钞票。

“很好。”瑟拉齐安说。

“以纸易纸,皮尔克先生,现在你愿意交换了吗?”

瑟拉齐安任上盖开着,目光回到他的旅行箱。他打开盖子,但视线始终没离开德雷弗哈文:“您或许知道,这本书的装订方式很特别。”

“没错,我知道。”

“不过我保证这和昂贵价格没有太大的关联。”

“皮尔克先生,容我提醒你,价格是你定的。不能凭封面就对一本书断下评论。虽然‘以貌取人不可靠’这句话很老套,不过这句话很有道理。”

瑟拉齐安把装书的旅行箱拿到桌上。他在昏暗的灯光下打开盖子，然后往后退：“悉听尊便。”

“请你来，”吸血鬼说，“我想由你来拿出这本书。我坚持。”

“那好。”

瑟拉齐安走回行李箱旁，用戴着黑色手套的双手伸进去，拿出那本银色书背、封面、封底的书籍。

他递给德雷弗哈文。那吸血鬼的眼睛眯起来，目光如火。

瑟拉齐安靠近他一步：“想必您要检查一下吧？”

“皮尔克先生，放桌上。”

“桌上？可是这里的光线比较充足。”

“请您放桌上。”

瑟拉齐安并未立刻服从，他保持原本的姿势，将沉重的银书捧在手上：“但您一定很想验收吧。”

德雷弗哈文的目光从银色封面的巨著移到瑟拉齐安的脸上：“皮尔克先生，你的胡子遮住脸了，让你看起来像希伯来人。”

“是这样吗？看起来您不喜欢犹太人。”

“他们也不喜欢我。皮尔克，你的味道——很熟悉。”

“为什么您不凑近一点看这本书呢？”

“不需要，这是假的。”

“或许，或许吧。但这银——我能保证这银是真的。”

瑟拉齐安靠近德雷弗哈文，直接把书端到他面前。德雷弗哈文往后退，突然慢下脚步。“你的手，”他说，“你是个残废。”德雷弗哈文将眼神移回瑟拉齐安的脸。“那个木工，原来就是你。”

瑟拉齐安拉开大衣，从左侧暗袋里拿出一把银色匕首：“医生，你变迟钝了。”

德雷弗哈文弹出螯针，没有完全射出来，只是一个假动作。臃肿的吸血鬼往后一跳靠近墙边，又赶紧往下一蹲。

瑟拉齐安早已料到这招。没错，这医生显然没有其他吸血鬼敏捷。瑟拉齐安背靠着窗户，挡住吸血鬼唯一的去处。

“医生，你动作太慢了。”瑟拉齐安说，“你在这里狩猎太轻松了。”

德雷弗哈文长嘶一声，眼中透出焦虑，燥热的体温开始熔化他脸上的妆。

德雷弗哈文朝门口望一眼，但瑟拉齐安没买账。这些怪物总是会在居所建造紧急出口，就算是像德雷弗哈文这么臃肿的吸血鬼也一样。

瑟拉齐安佯攻，让返魂尸重心不稳，逼他反击。德雷弗哈文射出螫针，再次显出攻击技术已大幅退步。瑟拉齐安用匕首一扫，打算砍断螫针。

德雷弗哈文想要脱身，侧身快步沿着背后的书柜走，可是瑟拉齐安的速度一样快，而且手中还握着那本银书，他把书朝加快脚步逃逸的吸血鬼一扔，那怪物一见到致命的书本砸过来就全身一缩。瑟拉齐安扑上前去。

他的纯银匕首尖端抵着德雷弗哈文的喉咙上端，逼得对方头往后仰，头顶靠在书柜上半部，抵着珍贵典籍的书背，双眼瞪着瑟拉齐安。

银让他全身无力，螫针含在口中。瑟拉齐安的大衣以铅为内衬，他从最深的口袋里拿出一只精钢制成的网子，里面有一串沉重的银块。

吸血鬼睁大了双眼，动弹不得。瑟拉齐安将项链挂在他的肩膀上。

银制颈圈在吸血鬼的脖子上就像百来斤的石头般沉重。瑟拉齐安趁德雷弗哈文跌到地上之前拉了一张椅子给他。那怪物的头往一边歪，双手在大腿上无法克制地拼命颤抖。

瑟拉齐安捡起书（这其实是达尔文写的《物种起源》第六版，以纯度95%以上的银装订、加封），收回旅行箱里。瑟拉齐安持着匕首，走回书柜前看着垂死的德雷弗哈文。

他仔细搜寻了一会儿，知道有些机关可能会致命，最后找到了通往密室的机关。他听到喀啦一声，感觉书柜一松，然后看到轮轴一转，整面墙便豁然开朗。

他先闻到了气味。德雷弗哈文的密室没有窗户也不通风，里面放了废弃的书籍、垃圾和臭气冲天的破布。不过令人作呕的味道并非来自于此，而是密室里的阁楼，有一道血迹斑斑的楼梯可以通上去。

这是一间手术室，黑色地砖中间有一张不锈钢的手术台，桌上凝固的人血就好像蛋糕上一层又一层的糖霜。累积数十年的污垢和血液覆盖了每一面，角落有一部染上血迹的冰箱，周围有许多嗡嗡嗡的苍蝇气急败坏地想飞进去。

瑟拉齐安憋着呼吸，打开冰箱，因为他必须这么做。里面的东西很恶心，他不感兴趣。没有其他信息可以让瑟拉齐安继续追查吸血鬼，他发现自己对这恶心血腥的一切已经渐渐麻木了。

他回去找那在椅子上受苦的怪物，德雷弗哈文的脸已经熔掉了，露出返魂尸的真面目。瑟拉齐安走到窗前，晨曦渐渐透入室内，很快就会照亮整套公寓，一扫阴霾并消灭吸血鬼。

"我在灭绝营里时每天都多害怕日出啊，"瑟拉齐安说，"那表示我又要被奴役一天。我不怕死，但我也没有选择死亡。我选择活下来，因此我选择继续害怕。"

我愿意死去。

瑟拉齐安看着德雷弗哈文，这返魂尸连假装动嘴唇的工夫都省了。

我的欲望早就得到满足了。不管是以人类还是怪物的身份，我这辈子都已经活得够久了，我别无所求。任何美好的事物经过一再重复之后也会腻。

"那本书，"瑟拉齐安大胆地靠近德雷弗哈文，"早就不存在了。"

还在，但只有一个傻瓜敢寻找。追踪《光之熄》的下落就表示你在追踪血祖。你或许能擒拿像我这样老态龙钟的二流吸血鬼，但如果你的目标是他，成功的机会大概不高。就像他们拿你亲爱的老婆下手一样。

看来这吸血鬼还是有一点精神变态，尽管他体力尽衰，还是有办法以病态为乐。他的眼神始终没离开瑟拉齐安的双眼。

清晨了，太阳出现在窗外。瑟拉齐安站起身，突然抓住德雷弗哈文的椅背，使前脚跷起来，然后拖着椅子后脚穿过书柜走进密室，在木头地板上刮出两条痕迹。

“让你死于阳光下，”瑟拉齐安宣布，“就太便宜你了。”

返魂尸盯着他瞧，眼中充满期待。终于出现了一点惊喜。德雷弗哈文喜欢变态的游戏，不管他要扮演的角色是什么。

瑟拉齐安仍能勉力控制他的愤怒。

“长生不朽不适合精神变态吧，你说对不对？”瑟拉齐安的肩膀靠着书柜，挡住日光，“那你就好好享受永生吧。”

够了，木工。这就是你的热情，犹太人。你在想什么？

这计划要三天，七十二小时。瑟拉齐安心存报复，加快了动作。他在德雷弗哈文自己的手术台上肢解返魂尸，卸下他的四肢后灼烧，这是最危险的部分。他买了一个铅制的郁金香花槽，为戴着银制项链的返魂尸打造出没有泥土的棺材，这样一来德雷弗哈文就没办法联络上血祖。他把吸血鬼的躯体和截断的四肢放在石棺里。瑟拉齐安包下一艘小船，付六个醉醺醺的水手一笔可观的酬劳，帮他把花槽搬上船，然后就自己驾船驶向北海。他辛苦折腾了一阵子才把那棺材运下船，差点就把船弄沉了——这样一来这怪物就被困在陆地之间，免于阳光的死刑，可是又永世无能。一直到棺材沉入海床，德雷弗哈文的嬉笑声才终于离开瑟拉齐安的脑海，他的神智才恢复正常。瑟拉齐安看着自己畸形的手指，又瘀青又流血，咸涩的海水刺得好痛——他双手握拳。

他确实一步一步走向疯狂了。他明白，自己该走入地下了，就像那返魂尸。他必须低调进行他的工作，等待机会。

他找到书的机会，找到血祖的机会。

该去美国了。

血祖——第二回

首先,血祖的思想和行为都很难控制。他已经仔细考虑过这计划的各种变量,现在计划终于要落实,让他隐隐感到有点焦躁,但他向来就不缺乏坚定的意念。

他将会一举消灭所有吸血鬼始祖,只要几小时就够了。

他们绝对没料想到。他们怎么可能猜得到?毕竟,血祖不是早在几年前就已经于保加利亚的首都索非亚精心策划了其中一名始祖和他六位随从的死刑吗?血祖自己在事发的那一刻也感觉到死亡的剧痛,感受着黑暗的漩涡——无能为力的虚空,并引以为乐。

1986年4月26日,一道阳光在保加利亚首都闹市区地底下数百米深处放射了出来——那是水泥墙厚度超过四米半的拱顶地窖里进行的核分裂试验,光芒的威力如同太阳一般剧烈。地面上的城市受声波和震波摇晃,震中追踪到匹若兹卡街——但没有人受伤,只有部分财务损失。

新闻只轻描淡写地提了一下,根本没深究。切尔诺贝利核电厂灾变事件淹没了新闻版面,但鲜少人知道这两起意外其实有关。

在七名吸血鬼始祖当中,血祖最具野心、最饥饿——而且,从吸血鬼的角度来说,他也最年轻。这样的发展很自然。血祖是最后崛起的吸血鬼始祖,而他的嘴巴、喉咙是最早被创造出来的器官,他的饥渴也就凌驾了其他感受。

其他始祖少了这股饥渴,散布、隐身于各处。虽然他们藏匿幽居,但仍彼此联系。

血祖一直想着这几件事,想起自己在地球上初访末日遗迹的记忆——被世人遗忘的城市,那里仍有雪花石膏雕刻柱与缟玛瑙打造的地板。

他回想起自己初尝血液的体验。

没多久,血祖又控制了自己的思想。回忆很危险,它们会活络血祖的思绪,届时,就算是在这固若金汤的环境里,其他始祖还是能听见他。思绪清晰的时候,他们的思想就会合而为一。一旦合并,就永远分不开。

他们以一体共存,因此血祖没有自己的名字。他们共有同一个名字——沙利叶。他们的本质如一,使命如一。他们的情绪、思想都连在一起,就像血祖和他所创造出来的二代吸血鬼之间也连在一起,将来就算有第三代、第四代,也都存在着这种联系。

吸血鬼始祖之间的联系可以阻绝却无法切断,他们的本能和思绪会自然地想要连在一起。

为了成功,血祖必须违反本性。

落叶

FALLEN LEAVES

下水道

费特恢复意识时，**发现自己浸在污水中。四周破裂的水管不断吐出污水，下方的池子愈积愈高**。费特试着爬起来，结果却倒在受伤的手臂上哀号。他还记得发生了什么事：爆炸、返魂尸等等。空气中都是难闻的焦肉混合着毒气的味道。他听到某处传来警铃声和警察广播频道的噪声——是在他上方吗？还是在下方？前方微弱火光中可以看到下水道出口。

他受伤的那条腿浸在水中，仍继续流血，让水变得更混浊。他耳鸣不止，不过好像只有一只耳朵有问题。他把手伸进耳朵里，干掉的血块落在指头上，他担心这边的耳膜已经被震破了。

他不知道自己身在何处，该怎么离开，但那爆破的威力一定把他震得很远，现在他能移动的空间只有一点点。

他转身看到侧面有一道松脱的栅栏。铁条已经生锈，螺丝都蚀毁了，他用手一摇栅栏就喀哒喀哒响。他推开一点点，就已经可以感觉到一阵新鲜空气。他离自由不远了，但他的手指没力气把栅栏完全推开。

他四处摸索，想找个能充当杠杆的工具。他找到一段绞扭的铁条——然后又发现一具面朝下的吸血鬼干尸。

他看着那烧焦的尸体时，突然惊惶不已。血虫。它们会不会已经离开宿主，在潮湿阴暗的洞中盲目寻找另一个寄生的对象？如果是这样，那……血虫会不会已经钻进他体内了？从他腿上那个伤口？他如果被感染的话，察觉得出来吗？

这时，那具尸体动了一下。

他抽搐了。

动作很细微。

他还会动,还活着——以吸血鬼的方式活着。

难怪血虫没跑出来。

吸血鬼醒了过来,从水中坐起身。他的背面全焦,但正面无伤,不过眼睛有点怪怪的,费特马上看出来他已经没有视力了。

他的动作拖拖拉拉,很多骨头都已错位,可是肌肉还很完整。他下巴被爆炸威力影响,所以脱臼了,螯针软趴趴地在空中晃,就像昆虫的触须。

那吸血鬼侵略性十足地张开双臂,即便瞎了,这侵略者也准备要攻击。费特看到暴露在外的螯针后有点看傻了,这是他第一次看到完整的螯针。螯针固定在两个点上,一个是喉咙底部,另一个是上颚的后方。肿胀的根部有个皱皱的肌肉组织。喉咙的后方有个像括约肌的开口,等着将食物送进来。费特觉得他之前在其他地方看到过类似的结构——是哪里呢?

在半明半暗的环境下,费特东摸西摸寻找他的钉枪。那怪物听到水声后便侧着头,想要听声辨位。费特准备要放弃时刚好一脚踩在钉枪上——原来是整把都掉进水里了。他心中暗骂"该死",但仍尽量克制怒意。

不过那怪物已经锁定他了,不知道他怎么办到的——发动攻击了。费特尽量快步移动,不过那吸血鬼在盲目状态下适应了污水管的形状和残缺的四肢,靠本能和直觉站稳之后,便以诡异的方式协调身体前进。

费特提起枪,希望能有点好运。他将扳机往后拉——两次,发现自己弹尽援绝,手中握着空无一用的装修工具。

几秒钟之内,那怪物就扑了上来,擒抱住费特往下压

费特感觉到吸血鬼全身的重量都压在他身上,嘴中那条螯针往后缩,准备弹射。

费特凭本能抓住螯针,就像他抓捕染病的老鼠一样。他用力拉,要把

螯针从嘴巴扯下来。吸血鬼痛苦地扭动、大喊，手臂已经脱臼了所以没办法阻止费特。那条螯针就像肌肉精壮的蛇，滑不溜丢又扭来扭去，拼命挣扎着想要松脱，不过费特已经怒意高涨了。那吸血鬼拉扯得愈厉害，费特就愈用力往前拔。他不肯放松，没受伤的那条手臂用尽了全力。

还有，费特其实力大无穷。

费特用力一扯，战胜了返魂尸，把那螯针和气管都从颈子上扯下来。

这一大串肉条在他手上蠕动，好像拥有独立的生命，而螯针的主人断断续续地抽动个不停，最后倒了下来。

一只肥圆的血虫从扭曲的肉条里钻出来，迅速地爬过费特的拳头。它滑过费特的手腕，开始要钻进他的手臂里，直接朝前臂的静脉钻洞。费特扔掉螯针，看着寄生虫侵入他的手臂。血虫已经进去了一半，费特才抓住那蠕动的后半段，使劲一拉。他把血虫拖出来，既觉得痛又觉得恶心。费特再度凭本能反应把令人作呕的寄生虫捏成两半。

他亲眼目睹那两段在他掌中各自再生成两条虫（好像魔术），变成了两只完整的寄生虫。

费特把它们扔掉，然后看到数十只血虫从吸血鬼的体内往外涌，涉过恶臭的污水朝他逼近。

他那段弯曲的铁条已经不见了，费特骂了声“干”，赤手撑开栅栏，刺激肾上腺素分泌，拉开栅栏后，就拿着没有子弹的钉枪从污水管跳出来，奔向自由。

银天使

他独居在新泽西市中心泽诺杂志广场附近的廉租公寓里，这是少数还没因为都市改造而拆除的老旧小区。许多雅皮士占据了其他间公寓——他们打哪儿来的？怎么永远都不会消失？

他爬楼梯走上四楼公寓，右膝颤颤巍巍——真的每走一步膝关节都会嘎吱作响，每一阵疼痛都重击他的身躯。

他的名字是安赫尔·古斯曼·乌尔塔多，他以前很健壮高大。他现在体型还是很硕大，不过已经六十五岁了，人工关节一直发疼，而且他又不断发胖——美国医生口中的身体质量指数和墨西哥医生所说的肥胖指数已经变成身体检查中最重要的项目了。他以前身体很结实的部分现在都变得松垮，以前很灵活的部分现在则变得紧绷——那硕大呢？安赫尔向来就是个大块头。对一般人和明星来说，他都是个大块头。

安赫尔以前是摔跤手——墨西哥市最负盛名的摔跤手，人称银天使。

他从1960年代开始担任魔王（当“反派”），不过很快就被观众拥戴。他的招牌银面罩深受摔跤迷热爱，所以后来就改变路线变成“好人”。几年下来，他把自己营销得很成功：漫画、杂志、电影、电视。他开了两所健身房，买下墨西哥市内五六栋廉租公寓，把自己打造成一个超级英雄。他的电影横跨各种类别：西部片、恐怖片、科幻片、特务片——有时候场景会重复。他演过水陆两栖怪物也演过苏联间谍，在这些武打动作不流畅、音效又了无新意的电影里，他不管演什么角色都一样从容不迫，电影结局永远是他用招牌动作“天使之吻”将敌人撂倒。不过他在对抗吸血鬼的时候才发现真正的商机。银色面罩的英雄和各种吸血鬼交锋过：有男、有女、有胖、有瘦——偶尔在海外播映版中还会有裸体的吸血鬼。

爬得多高就摔得多重。他愈扩张自有品牌的吸血鬼，就愈疏于训练，摔跤变成他没时间处理的杂物。他电影大卖、人气大旺的时候，一年只要参加一两场表演赛。《天使大战卷土重来的吸血鬼》（电影名称不合逻辑也不通顺，但这是他的电影代表作）在电视频道重复放送，宛若新生。那些披斗篷、长獠牙的吸血鬼曾经推他走上事业高峰，因此安赫尔人气渐退后觉得自己有必要再打造一部经典戏剧才对得起他们。

所以，在某个天气晴朗的上午，他就和一群脸上涂了廉价油彩、含着橡胶假牙的年轻摔跤手对上了。安赫尔更改了武打戏的预定内容，让自己可以提前三小时收工——此时他放在戏剧上的注意力不太够，反而还比较想回洲际大饭店享受午后的马丁尼。

在那一幕戏里，有个吸血鬼差点就要掀开安赫尔的面罩，他却奇迹般地利用开掌拳法挡格，那就是经典的“天使之吻”。

实拍时，是在墨西哥市闷热的摄影棚中，汗流浃背的技术人员围绕下。年轻的吸血鬼演员或许是因为第一次拍电影兴奋过了头，用力过度，结果重重撂倒岁数已届中年的摔跤手。他们跌倒时，吸血鬼对手尴尬又悲剧性地压在主角的腿上。

清脆响亮的喀啦声传来，安赫尔的膝盖鲜血直流，折成完美的直角，他的惊声尖叫被蒙在差点撕烂的面罩下。

过了几小时后，他在墨西哥最优良的医院中醒来，单人病房里摆满了鲜花，医院外的街道上则围满了喧闹的人群，都要祝他早日康复。

不过他的腿碎了，无法康复。

医术精湛的医师直率而不失和蔼地向他解释。之前安赫尔偶尔会和这医师在摄影棚对面的乡村俱乐部闲聊一整个下午。

接下来的几个月、几个年头里，安赫尔散尽家财，就为了医好断腿，希望能挽救残破的事业、恢复拳技。但膝盖上手术疤痕交错纵横，皮肤愈来愈厚，他的骨头还是不肯愈合。

耻辱是最后一根稻草，报纸揭露了他的身份。少了银面罩的神秘感后，安赫尔变成了凡人，值得怜悯不值得崇拜的凡人。

接下来的发展就很快了：他的投资一蹶不振，改行当教练又当保镖，也做过警卫，可是他姿态一直都很高高在上，最后他发现自己是个无法唬人的糟老头。十五年前，他跟着一个女人到纽约，结果签证过期了。现在，就像廉价公寓的其他住户一样，不晓得自己怎么会落到这般田地，只确定自己在这儿。他以前还曾经拥有六栋类似的公寓呢。

不过，回忆往事很痛苦又很危险。

傍晚他就到隔壁楼下的坦都里宫殿洗碗，他只要拿胶带缠绕膝盖两侧的腓骨，再穿上长裤就能在忙碌的夜晚站上几小时。餐馆生意很好，几乎夜夜忙碌。有时他还会清洁厕所和人行道，让古波塔老板继续雇用他。他跌到了社会阶级结构的最底层，低到他最珍贵的资产就是低调无名。

没有人需要知道他的过去，从某个角度来说，他又戴上了面具。

这两个晚上，坦都里宫殿一直都关着，隔壁的杂货店也是，这两间店面可都是他孟加拉国裔老板的摇钱树呀。他没听到古波塔一家人的消息，也没见到他们的踪影，家里电话也没人接。安赫尔开始担心了——老实说，他在意的不是他们的安危而是他的收入。收音机广播里提到隔离检疫措施，这对公共卫生很好，但对生意不好。老板是不是逃到城外了？或许他们身陷暴力事件中？现在治安乱成这样，他怎么晓得古波塔一家会不会已经遭人射杀了？

三个月前，他们要他跑腿去配餐厅和杂货店的备用钥匙，不过他又多配了一份——也不知当时怎会吃了熊心豹胆，不过他没有歹念，只是从生命中学到了教训：未雨绸缪。

他决定了，今晚要过去看一看，必须搞清楚状况才行。日落之前，安赫尔蹒跚地下楼走进古波塔的店里。街道上空空荡荡，只有一条狗，他从来没在这附近看见过这只黑色哈士奇，它在对面的人行道朝他吠。

古波塔的店以前叫做泰姬玛哈陵，但后来经过涂鸦，还有传单贴了又撕，现在招牌上只剩下印度特有的世界奇景图案还看得见。但这图上的清真寺尖顶太多了。

现在，又有人进一步丑化招牌，用荧光橘色喷漆画上线条和圆点组合成的密码图形。虽然看不懂这图案代表什么，却看得出来才刚画好。喷漆的光泽明显，角落未干的漆还在往下滴。

竟然有人在这里破坏公物。不过锁都还在，门也没被破坏。

安赫尔转转钥匙，两道锁都打开后，便跛行进去。

屋内很安静，没电了，所以冰箱没用，所有的肉品和鱼都馊了。黄昏的最后一缕日光从百叶窗隙透进来，就像金橘色的雾。他往里面走，室内很暗。安赫尔带了两个老款的手机，虽然电力充足、屏幕也亮着，却不能通话。还好他白天拍了一张白色墙壁的照片，所以现在手机挂在腰上就可以提供光源，若他要看仔细就再把手机绑在头上。

整个商店乱七八糟，瓶瓶罐罐都被翻倒了，米粒和扁豆撒在地上。古波塔一家若看到一定会气死。

安赫尔知道，一定出乱子了。

除了凌乱的环境之外，还有阿摩尼亚的臭气。他用来扫厕所的清洁剂呛得让人眼泪直流，但这味道更恐怖。不完全像化学洗剂，没那么人工，但更恶心。他的手机照出地板上橘色液体画出的又湿又黏的线条，一路通到地窖门口。

商店地下室和餐厅相连，也可以通到他住的公寓。

安赫尔的肩膀靠向古波塔的办公室门，他知道他们在办公桌里放了一把旧手枪。他找出手枪，感觉很沉重油腻，一点都不像他拍戏时拿在手上挥舞的闪亮道具枪。他把一支手机塞到腰带上，走回地窖门口。

年老的摔跤手的腿从来没这样痛过，他沿着湿滑的阶梯往下走，走到最后一级时看到了一道门。这扇门已经坏了——不过却是从里面被破坏的，把商店搞乱的人员是从地窖上来的。

在储藏室后方，安赫尔听到一阵嘶嘶声，每一声都很稳定、缓慢。他带着枪和手机一起走进去。

墙上又有涂鸦的记号，但花样不同。这个看起来像是六瓣花朵，或墨迹：中心是金色，花朵则涂成黑色。这喷漆的光泽还很鲜亮，他用手机的灯光去照了一下（或许是昆虫，不是花朵），然后才挤过门，进到下一个房间。

天花板很低，靠木梁来支撑。安赫尔很清楚格局，有条通道可以接到狭窄的楼梯，往上可到人行道，他们一周有三天要在那里卸下食材；另一条过道则通到他的廉价公寓。他朝自己的公寓走去，趾头好像踢到了个东西。

他用手机灯光照地板,刚开始搞不清楚状况。那是一个人,在睡觉的人。旁边又有另一个人,椅子堆旁边还有两个人。

他们不是在睡觉,因为他没听到鼾声或深沉的呼吸,可是他们也没死,因为他没闻到尸臭味。

就在这时候,外头最后一抹日光消失在东岸的天际。夜晚降临这座城市,而这几天才刚转化的吸血鬼非常遵从日升日落的宇宙法则。

休眠中的吸血鬼开始蠢蠢欲动,安赫尔不明就里地走进了活死人的巢穴。幽暗的地窖里,人群逐渐苏醒,他不需要看他们的脸就知道自己一点都不想深陷其中,也不想目睹。

他走到狭窄的缝隙里,这条过道可以通到他的公寓(虽然他知道过道的起点与终点分别是哪里,可是他自己没这样走过)。他看到更多人开始醒来,挡住他的去路。

他没有大叫或任何警告,就直接开火,只是连他自己都没料到光线这么强,密闭空间里回音那么大。

他的目标也一样惊愕,他们对回音和火焰闪光的反应远大于对射穿身体的铅制子弹。他又发射了三次,效果都一样,然后他往后方射了两枚子弹,因为感觉到其他吸血鬼从后面逼近。

手枪喀啦一声,没子弹了。

他把手枪扔在地上,只剩一个办法了。这里有一道很古老的门,他从来没开过,因为他一直打不开,那门上没有门把或旋钮,看起来就像是一堵石墙上的木框。

安赫尔假装那是道具门。他对自己说这是用力撞就会破的模型门,他只能这样说服自己。他把手机抓在拳头中,身子放低,然后全力冲撞。

门锁应声断裂,门板爆裂,灰尘弥漫,门框的木片掉下来。安赫尔一跛一跛地走进去——差点撞到门后的一群朋克族。

那些流氓举起手枪和银剑瞄准他,看到他块头那么大时着实吃了一惊,但他们准备要杀死他了。

“我的妈呀!”安赫尔用西班牙语大喊。

带头的格斯原本都准备要屠杀吸血鬼了,听到他开口(而且还是讲西班牙文),动作就停了下来,整个泽西宝蓝帮的动作也都停格了,真是千钧一发。

格斯用西班牙语问他:“大个子,你他妈的在这里干吗?”

安赫尔什么话都没说,他的表情就够明显了,他转身指着后方。

“还有更多爱喝血的,”格斯懂了,“交给我们就行了。”他瞪着这魁梧的大汉,发现他给人一种高贵又熟悉的感觉。

“我认识你吗?”格斯继续以西班牙文交谈。

安赫尔听到这问题,只迅速耸耸肩,没说话。

阿方索·克林冲过门口,他提着厚实的银制双刃剑,剑柄有个碗型的护腕,可以避免血虫侵入体内。不过他的防护还不够周全,因为另外一支手没戴任何护具,只有银制的铁指虎,那是四个戒指相连而成的摔跤武器,而指节处的假钻石排出了他的名字。

他朝吸血鬼愤怒地劈砍、残忍地挥拳。格斯就在阿方索后面,一手拿着紫外线灯,另一手拿着银剑。泽西宝蓝帮紧紧跟在后头。街头斗殴与战场用兵的守则就是“**绝对不要在地下室对决**”,不过猎杀吸血鬼的时候就没办法避免这种困境了。格斯想要用火药炸毁这地方,如果能保证把他们全数歼灭的话。不过这些吸血鬼好像永远都留有后路。

这里穴居的吸血鬼比他们估算的数量还多,而白血就像泥状的酸奶一直流出来,不过他们还是一直向前挥砍。砍完吸血鬼之后,他们走回安赫尔身边,他一直都留在门后方。

安赫尔还在惊吓状态里没回过神,他认出克林砍中了古波塔一家人,他们变成吸血鬼以后的脸孔一直盘踞在安赫尔的脑海中,挥之不去,而克林切断他们的咽喉时,他们发出嚎叫声。

他在电影里经常和这种流氓缠斗。“这是怎么一回事?”

“世界末日。”格斯说,“你是谁?”

“我……我只是个无名小卒，”安赫尔渐渐回神，“我在这里工作。”他指着另一处说，“我住那边。”

“老兄，你那整栋楼都沦陷了。”

“沦陷了？他们真的……？”

“变成吸血鬼了？你他妈的终于搞懂了。”

安赫尔觉得一阵晕眩，分不清天南地北——这怎么可能。这种事不会发生在他身上。他心中百感交集，但有一种感觉他很熟悉，这种感觉已经离开他很久了。

那是兴奋感。

克林屈伸着银拳：“别管他了。这里到处都是吸血鬼，他们等一下就全醒了，我还要多杀几个。”

“你说什么？”格斯问，他转过去对这粗鄙的战友说，“没你的事。”

“你看他的膝盖，”克林说，“我可不要拖油瓶，害得我也长出螯针。”

格斯从泽西宝蓝帮的装备袋中拿出一把短小的银剑，递给安赫尔：“这是他家，看他有没有办法守住啰。”

吸血鬼好像靠心电感应鸣起了警讯，安赫尔那栋公寓的吸血鬼住户纷纷准备应战。活死人从每一道门后走出来，毫不费力地爬过障碍物和阶梯。

在阶梯战中，安赫尔看到了他的邻居。平时这七十三岁的老妇人还撑着拐杖，这时竟然以栏杆扶手为支点，纵身一跃就跳下一个楼层。她和其他吸血鬼的举手投足都像灵长类动物，优雅中带着笨拙。

在电影中，看对方怒气冲冲的眼神就能看出他是敌人，而他们总配合英雄主角放慢动作束手就擒。安赫尔其实没有“守住”公寓，但他的蛮力还是占了点优势。他在近身搏击的过程中复习他的摔跤技巧，虽然行动不便，但他又觉得自己像个动作明星了。

就像恶灵一样，这些活死人蜂拥而至。舌头滑溜的苍白怪物好像受附近建筑物的召唤，一波又一波地从低楼层往上蹿，墙壁都变白了。他们歼灭吸血鬼的方式就好像消防员在灭火一样，先延迟火势，避免火焰向上冒，然后集中攻势于热点。他们就像冰冷坚毅的消防队，安赫尔后来才惊讶地发现这是他们的第一场夜袭。两个哥伦比亚帮派分子被螯针刺到了，不免一死——不过当战斗结束后，这群朋克族好像只想要继续杀下去。

他们说，和猎杀吸血鬼相比，白天的追踪简直是小儿科。

他们清除完这一波之后，一个哥伦比亚人找出一盒香烟，大家都抽了起来。安赫尔很多年没抽烟了，不过烟味可以盖掉尸臭味。格斯看着烟雾散逸，为死者默念了一段祷告词。

“有个老人，”格斯说，“在曼哈顿开了一间当铺，他是第一个让我晓得有吸血鬼的人，他救了我的灵魂。”

“不可能，”克林说，“为什么要大费周章地过河？明明这里就有一大堆该死的吸血鬼。”

“你见到他就知道为什么了。”

“你怎么知道他还在和吸血鬼对抗?”

“我希望他还在，我们天一亮就过桥。”

安赫尔想了一下，然后回到公寓里，这是他最后一次走进去了。膝盖痛得要命的他环顾了一下四周：角落堆着还没洗的衣服，水槽里的脏碗叠在一起，他住的地方平常就这么邋遢。他从来不在意自己的生活状况，但现在他觉得很丢脸。他察觉到，或许他一直都知道自己身负与众不同的使命——他要做更好的事，连他自己也没料到的事，他只是在等待命运的呼唤。

他扔了几件衣服到购物袋里，包括他的护膝，最后，他抓了银面罩，这动作让他很惭愧，因为这么做就等于承认那是他最珍惜的物件。

他把面罩折进外套口袋里，放在心口上，这几十年来他第一次笃定地感觉到自信。

平原区

伊费在清洁费特的伤口时特别注意他前臂那个血虫钻出来的洞,这会儿伤口都包扎好了。捕鼠员伤痕累累,不过没有大碍,除了可能听力受损,且右耳会持续耳鸣之外。金属碎片卡在他腿里,他蹒跚步行,可是却哼也不哼一声。他还站着,这点让伊费很佩服,他觉得自己站在费特旁边就好像个幼稚的小孩,只会念书其他什么都不会,一有点挫折就哭着喊妈。尽管伊费受过高等教育,又在学术研究方面小有成就,他还是觉得自己在这项行动中远远不如费特有用。

不过这个情况很快就变了。

捕鼠员打开诱药橱,给瑟拉齐安看他的诱饵包、陷阱、氟烷瓶、蓝色颗粒状的毒药。他解释:老鼠的身体构造让它们就是不会呕吐。呕吐是动物的生理反应,可将有毒物质排出体外,因此老鼠比较容易靠毒药来消灭。不过老鼠也演化出其他方式来弥补不能呕吐的缺点。譬如说,它们什么都能吃,包括不是食物的物质,像是陶土或水泥它们都能吃,这样一来就能稀释毒性,最后就能将毒物排泄掉。另外,老鼠的智力也大幅进化,靠复杂的挑食策略来避免误食毒药。

“妙的是,”费特说,“我划破那怪物的喉咙,仔细看里面的时候……”

“怎么了?”瑟拉齐安说。

“就我的观察,我敢以甜甜圈打赌,吸血鬼也不能呕吐。”

瑟拉齐安点点头,想了一下。“我想你说得没错,”他说,“我能不能请教一下,老鼠药的化学成分是什么?”

“不一定,”费特说,“这一种用的是硫酸铊,这种重金属盐会攻击它们的肝、脑、肌肉,无味无色高毒性。那一种则用常见的哺乳动物血液稀释剂。”

“哺乳动物？哪一种稀释剂？是像香豆丁吗？”

“不,不像,完全不一样。”

瑟拉齐安看着那瓶子:“所以我已经服用老鼠药好多年了。”

“对,你和好几百万人。”

“那这一种的作用呢?”

“你如果吃太多也一样,这种抗凝血剂会导致内出血,老鼠会失血过多而死,死相很惨。”

瑟拉齐安本来要拿起瓶子看标签,却注意到瓶子后面的收纳柜:“我不想警告你,费特,但这不是老鼠大便吗?”

费特凑上前去看仔细。“干他妈的!”他说,“怎么会这样。”

“我很确定已经小量滋生了。”瑟拉齐安说。

“小量大量有什么差别？这柜橱应该是老鼠的禁地!”费特想要看清楚一点,推倒了几个瓶子,“这好像吸血鬼闯进银矿一样。”

费特焦急地在橱柜后面寻找更多证据时,伊费看到瑟拉齐安将一个小瓶子放进外套口袋里。

伊费跟着瑟拉齐安离开橱柜,单独对他说:“你要拿那做什么?”

瑟拉齐安被逮到也毫无愧意,他双颊凹陷,皮肤灰白:“他说这是血液稀释剂。药房几乎全都被抄了,我不希望断货。”

伊费仔细看着老人,想要知道他这谎话背后真正的原因。

瑟拉齐安说:“诺拉和扎克准备好要去佛蒙特了吗?”

“差不多了,但不去佛蒙特。诺拉说得很对——那是凯莉爸妈的家,凯莉可能会被吸引过去。诺拉在费城长大,她知道当地有个女子露营场,现在是淡季。湖中央的小岛上有三间小木屋。”

“很好。”瑟拉齐安说,“有水他们就安全。你们还有多久要出发去火车站?”

“马上,”伊费看看腕表,“但还有一点时间。”

“他们可以用一辆车。你知道我们已经远离震中了,这小区没有地铁,而且住户不够多,对吸血鬼的诱惑不够大,还没完全被占领。我们这个地点不差。”

伊费摇摇头:“火车是远离祸疫最快最确定的方法。”

瑟拉齐安说:“费特跟我说警察下班后还去过当铺,他们在确定自己的家人都安全离开纽约市之后就组成保安小队。我想你的心态也差不多。”

伊费大吃一惊。这老人靠直觉就知道他的计划了吗?他正准备要开口时,诺拉提了一个空箱子走进来。“这是要做什么?”她把箱子放在浣熊笼旁边时问,里面有化学品和托盘,“你要盖一间暗房吗?”

瑟拉齐安背对伊费:“我想拿银的感光乳来测试血虫。我相信如果能提炼、合成、制造出银的喷雾,就能有效、大规模地杀死吸血鬼。”

诺拉说:“可是你要怎么实验?你们去哪里找血虫?”

瑟拉齐安掀开泡沫塑料冷却盒的盖子,拿出那个装着吸血鬼心脏的罐子,那颗心脏还缓慢地搏动着。“我会把维持这颗心脏跳动的血虫拿出来解剖。”

伊费说:“这不是很危险吗?”

“如果我出错的话才危险。我以前解剖过这种寄生虫。每一条切开之后都会再生成完整的虫。”

“对。”费特从放毒药的橱柜那边走过来,“我看到过。”

诺拉拿起罐子,看着那颗心脏,老人已用血液喂养了三十多年。“哇,”她说,“这好像一个符号,对不对?”

瑟拉齐安饶富兴致地看着她:“什么意思?”

“罐子里这颗染病的心脏啊,我不知道,我觉得它象征了我们最终沦陷的原因。”

伊费说:“什么原因?”

诺拉看着他,表情又悲伤又怜悯:“爱。”

“啊。”瑟拉齐安的认同证实了她的领悟。

“活死人回到最爱的人身边,”诺拉说,“人类的爱在吸血鬼的需要中瓦解。”

瑟拉齐安说:“这可能是整场祸疫中最隐蔽的邪恶,也是你必须摧毁凯莉的原因。”

诺拉马上同意:“你必须将她从血祖的魔掌中释放出来才能让扎克解脱,才能让我们都解脱。”

伊费很惊愕,但也知道她说得没错。“我知道。”他说。

“不过光知道正确的行动方案是什么还不够,”瑟拉齐安说,“你要做的事完全违反人类本能。要释放你爱的人……你就会感觉到世界被颠覆的滋味,就会违反自己所有的原则。这样的行动会永远、彻底地改变一个人。”

瑟拉齐安的话很有分量,其他人都安静了下来。扎克显然是玩腻了伊费给他的掌上电动玩具,或者是电动玩具没电了,所以就从面包车走进屋内,发现他们聚在一起讨论:“怎么了?”

“没事,年轻人——我们在讨论策略。”瑟拉齐安坐在箱子上歇歇腿,“费特和我要去曼哈顿赴约,所以你爸爸同意让我们搭便车,和你一起过桥。”

“什么约?”

“苏富比,下一场拍卖会的预展。”

“我以为那样东西不提供预展。”

“是不提供,”瑟拉齐安说,“但我们得试试看。这绝对是我最后一次机会,至少可以让费特看看治安状况。”

扎克看着他爸爸说:“我们能不能当007,不要去搭火车?”

伊费说:“没办法哦,小忍者,你得去搭火车。”

诺拉说:“不过你们之后要怎样保持联系?”她拿出手机,“这东西现在只能当相机了。他们把各地的电信塔都弄倒了。”

瑟拉齐安说："如果最糟糕的情况发生，我们还是可以回到这里碰面。或许你应该用有线电话通知你妈妈，让她知道我们要过去。"

诺拉离开去打电话了，费特则走出去发动面包车的引擎。这里只剩下伊费和扎克，爸爸的手臂环抱着儿子，看着老人。

"扎克，你知道的，"瑟拉齐安说，"我之前跟你讲过在灭绝营里的生活很残暴，我好几次都想拿石头、铁锤或铲子打死其中一两个警卫，这么做的话当然就会跟他们同归于尽。但是，活在抉择时刻带给我的怒火中，至少会让我觉得至少自己达成了一点什么。至少我的生命——我的死，能有点意义。"

瑟拉齐安始终没看着伊费，只看着小男孩，尽管伊费知道这段话其实是说给他听的。

"我一直都这样想，而我每天都觉得自己很没用。每一次裹足不前都让我觉得自己在面对那泯灭人性的压迫时，就是个懦夫。活着反而感觉很屈辱。不过，就我这老头现在看来，这是个教训。有时候最困难的决定不是要让自己为敌人而死，而是为敌人而活。"

这时他才看着伊费。

"我希望你能谨记在心。"

黑森林肉品加工厂

三辆车排成一列，中间那辆是特制的面包车，就刚好停在纽约上城黑森林肉品加工厂的入口雨棚前。

前后两辆休旅车的驾驶打开黑色雨伞，面包车的后门一开，电动坡道就接上了马路。

一部轮椅倒退着往下滑，轮椅上的人立刻被众伞包围，进了室内。

轮椅滑进完全无窗的室内宽敞空间，就在猪圈与牛棚中间，伞才收进来。轮椅上的人很排斥阳光,他穿着厚呢短斗篷。

奥狄·帕墨在一旁看着入口,他一点也不想和轮椅上的人打招呼,只想等他现身。帕墨要见的是血祖,不是该死的侍卫随从。不过现在见不到血祖,帕墨才发现自从血祖与瑟拉齐安对决之后,就一直没见到他。

帕墨的唇角露出轻蔑的浅笑。难道老教授给了血祖一点苦头吃,他会因此高兴吗?不,不是这样。帕墨对亚伯拉罕·瑟拉齐安这类没用的人一点感觉也没有。不过,身为一个总裁与首席执行官,帕墨觉得让血祖谦逊一点也好。

他立刻斥责自己,不允许自己在暗夜冥王面前有这种想法。

那纳粹军官一层一层地脱下衣服。托马斯·艾希霍斯特曾经是特雷布林卡灭绝营的营长,他从轮椅上站起来,黑色的防日外衣堆在脚边,就像蜕下许多层皮。他的脸庞还保有营长指挥官的傲气,尽管岁月就像盐酸磨掉了他的棱角。他的肌肤很细致,如象牙一般。艾希霍斯特不像其他帕墨见过的不死之身,他坚持穿西装打领带,保持着不死的绅士风范。

帕墨讨厌纳粹,但不是因为他们抹灭人性的罪行。帕墨自己就在监督一场大屠杀。他对艾希霍斯特的不满完全出自于嫉妒,他憎恨艾希霍斯特能够长生不死。这是血祖的大礼,也是他梦寐以求的恩典。

帕墨想起他第一次见到血祖就是由艾希霍斯特牵线。那是在他花了三十年追寻,探索神话、传说与历史现实的交界后。帕墨终于追踪到吸血鬼始祖,胡诌了个开场白,要求加入永生的族群,却被他们拒绝,但他知道他们曾经答应过身家财产远不如他的人。他怀抱了多年的希望,却换来他们的鄙视,这是奥狄·帕墨无法承担的耻辱。这表示他终究不免一死,也表示他毕竟不能带着毕生的成就与财富入土。尘归尘、土归土:对凡夫俗子来说没问题,但是对帕墨来说,他只要永恒不朽,身体的退化(反正这具躯体向来不听他使唤)只是微不足道的代价。

所以他又开始追寻了十年——这一次将目标锁定在第七位吸血鬼始祖,执拗叛逆的那一个,据说他的魔力凌驾其他始祖。这趟旅程将帕墨带到胆怯的艾希霍斯特面前,他安排了双方会面。

他们在乌克兰切尔诺贝利核能发电厂的疏散区见面,1986年的反应堆核事故已过了十多年。帕墨必须将他的车队(没有记号的救护车和安全装置)留在疏散区外,只身前进,原因是行动中的车辆会扬起有放射线的灰尘,里面含有铯,所以绝对不可以跟在其他车辆的后面。因此菲茨威廉先生(帕墨的保镖和看护)就单独载他进去了,而且他开得很快。

他们会面时,太阳当然已经下山了,他们选在发电厂外的"黑村"见面,十平方公里内无一人,只有零星的疏散所。

普里皮亚季是最大的一个安置小区,建于1970年,供发电厂工人住宿。这里的工人在意外与辐射外泄发生时人数最多,达50000人。整座小镇在三天内全数撤离。原本镇中心最热闹的地方盖了一个嘉年华会的会场,预定在1986年5月1日开幕,那是灾难后第五天,疏散后第二天。

帕墨在从未运转过的摩天轮底下和血祖会面。摩天轮就像个停摆的巨钟,纹丝不动。他们在那里定下契约,开始进行十年计划——跨海的时间就定于日食当天。

帕墨所得到的报酬就是永恒不死,还能成为血祖的右手。不是当个跑腿打杂的助手,而是一起毁灭世界。就看他能不能履约交出人类了。

会议结束前,血祖抓着帕墨的手臂,攀上摩天轮的侧面。魂不附体的帕墨在摩天轮顶端看着切尔诺贝利,远方第四号反应堆的红色灯塔稳定地在钢与铅打造的棺木上闪烁,封印着100吨不稳定的铀。

十年后,帕墨在这里。他当年在黑夜中、荒土上为血祖许下的承诺即将实现。每过一小时,祸疫就在全国、全球散播得更快,可是他还要忍受这种吸血鬼的官僚体制。

艾希霍斯特擅长建造动物棚舍,联系最有效率的屠场。帕墨出资"整修"全国上下数十间屠宰场,全部都依照艾希霍斯特的特殊规格去打造。

我相信一切都已就绪了。艾希霍斯特说。

“当然，”帕墨毫不遮掩自己对这怪物的不屑，“我想知道的是，血祖什么时候要完成他的交易？”

在适当的时候，一切都妥当的时候。

“我所剩的时间不多了，”帕墨说，“你知道我的身体状况。你知道我已经履行所有承诺了，我按照期限完成他的要求，我忠心不贰、完完整整地为你的主人服务，现在时间已近，也该顾虑到我的需求吧。”

暗夜冥王一切都看在眼里，什么都没忘记。

“我可要提醒你和他，你们和瑟拉齐安的账还没算完，那可是你们之前豢养的囚犯。”

他再怎么反抗终究会失败。

“当然，我同意。不过他的行动和毅力还是对某些人造成了威胁，包括你，和我。”

艾希霍斯特安静了一下，好像勉强承认了帕墨的话。

血祖只消几小时就能解决那个犹太人，现在——我已经很久没进食了，有人答应过要给我新鲜的餐点。

帕墨忍住厌恶地皱眉。多久之后，他这种恶心的人类反应会转变为饥渴、需求呢？多久之后，他就会回头看他这单纯的反应，就像大人看着小孩的需求？“一切都安排好了。”

艾希霍斯特朝他的驾驶走去，而那驾驶往旁边退，走进了大型畜圈里。帕墨听到呜咽声，他看着手表只希望这一切赶快结束。

艾希霍斯特的驾驶就像农夫扛着小猪仔一样扛着一个不过十一岁的小男孩。那小男孩被蒙住双眼，全身瑟缩，朝空气挥舞双手、双腿乱踢，尽管眼睛被蒙起来，他还是很想看清楚。

艾希霍斯特闻到味道便转头过去，扬起下巴，仿佛在赞赏佳肴。

帕墨观察这纳粹，想知道在经历变态的痛苦之后，这一刻的感觉如何。当一个吃人怪物有什么意义？

帕墨转过身，对菲茨威廉先生比了个手势，要他去发动汽车引擎。“我就让你慢慢品尝吧。”他说完就离开，留下吸血鬼用餐。

国际太空站

在距离地球220英里的地方，日夜的时间观念没什么意义。你若每一个半小时绕行地球一周，日出日落就会看到饱了。

塔利亚·查尔斯的睡袋系在墙上，她在里面微微地打着鼾。这位美国航天飞机工程师准备进入低轨绕行的第446天，再过六天这个太空站就要靠港，她就要回家了。

地面指挥部已设定好她的睡眠模式，今天要“早起”，让国际太空站准备好迎接奋进号和航天飞机上的研究器材模块。她听到闹钟声，只花了几秒钟就以雀跃的心情从沉睡中转为清醒。零重力状态下一直都有轻飘飘的梦幻感。她不知道自己回家后碰到枕头会有什么反应，不知道再度回到地球主宰的重力下是什么样子。

她拿下眼罩和护颈，塞回睡袋里，才解开系绳，钻出来。她解开发圈，甩一甩黑色长发，用手指梳一梳，最后后空翻半圈让头发集中在一起，再用橡皮筋扎两圈绑在一起。

休斯敦约翰逊太空中心的地面指挥部要她到团结号太空舱用笔记本电脑参与视频会议。虽然有点不太寻常，但还不用紧张。外层空间对带宽的要求很高，所以分配得很谨慎。她不确定是不是又有太空垃圾进到她的轨道，它们可能和航天飞机碰撞，那力道和霰弹枪一样强。她不想再度躲进联合号太空舱里避难，那是他们的应急措施。若发生紧急事件，航天员就会搭乘联合号离开国际太空站。两个月前也有过类似的威胁，她得在那钟形的避难舱里闷八天。太空垃圾对国际太空站的营运操作威胁最大,给航天员的心理压力也最大。

不过她发现,地面指挥部给她的消息更严重。

“我们要暂缓奋进号的升空计划。”地面指挥部的主管尼科尔·费尔利说。

“暂缓?你的意思是要延期吗?”塔利亚说,她尽量掩饰自己的失落。

“无限期往后延。我们下面这里有很多问题。碰到了些麻烦,我们得等这一切先结束。”

“什么?推进器又有状况了吗?”

“不是,不是机械的问题。奋进号完好无损,这不是技术问题。”

“这样啊……”

“老实说,我也不知道是什么问题。你可能已经注意到这几天都没收到我们传过去的数据吧。”

外层空间没有网络,航天员会通过卫星高频数据链接收数据、影像、电子邮件。“又有病毒了吗?”国际太空站的所有笔记本电脑都用无线内连网相连,和主机隔离。

“不是计算机病毒,不。”

塔利亚抓住横杆,让自己在屏幕前不要乱晃:“好吧,我不问问题了,我听你说就好。”

“地球上现在有一波很神秘的全球性传染病。第一例起于曼哈顿,接下来各城市都有发现,然后就开始散播了。目前有许多人失踪,显然和传染病有关。刚开始,失踪的人都请假在家休息,或需要医疗协助,但现在开始四处暴动。我指的是纽约市全市大规模暴动。现在这些暴力事件已经不限于一州了。四天前伦敦也传出攻击事件,还有日本的成田机场。各国都在加强戒备,避免瘫痪旅游和商业活动,我也知道这正是每个国家该做的。世界卫生组织昨天在柏林举办记者会,半数会员都缺席。他们正式将这项传染病从第五级提升到第六级警戒了。”

塔利亚不敢置信。“是因为日食吗?”她说。

“什么?”

“掩日。我从外层空间看下去的时候……月球的影子照在地球上,形成一个巨大的黑色墨渍,盖住整个美国东北,就像个死穴……我想我当时……就有种不祥的预感。”

“嗯——差不多就是那时候开始的。”

“因为那看起来真的很不吉利。”

“我们在休斯敦这边也见过几场大型暴动,奥斯汀和达拉斯更多。地面指挥部目前的人力只有七成,我们的同事每天都在减少。因为人员不足,所以我们别无选择只好延后升空计划。”

“好,我了解。”

“俄国两个月前送了不少食物和电池给你,如果配给得当,应该还能撑一年吧。”

“一年?”塔利亚不经意泄漏出自己的反应。

“只是做最坏的打算,希望这里的状况能赶快控制下来,我们就能在两三周后接你下来。”

“好,那,在那之前我只好继续吃冷冻罗宋汤了。”

“杰米多夫指挥官和麦格尼工程师也会分别从他们的主管机构获得同样的指令。”

“我已经好几天都没收到我先生寄来的电子邮件了,是你们拦截了吗?”

“没有,我们没有啊,你说好几天了吗?”

塔利亚点点头。她想起比利在他们位于西哈特福德的家里,餐巾披在肩上,在厨房的炉子上野心勃勃地准备着各式餐点的样子。“帮我联络他,好吗? 他一定想知道延期的事。”

“我们联络过他,可是都没响应,不管是家里还是他的餐厅都没人接。”

塔利亚用力咽咽口水,赶紧恢复镇定。

他没事，她心想，在宇宙飞船里绕着地球转的人是我，他在下面，脚踏实地安全得多，他没事。

她在地面指挥部前永远只呈现出信心饱满、勇敢刚毅的模样，不过她从来不像此刻觉得自己和丈夫距离如此遥远。

哈林区东118街，纽约人典当质借中心

格斯和泽西宝蓝帮、安赫尔一起到这路口时，附近的房子都已经着火了。

他们从桥的另一端就看得到烟：又黑又浓，从纽约市各地冒出来——上城、下城、哈林区、下东城等地。好像军队在紧密协调下有计划地攻击了纽约市。

艳阳高挂，市区很安静。他们走上河畔大道，穿过许多废弃的车辆。看着灰烟冉冉上升就好像看着一个人流血。格斯觉得又无助又焦虑——这座城市就在他身边逐渐瓦解成废墟，而时间又那么紧迫。

克林和其他泽西宝蓝帮的帮派分子带着一种满足感抬头看着曼哈顿的浓烟。对他们来说，这就像是在看灾难片。但是对格斯来说，这像看着自己的地盘被火舌吞噬。

他们要去的地方就是上城最严重的火灾中心：当铺周围的街道都被黑色烟幕包围了，将白昼抹成诡异的风暴夜晚。

"这些王八蛋，"格斯说，"把太阳都遮住了。"

整条街都在熊熊燃烧，除了角落的当铺。临街的大窗户被砸碎了，铁窗栏杆被扯下来，扭曲变形后就扔在人行道。

这座城市的其他角落很寂静，就算圣诞节隔天的清晨也没那么冷清，但东118街的路口就像白日中的黑暗时刻，四处都是要包围当铺的吸血鬼。

他们的目标是那老人。

在当铺楼上的公寓里，加布里埃尔·波利瓦一间间翻找着。墙上挂满了银底的镜子而非照片，好像有魔咒把艺术画作都变成玻璃了。这位生前是摇滚巨星的吸血鬼沿着每个房间寻找瑟拉齐安和他的同伙时，他模糊的镜像也亦步亦趋。

波利瓦在那男孩的妈妈之前想闯进的房间停下来，那道墙的后面有铁栏杆。

没人。

看来他们都清空了，波利瓦希望那妈妈能和他们一起来找，她和那男孩血脉相连，这点很有利。不过血祖把这任务交给他，他就要完成他的旨意。

猎犬的工作则交给前哨的探子，也就是最近才转化的盲童。波利瓦从厨房走出来就看到了一个探子，一个完全没有眼白的小男孩趴在地上。他正“看”着窗外的街道，利用他特别敏锐的感官。

地下室？波利瓦说。

没人。男孩回答。

但波利瓦必须自己去看一看，得去确定。他从探子身边经过走向楼梯，打着赤脚沿旋转梯往下走，先到一楼。其他探子都回到店铺里了，他又继续往下走到地下室，看到一道上锁的门。

波利瓦的军队都到了，全听他心电感应的指挥。他们用强壮的巨掌拆毁上锁的门，鹰爪般的中指与强化指甲挖到了铁制门框。

最先抢进的几个吸血鬼启动了门框内部的紫外线灯，靛蓝色的电子光束把他们充满病毒的身体都烤焦了，吸血鬼在尖叫声和烟雾弥漫中化为灰烬。其他吸血鬼害怕光线，往后推挤到旋转梯口，遮住双眼。他们看不到门后有什么。

波利瓦是第一个手脚并用爬上阶梯的，他抢在人潮之前。那老人可能还在里面。

波利瓦必须想办法进去。

他接着注意到探子紧绷焦虑地趴在地上,面对粉碎的窗户和外头的街道,就像缉毒犬闻到特殊气味一样。

第一个有反应的探子(穿着沾满泥土的短裤与衬衣的女孩)吠嗥了一声,就跳过插满玻璃碎片的窗框,跃到街上。

那个小女孩朝安赫尔直接奔来,四肢并用,像只要撒娇的小狗。上了年纪的摔跤手背贴着墙,一点也不想让她靠近,不过她已经锁定了最大的目标,准备要将他拿下。她从马路上跳起来,双眼全黑、张开大口——安赫尔进入摔跤模式,就好像在拳击场上面对跳到角落的柱子顶端准备往下跃的对手,他已经想好要怎么应对了。他使出天使之吻,趁那女孩在半空中就重重出掌。她娇小柔软的身体飞到好几米外,跌在马路上。

安赫尔立刻往后弹,他生命中最遗憾的事就是不知道自己有没有小孩。她是个吸血鬼,但她看起来就像人类(而且是个小孩)。他朝她走去,伸出毫无护具的手。她转身嘶吼,失去视力的双眼就像两颗黑色鸟蛋,她的螫针射向他,或许有一米长,比成年吸血鬼的要明显短很多。螫针尖端在他眼前胡乱摆动,就像恶魔的尾巴,安赫尔都看呆了。

格斯立刻伸出援手,长剑一挥就把她解决掉了,剑尖划到地面,擦出火光。

这一下其他吸血鬼都开始暴起攻击。残暴的恶战,格斯和泽西宝蓝帮一开始就寡不敌众,以一打三。渐渐地,许多吸血鬼从当铺出来,从街上其他着火大楼的地下室跑出来以四敌一。

这时有人拿着霰弹枪在格斯旁边扫射,原本嚣张的吸血鬼被炸成两截。他转过头看到昆蓝先生,那是吸血鬼始祖的头号吸血鬼猎人,以军人般的精准打击方式杀光吸血鬼。他一定和那些吸血鬼一样,是从地下室上来的。或者,他也可能一直在地底阴暗处跟踪格斯和泽西宝蓝帮。

格斯这时注意到(战斗中肾上腺素大增,让他的感官更敏锐了),昆蓝透明的皮肤底下没有血虫。这些变态比较久的吸血鬼,包括其他猎人都有血虫,可是他那亮泽的肌肤平顺得就像布丁。

不过战斗还没完,这个发现只是一瞬间。昆蓝大开杀戮,正好清出一点空间,泽西宝蓝帮在没有被吸血鬼环绕的危险下,将战场从街道中间移到了当铺。那些小孩四脚着地,在战场外围等着,就像幼狼等着残杀力气耗尽的鹿。昆蓝朝他们的方向开了一枪,让那些盲眼的怪物一边尖叫一边各处逃窜,然后再重新装填子弹。

安赫尔徒手扭断一个吸血鬼的脖子,然后矫健利落地(这年纪、这身材的男人鲜有这么灵活的身手)转过身,用庞大的手肘把另外一个吸血鬼的头颅推去撞墙。

格斯抓住一个机会,从混乱的群众中脱身,提剑冲进当铺找老人。里面空空荡荡,所以他往上跑,闯进世界大战前就盖好的古老公寓里。

看到那么多面镜子他就知道自己来对地方了——可是没见到老人。

他回头下楼时见到两个女吸血鬼,用靴子把她们踹下去再用银剑伺候。她们的尖叫声让他肾上腺素大增,他跃过她们的尸体,避免碰到沿着楼梯往下滴的白血。

这道楼梯一路通往地下,不过他必须回到战友身边,在烟雾弥漫的天空下为他们的生命和灵魂战斗。

他走出去前,注意到楼梯旁边有一道破裂的墙,露出垂直的古老铜制水管。他把剑放在胸针与浮雕饰品的展示盒上,发现一颗扬基队左外野手扎克·诺布洛克的亲笔签名球棒,标价 39.99 美元。他朝老旧的墙板猛劈,一直到确定瓦斯管线的位置为止。是旧型的铸铁管,他用球棒狠狠地敲了三下,接合处就松开了——还好,没有火花。

天然瓦斯的味道立刻弥漫于室内,从破裂的管路中散逸,没发出嘶嘶声,而是轰然一响。

探子都围着波利瓦，他感觉到他们的消沉。

拿着霰弹枪的家伙不是人，他是吸血鬼。

可是他不一样。

这些探子没办法读出他的心思，就算他来自不同的族群（当然，他和他们不属于同一个族群），他们应该还是能替波利瓦收集到他的情报，只要他身上有血虫就行了。

波利瓦被这个奇怪的人物搞得一头雾水，准备攻击。不过那些探子读取到他的企图之后，都跳到他面前，挡住他的路。他想要把他们拉开，可是他们很坚持，这情形奇怪到让他不得不注意。

大事不妙，他要谨慎。

格斯拿起他的剑，出去时又砍了一个吸血鬼（这个吸血鬼还穿了医师袍），然后就进了隔壁那栋楼。他在那里拆掉窗棂，拿着火把回到战场。他找到一具吸血鬼的尸体，把木棒尖锐的那一端刺进去，让木棒变得像火炬一样。

“克林！”他大叫，他需要那珠光宝气的吸血鬼杀手掩护他，让他回去拿装备袋里的十字弓。他翻来覆去找到了一把银制弩箭。格斯扯下那吸血鬼的衬衫一角，包住箭头，绑紧后架上十字弓，将布点火，然后瞄准店铺。

一个穿着沾血运动服的吸血鬼像野兽一样朝格斯跑过来，昆蓝朝他的喉头射了一枪，他就跑不动了。格斯走到人行道边大喊：“撤退！”然后瞄准、松手、射出银箭，箭头落在后墙上。

格斯拔足狂奔，那栋大楼在爆炸中全毁。砖墙倒塌，砖块散落在街道上，屋顶和木桩就像爆竹外层的纸一样往外炸。

冲击波把不明所以的吸血鬼都炸到街上。爆炸后氧气都被耗尽，所以这一区有种诡秘的沉静，而且他们还耳鸣不断。

格斯先蹲起身，再站起来。角落的建筑物已经不见了，好像被巨人踩扁。

烟尘不断翻腾,幸存的吸血鬼纷纷站了起来。少数吸血鬼被四处飞射的砖块砸中头,只有他们死了。其他吸血鬼在短时间之内就立刻恢复,又对泽西宝蓝帮露出饥饿的眼神。

格斯从眼角余光中看到昆蓝跑到对面的街上,从一条短楼梯跳到地下室,格斯不知道他为什么要逃跑,等到他回头看自己干了什么好事才晓得。

爆炸过后空气向上冲,拨开火灾造成的烟雾,空气流动之后,烟雾产生了缝隙,让明亮干净的阳光洒下来。

黑烟一拨开,太阳光束便直接照射在爆炸发生的地点,形成一个亮黄色的辐射圆锥——那些反应迟钝的吸血鬼发现时已经太迟了。

格斯看着他们在他身边发出鬼哭狼嚎,逐渐消失。他们的躯体往下倒,立刻变成蒸汽和灰烬。那些距离阳光比较远的也转身跑进附近的公寓里躲避。

只有那些探子的反应比较机灵,他们察觉到阳光会洒下来,所以紧抓着波利瓦。那些小吸血鬼联手拉着他,不让他走到太阳会照到的地方——就差了那么一点点。他们打开人行道上的通风口,手爪并用地把他拉进地底下。

阳光晴朗的街道上突然只剩下泽西宝蓝帮、安赫尔和格斯。他们的武器还握在手上,但面前没有敌人。

这一天只不过是东哈林区一个阳光普照的日子。

格斯走到灾区,当铺已经从地基整个炸烂了。地下室外露,砖头还冒着烟,灰尘不断往下坠。他对安赫尔大喊一声,安赫尔就一跛一跛地过来替格斯搬走比较重的泥块,清出一条路。格斯爬到废墟下,安赫尔跟着他。他听到吱吱作响的声音,不过那只是电线碰到水的声音。他把砖块往旁边扔,在地上寻找尸体。他还是很担心老人可能一直都躲在这里。

没有尸体。他其实也没什么斩获,只有空橱柜。好像老人把这里都掏空了。地下室的门框上有紫外线灯,现在噼噼啪啪冒出橘色火光。或许这是一种地下堡垒，就像被吸血鬼攻击时能躲进的避难所——或者是要将吸血鬼隔离在外的金库。

格斯不该在此停留那么久（因为烟雾已经自动回位，又盖住了日光），但他还是在瓦砾堆下不断翻找，寻找能帮助他奋战的东西。

在倒塌的木梁下，安赫尔发现一个被撞倒在地的全银纪念品盒。漂亮的宝藏。他举起来给大家看，尤其是想让格斯看。

格斯从他手中拿走盒子。“那老人。”他说完，笑了。

宾州车站

宾州车站在1910年启用时，被认为是大而无当的里程碑。这座豪华阔气的公共交通殿堂是纽约最大的室内空间，纽约市从一个世纪前就开始发展大型建筑了。

原车站的拆除工程始于1963年，取而代之的新车站有复杂的隧道和回廊，因此历史学上都认为原车站的拆除计划是现代历史建筑保留运动的导火线，因为这是第一次（有人说是规模最大的）失败的“都市改造计划”。

宾州车站仍是美国最繁忙的运输中枢，每天经过的乘客高达60万人次，是中央车站的四倍。这里是美国铁路、大都会运输系统、新泽西运输系统三铁共构，而港务局哈德森运河站距此只有一个红绿灯。以前还能靠地下人行道互通，但那条人行道已经因为安全理由封闭了好多年。

现代的宾州车站沿用旧宾州车站的方式为月台命名。伊费在美国铁路公司的售票系统为扎克、诺拉、诺拉的妈妈订了车票，从费城到终点站，即美国宾夕法尼亚州的首府哈利斯堡。通常这趟路要四小时，不过旅客对火车误点很习以为常了。一到那里，诺拉就会探探当地情势，安排交通工具去往女子露营场。

伊费在空无一人的出租车招呼站下了面包车,这里距离车站还有一个路口,他陪他们走过安静的街道去车站。乌云挂在城市上头,既是现实也是象征,烟雾不吉利地盘旋不去。他们经过一整排空荡的商店,橱窗都破了,就连趁火打劫的人都走了——其中大部分都变成要打劫人血的怪物。

这座城市沉沦得多快多深呀。

他们走到乔·刘易斯广场,宾州车站的第7大道入口,就在麦迪逊广场花园的路标下,伊费这才想起纽约在两周前或上个月是什么模样。警察和身穿橘色背心的港务局员工导引下楼的群众,维持秩序让旅客进车站。

手扶梯停止运作了,但还能让大家走到大厅。不停歇的脚步让这个车站还像是吸血鬼城市里的人类最终堡垒——尽管它距离地底很近。伊费很确定几乎所有的火车都误点了,不过群众还是得跑步才能搭上车。慌张的匆忙人潮让他安了心,如果火车停摆,这里就会暴动。

头上只有少数几盏灯还亮着,所有商家都歇业了,柜上毫无商品,橱窗上贴着手写的告示"开张日另行公布"。

低楼层月台传出火车进站的轰隆声,让伊费安心不少,他背着诺拉和她妈妈的行李,诺拉一直照顾着她妈妈免得她跌下去。大厅里人挤人,不过他喜欢这种拥挤的感觉,他很怀念被人群包围的感觉。

国民军在前面等,看起来累坏了。不过他们还是逐一检视乘客的面孔,而伊费目前还是通缉要犯。

伊费腰上还系了瑟拉齐安的银子弹手枪,所以只陪他们走到蓝色大柱子那里,指着转角后的美国铁路候车室。

玛丽拉·马丁内斯看起来很害怕,而且还有点生气。拥挤的人群让她心情不好。诺拉的妈妈本来是个家庭保健工作者,两年前被诊断出早期阿尔茨海默症。有时候她觉得诺拉只有十六岁,所以她们会为了谁是老大而起争执。不过今天她很安静,可能是因为被吓坏了。这里她一点也不熟悉,而且离家也让她很焦虑。她没有咒骂死去的丈夫,没有坚持要穿宴会服。她罩了一件长雨衣,里面穿的则是番红花色的家居服,银灰色长发编成粗辫子挂在后脑勺。她已经喜欢上扎克了,在车上就牵着扎克的手,让伊费很高兴,但他同时也感觉到心头一紧。

伊费在扎克面前跪下来。小男生别过头,好像不愿意这么做,不想道别。“你帮诺拉照顾马丁内斯太太好不好?”

扎克点点头:“为什么一定要去女生的露营场?”

“因为诺拉是女生,她去过,那里就只有你们三人。”

“还有你,”扎克立刻说,“你什么时候来?”

“我希望我很快就能过去。”

伊费双手搭着扎克的肩膀,扎克举起手抓着伊费的前臂:“你说好了哦?”

“我会尽快过去。”

“这不算答应。”

伊费捏捏儿子的肩膀,撒了个谎:“我答应你。”

伊费看得出来扎克不相信,他感觉到诺拉低头看着他们。

伊费说:“给我抱一下。”

“为什么?”扎克往后退一点点,“等我在宾州见到你再抱。”

伊费露出微笑:“先给我一个有信心的拥抱嘛。”

“我觉得——”

伊费拥他入怀,紧紧抱着他,旅客人潮和他们擦身而过。扎克扭来扭去,但不是刻意要逃开,伊费在他脸上亲一下就放开他了。

伊费站着,诺拉在他前面推一下,轻轻让伊费退了两步。她棕色的大眼睛很锐利地盯着他:“现在可以告诉我你的计划了吧?”

“我计划对你说再见。”

她站得很近,就像道别的恋人,只是她用指节抵着他胸骨下缘,好像在转螺丝:“我们走了以后——你有什么计划?我要知道。”

伊费看着扎克在她后方,站在她妈妈的旁边,尽责地牵着她的手。伊费说:“我要阻止这一切,你觉得呢?”

“我觉得已经太迟了,你心里也明白。跟我们一起来吧,如果你是为了那位老人——我和你对他都有同样的感觉,可是我们都知道来不及了。跟我们走吧,我们到那里再组成团队,再想想下一步要怎么做。瑟拉齐安会懂的。”

伊费感觉到自己的犹豫,不完全是因为诺拉用力挤压他的胸骨。“我们还是有机会,”他说,“我相信。”

“我们——”她先确定了一下他明不明白她指的是他们两人,“——如果现在一起离开的话也还是有机会。”

伊费把肩上最后一袋行李拿下来,挂在她肩上。“武器装备,”他说,“以防万一。”

她眼中盈满气愤的泪水:“你应该知道,如果你最后在这里做傻事,我会恨你一辈子。”

他点头。

她吻上他的唇,抱紧他。她的手摸到了伊费背后的枪托,眼神一沉,她的头往后退一点,仔细观察他的表情。那一瞬间,伊费以为她要抽出那把枪,但她又贴回他身边,靠着他的耳朵,泪湿双颊。

她低声说:“我已经开始恨你了。”

她往后一退,不再看着他,走回扎克和自己妈妈身边,催他们上月台。

伊费站在原地等,看着扎克离开。扎克走到转角时回头找他的踪影。伊费挥挥手,高举着手臂,但扎克没看到他。伊费觉得腰间的克拉克手枪变得好沉重。

纽约第 11 街与第 27 街的街口,金丝雀计划以前的总部里,疾管局局长埃弗里特·巴恩斯博士在伊费·顾威的办公椅上打盹。电话铃声钻进他的意识里,但还没办法唤醒他。联邦调查局特务探员把手搭在他肩膀上，他才醒了过来。

巴恩斯坐起身，甩开瞌睡虫，精神一振。“华盛顿？”他猜。

那个联邦调查局探员摇摇头：“顾威。”

桌上那部电话继续闪烁，巴恩斯按下钮、拿起话筒：“伊费？你在哪里？”

“宾州车站，电话亭。”

“你还好吗？”

“我刚送我儿子搭火车离开纽约。”

“哦？”

“我准备好要自首了。”

巴恩斯看着探员，点点头说：“听你这么说，我松了一大口气。”

“我想和你亲自见面。”

“你待在原地别走，我马上过去。”

他挂上电话，那探员把他的外套递过来。巴恩斯穿着海军制服，一行人走出办公室，下楼到人行道上，他的黑色休旅车就停在路边。他爬进乘客座，让探员发动引擎。

突然间，他们遭到攻击了，巴恩斯不晓得发生了什么事。不知道自己和这个探员怎么了。他身体往前倾，用下巴按喇叭。他想要举起手，可是又立刻被揍了一拳——偷袭的人在后座，那个人拿着一把枪。他又出了一拳才把探员打晕，让他瘫软地靠在车门上。

刺客从后座走出来，打开驾驶座的门，把失去意识的特务拖出去扔在人行道上，仿佛把他当成一袋要洗的衣服。

伊费·顾威跳进驾驶座，砰一声关上门。

巴恩斯要开门跳车，不过伊费拉住他，枪口抵着他的大腿内侧而非抵着头。只有医生和军人知道头部和颈部受伤都还可能活下来，但股动脉中弹则必死无疑。

“关门。”伊费说。

巴恩斯闻言照做。伊费驾驶着休旅车，在27街上狂飙。

巴恩斯坐立难安，想推开腿上的枪："拜托，伊费，拜托，我们好好谈——"

"好啊！你先。"

"我可不可以至少先系上安全带？"

伊费转弯的时候用力甩尾："不可以。"

巴恩斯看到伊费在他们两人之间的置杯架放了一样东西：联邦调查局探员的盾型徽章。枪口紧紧地压在他腿上，而伊费的左手又紧抓着方向盘。"拜托，伊费，小心，小心一点——"

"埃弗里特，你先开口吧，"伊费把枪口按进巴恩斯的腿，"你究竟为什么还在这里？为什么还留在城里？你想要前排的好位置，对吧？"

"我不知道你在说什么，伊费，病患都在这里啊。"

"病患。"伊费轻蔑地说。

"被感染的人。"

"埃弗里特，你再继续装傻，这把枪就要开火了。"

"你喝多了。"

"而你撒谎撒多了，我想要知道为什么到现在他妈的都还没有启动检疫隔离措施！"

伊费的怒意充斥在车内，他将方向盘用力往右打，以免撞上被砸毁且洗劫一空的物流货车。"政府完全没打算控制疫情，"他继续说，"为什么到现在还放任火灾四起？回答我啊！"

巴恩斯紧靠着门，畏畏缩缩地像个小男孩。"这完全超过我的权责了！"他说。

"让我来猜猜，你只是听命行事。"

"我……我接受我的角色，伊费。我在该做抉择的时候做了决定。这个世界，我们以为我们认识的世界，已经在瓦解的边缘了。"

"这还用得着你说。"

巴恩斯的声音冷静了下来："聪明的话就站在他们那边，伊费，不要任意妄为。所有大型机构都已经直接或间接妥协了，我讲明白一点，他们不是已经投降就是被渗透了，就连最高层也一样。"

伊费用力点点头："奥狄·帕墨。"

"这点现在还重要吗？"

"对我来说很重要。"

"伊费，如果病患快死了——如果所有复元的希望都消失了，一个好医生还能做什么？"

"继续奋战。"

"你要延长他的苦痛？真的吗？当你很确定他的生命无法挽救，而且很快就会死去？当所有人都无法挽救——你是要用消极疗法让该来的结果晚一点来，还是让生命自然地结束？"

"你竟然说这是自然！我的天啊，埃弗里特。"

"我不知道用其他方式要怎么说。"

"我会说这是安乐死，全体人类的安乐死，你就穿着海军制服冷眼旁观吧。"

"伊费，你显然是在针对我，但这根本不是我造成的，你要怪的是疾病，不能怪医生。就某个程度而言我和你一样惊讶，不过我很务实，很多事情不能如你所愿。我做了我该做的，因为我别无选择。"

"埃弗里特，你永远都有选择。永远都有。干——我知道，但你……你是个懦夫、叛徒。更糟的是，你是个白痴王八蛋。"

"你毫无胜算，伊费。事实上，如果我的评估没错，你已经战败了。"

"等着瞧吧，"伊费已经驶过了半座城市，"你和我一起等着瞧。"

苏富比拍卖会

苏富比拍卖公司建于 1744 年，目前在全球四十个国家经营艺术品、钻石、国际瞩目的房地产交易，在伦敦、香港、巴黎、莫斯科与纽约都设有拍卖交易中心。纽约苏富比拍卖中心位于约克大道上，第 71 街与第 72 街中间，距离罗斯福大道与东河只有一个路口。这栋玻璃门帷的建筑物共有十层楼，区分为专属部门、艺廊与拍卖会场——部分空间平常开放民众参观。

不过今天却不对外开放。私聘的保安特遣队戴着口罩在苏富比拍卖会馆外的人行道上与会馆内的旋转门后不断巡逻。纽约上东城仍希望维持某种文明的表象，尽管这座城市的其他地区都已经陷入混乱之中。

瑟拉齐安向他们说明他想登记参加下一场拍卖会，他们便向他和费特提供口罩，让他们进入会馆。这栋大楼的大厅天井挑高十层楼，每一层楼都有露台。拍卖公司指派了一位随行人员跟着瑟拉齐安和费特，带他们搭电扶梯到五楼的商务代表办公室。

他们一走进去，那位商务代表就戴上纸口罩，完全没打算从办公桌后走出来。握手不卫生。瑟拉齐安再度说明他来拍卖会馆的原因，她点点头，拿出一叠表格。

“我需要您中介人的姓名和电话，请写下您的证券账户，另外我还需要您的投标意向书，也就是 100 万美元的授权金，这是我们这级拍卖所需要的标准金额。”

瑟拉齐安朝费特看一眼，用弯曲的手指转着笔：“恐怕我目前还没找到合适的中介人。不过我自己拥有不少名贵的古物，我很乐意以它们作为担保品。”

“很抱歉。”她开始从他手上抽回表格，重新整理好放回抽屉里。

“如果可以的话，”瑟拉齐安把笔还给她，但她显然一点也不想碰，“我想先看一下目录中的拍卖品再做决定。”

“很抱歉，只有参与竞标的买家才能看，您或许也知道，我们的安全规格非常非常严谨，因为部分拍卖品——”

“《光之熄》。”

她咽咽口水说：“没错，正是这一件拍卖品。这件拍卖品……非常神秘，您可能也很熟悉，当然，我们也要考虑到目前曼哈顿的局势……而且两百年来还没有任何拍卖会成功出售《光之熄》……所以，就算不迷信的人也会相信这两点之间的关联。”

“我确定还有经济因素吧。否则为什么要拍卖呢？显然苏富比拍卖公司相信拍卖所获得的佣金胜过举办拍卖的风险。”

“嗯，这点我不方便评论。”

“请问，”瑟拉齐安温柔地把手放在她的桌上，好像那是她的手臂一般，“可以通融一下吗？让我这老人看一眼？”

她口罩上的双眼完全不受感动：“没办法。”

瑟拉齐安看着费特。纽约市政府的捕鼠员站起来，拿下口罩，把市政府的证件拿出来：“我很不愿意这么做，不过——我必须立刻见见这栋大楼的主管，也就是负责这件拍卖品的人。”

苏富比北美事务区总裁见到拍卖会馆主管与瑟拉齐安、费特一起走进办公室时，便从办公桌后站起来：“这是怎么回事？”

拍卖会馆主管说话时，口罩随着呼吸起伏：“这位先生说我们必须全员撤离。”

“撤离……什么？”

“他有权力在市政府稽查期间关闭这栋会馆达七十二小时。”

“七十二……那拍卖会怎么办？”

“取消。”费特说，他耸耸肩，加强语气，“除非……”

总裁站在办公桌后方，表情和缓了下来，他突然懂了：“这座城市正在逐渐崩落，而你选择今天，现在，来这里索贿？”

“我要的不是贿款，”费特说，“其实，你看我的外形就知道了，我是艺术爱好者。”

苏富比拍卖公司让他们在特殊情况下预览《光之熄》，九楼两道严密的门锁后方有个大型金库，那里有个隐秘的玻璃房。他们解开防弹箱上的锁，拿出来。费特看着瑟拉齐安准备检查这寻觅已久的巨著，白色棉质手套覆盖着变形的手指。

这本古籍放在华丽的白桦木展示架上，长12英寸、宽8英寸、厚1.8英寸，共489页，羊皮纸手抄本，其中有二十页插图，以皮绳固定，封面、封底、书背都是纯银打造。每一页的边缘都是银。

现在费特懂了。为什么这本书从来没落入吸血鬼始祖手中，为什么血祖不现在就自己过来从他们手中夺走。

因为每一面都是银，这本书他们根本就碰不到。

桌上有两支弧形的吊杆，末端各有一部摄影机在拍摄目前摊开的那一页，画面就播放在他们面前的巨大等离子屏幕上。

屏幕上播出灿烂耀眼的第一页，上头有一幅精细的画，光彩夺目的银制扉页画了一个六角形。绘图风格和周围的书法字样说明了这个作品来自不同的时光、不同的世界。费特没想到瑟拉齐安对这本书这么崇敬。尽管工艺精湛的程度让他佩服不已，不过讲到艺术赏析的部分，费特实在不知道自己要看什么。他只好等老人开示。他只知道这件作品跟他与伊费在地铁发现的图案有关，书中连那三个新月都有。

瑟拉齐安对其中两页特别有兴趣，一页都是文字，另一页则是丰富的插图。除了书页本身非常讲究细致之外，费特实在不明白为什么那些图像会让这老人这么入迷——瑟拉齐安的眼眶都湿了。

拍卖公司只给他们十五分钟，不过他们待了久一点，瑟拉齐安在短时间内誊了大约二十八个符号。费特看不出来页面上哪里有符号,可是他什么都没说,他安静地等瑟拉齐安把两张纸画满,而瑟拉齐安则因为手指畸形僵硬而气恼。

他们搭电扶梯下楼到大厅时,老人很安静。他不发一语,一直到离开拍卖会馆,和武装警卫保持足够的距离后才开口。

瑟拉齐安说:“每一页都加了水印,只有受过训练的人才能看得出来,我就看出来了。”

“水印?你是说,像钞票一样?”

瑟拉齐安点点头:“书中的每一页都有,许多魔法书和炼金术的书籍里都会加上水印,就连古代的塔罗牌也有。你懂吗?每一页都印了文字,可是文字是印在底下的第二层。在印刷的时候就直接把水印给加进纸张里。那是真正的知识,那是封印,那个隐藏的符号——那钥匙……”

“你誊下来的那些符号……”

瑟拉齐安拍拍口袋,确定他的图样都还在身边。

他这时停下脚步,因为有个东西吸引了他的目光。费特跟他一起过街。玛丽·曼宁·沃尔什之家是纽约教区加尔默罗修女会所经营的赡养院。这栋赡养院就正对着苏富比拍卖会馆的玻璃门窗。

瑟拉齐安被门口遮阳棚左边的砖墙所吸引,那里有个喷漆的涂鸦,橘色和黑色相间。费特盯着这涂鸦的符号看了好一阵子才知道,对面那栋大楼的高层里保护严密的书上也有类似的符号,只是这个符号比较概略简约,但那本书这几十年来都没人看见过。

“搞什么?”费特说。

“是他——他的名字,”瑟拉齐安说,“他真正的名字,他正用自己的名字为这座城市烙印,将它占为己有。”

瑟拉齐安转过身,看着缓缓上升的黑烟遮蔽了太阳。

瑟拉齐安说:“现在来想个方法取得那本书吧。”

摘录自伊费·顾威个人日记

我最宝贝的扎克:

你一定要明白,我非这么做不可——并不是因为我自大妄为(儿子,我不是什么英雄),而是因为我的信念。今天在车站送你离去的痛苦是我从来没有经历过的,我知道我永远不会为了人类而牺牲你。我现在要做的都是为了你的未来,你一个人的未来。其他人类能不能因此受惠对我不重要。这样一来你才不必,永远不必经历我所经历的一切:在亲生骨肉和责任义务之间陷入两难。

从我第一次抱你在怀中,我就知道你是我生命中唯一的、真正的爱情故事。我只会对你一个人全心全意地付出,不求回报。请你谅解,我接下来要做的事无法假手他人,我谁都不信任。上个世纪的历史都是由枪械写出来的。许多人出于信念、出于邪念而残杀其他人。我有信念也有邪念。儿子,疯狂是真实的,是存在的。疯狂指的不再是精神失常,而是一种外在的现实。或许我可以改变这种情况。

我会被贴上罪犯的标签,或许有人会说我疯了——但我希望随着时间过去,真相会洗清我的污名,而你会再度全心接纳我。

没有文字能清楚说明我对你的感觉,还有当我确定你和诺拉在一起安全无虞时,我有多么舒坦放心。求你别以为爸爸丢下了你,别以为爸爸违背承诺,爸爸只希望能确保你在这场对我们种群的袭击中平安。爸爸要面对很困难的抉择,将来你长大后也会为人父母。

还有,请你记得你妈妈过去的模样。我们对你的爱永远不灭,会一直陪着你到生命的尽头。你是我们送给这世界最棒的礼物——这点我毫无疑问。

你的老爸

布鲁克林紧急事务处理办公室

紧急事务处理办公室总部位于布鲁克林的阴暗街头。这栋大楼于四年前竣工,市值5000 万美元,是纽约大型紧急事件的协调联络中枢。纽约的应急中心横跨130 个政府机关,除了最先进的影音与信息系统,还有全套备用发电设施。紧急事务处理办公室的总部原本设于世贸中心,但毁于"9·11"事件后就迁址到布鲁克林了。紧急事务处理办公室的功能就是要在大规模灾难事件中分配、调度政府部门的资源,为此增设了机电系统以确保停电时总部还能持续运作。

这栋24 小时不休息的大楼灯火通明,相当尽责,问题是紧急事务处理办公室要协调的对象不管是地方政府、州政府、联邦政府还是非营利组织,都面临人手不足、联络不上,或完全停摆的状态。

纽约急难网络的心脏还有力地搏动,但心脏所输出的,名为"数据"的珍贵血液却到达不了终点,仿佛这座城市严重中风了。

伊费担心他的机会稍纵即逝,他没想到跨桥回去会花那么多时间,大部分愿意离开、能够离开曼哈顿的人都已经走了,因为路上有太多碎片和弃置的车辆所以过桥才会这么难。有人把大型黄色防水布的两个角绑在桥墩上,布面在风中飘扬,就像古代海军的旗帜,爆发传染病后,军舰的桅杆也会挂着危险勿近的警示旗。

巴恩斯局长安静地坐在一旁,紧抓着车窗上的把手,终于知道伊费绝对不会透露他们要去哪里。

长岛快速公路就顺多了,伊费驶过周围城镇时瞥了一眼,从高架道路往下看着空旷的街道、无人的加油站、荒凉的百货公司停车场。

他的计划很危险，他自己心里也明白。那属于铤而走险而非步步为营的计划，或许以变态失常来形容也不为过。不过他不排斥，因为周围环境都失常脱序了。有时候成功不能靠事前准备而必须靠运气。

他抵达目的地时，帕墨的广播演讲正好要开始。他把车停在火车站旁，熄掉引擎，转身面对巴恩斯。

"把你的证件拿出来，我们要一起进入紧急事务处理办公室。我会用外套盖住枪，你只要和别人交谈或试图通知警卫，我就先把那人杀了，再对你开枪。你信不信？"

巴恩斯看着伊费的双眼，点点头。

"我们走吧，走快点。"

他们沿着第15街走到紧急事务处理办公室总部，马路上停了两排公务车。砂色方砖盖成的办公大楼从外墙看起来就像一座新的小学，门面很宽，却只有两层楼高。大楼后面有个高耸的广播塔，周围都是铁丝网。草坪不深，国民军的卫哨每人相隔十米，守护着这栋建筑物。

伊费看到停车场入口的栅门，里面一定就是帕墨的车队。中间那辆礼车几乎是总统级座车，当然是防弹的。

他知道他登上那辆车之前就必须逮住帕墨。

"腰杆打直。"伊费用手掌托着巴恩斯的手肘，控制他的方向，他们沿人行道走，经过国民军身旁来到入口。

街对面的抗议群众朝他们咆哮，他们高举的旗帜写着上帝的愤怒。他们呐喊着，说美国对上帝失去崇信，所以上帝要遗弃美国了。穿着破西装的牧师站在矮折梯顶端，朗朗念着《圣经·启示录》的段落。他身旁的群众张开双臂面对紧急事务处理办公室，做出祈福的姿势，在这政府机关前祷告。有张手绘海报上耶稣基督神色哀凄，鲜血从荆棘冠冕中汩汩流出，而他露出吸血鬼的尖牙，张大了火红色的双眼。

"现在谁要来拯救我们？"那衣衫褴褛的牧师大喊。

汗珠滑下伊费的胸膛，滚过他腰间那装银弹的手枪。

应急中心里，奥狄·帕墨面前的桌上架好了麦克风，还有一壶水。他面对着电视墙，上头还有美国国会的封条。

除了他信任的侍卫菲茨威廉先生之外，这里没有其他人，帕墨和平常一样穿着深色西装，他坐在椅子上看起来比平日更苍白、更干瘦。布满皱纹的双手还搁在桌面上，等待着。

通过卫星连接，他准备要向美国国会参、众议院紧急联合会议发表演说。这场史无前例的演讲结束后会开放提问，全程在网络、电视、广播网播放，全球各国都可收看。

菲茨威廉先生站在摄影机范围外，双手叉在腰间，看着安全室外头的状况。这里有130个工作站，大部分都有人，可是没人在工作，所有的人都看着从天花板垂吊下来的屏幕。

国会议员并未全数到齐，议员席只满了一半。帕墨简短地开场之后，便照着摄影机后面的提词机把事前拟好的讲稿念出来，提词机上的字体特别大、特别清楚。

“我要谈的是公共卫生危机，让各位了解我个人和石心集团可扮演什么角色，又将如何介入、因应，并为大家消除疑虑。今日，我可以为美国以及全世界提供三重行动方案。

“首先，我承诺为纽约市提供三十亿元的紧急贷款，让市政府能维持各项营运，并拨款执行全市隔离措施。

“第二，身为石心产业总裁与首席执行官，我为各位担保美国食品物流系统的产能与安全，因为我们会利用旗下的运输股权与肉品加工厂。

“第三，我建议将核管制委员会暂时停职，这样一来已完工的蝗虫谷核电厂才能尽快输电，直接解决纽约目前的电力供应问题。”

伊费过去担任金丝雀计划纽约小组的组长时曾经来过紧急事务处理办公室，他很熟悉门禁管理程序——这里不但管理甚严，而且警卫都是曾经对付过其他武装组织的军人。所以当他们仔细检查巴恩斯的证件时，伊费直接把他的盾型徽章和手枪都放进篮子里，迅速走过金属安检门。

“巴恩斯局长，请问您需要护卫吗？”警卫问。

伊费拿起他的物品，抓住巴恩斯的手臂说：“我们认得路。”

帕墨演讲结束后接受了三位民主党议员和两位共和党议员的质询。尼古拉斯·弗罗内众议员来自纽约第三选区，不但是国土安全部里地位崇高的官员，也是众议院财政委员会的一员，问政方式相当犀利尖锐。选民都听说过不要信任秃头或蓄胡的政治人物，可是弗罗内打破传统，不但秃头又蓄胡还连选连任了三届。

“帕墨先生，关于隔离措施——我觉得，这不是亡羊补牢吗？”

帕墨坐着，双手放在面前的纸上：“弗罗内众议员，您说得很贴切，不过像您这样身家背景优厚的人可能不清楚勤奋的养羊人家也得修补牢舍，才能保住其他的羊啊。亡羊补牢还不会太迟，美国辛苦认真的农家绝对不会放弃任何一只健康的羊。我认为我们也不应该放弃。”

“另外，我发现你企图搁置核管制程序，让你心爱的核能反应堆硬闯过关。我完全不认为这个时机适合让那座发电厂急就章地立刻运转。而且，就我理解，目前的问题并非供电不足，而是输送困难，那开放新的核电厂又有什么帮助？”

帕墨答道：“弗罗内众议员，为纽约州供电的两座主发电厂现在都停摆了，就是因为系统内电压急速上升导致电压超载和线路故障，接下来就不断负面循环。因为管线压力不够所以供水量会降低，这问题若不尽快解决就会造成污染。同时东北走廊的铁路运输也会受到冲击，只要电动汽油泵不够用，航空运输的乘客安检和道路交通都会受影响。电力不足的话移动通讯就会中断，全国的急难服务例如119专线都会被波及，等于置国民于危险中。”

帕墨继续说：“至于核电，这座发电厂位于您的选区，即刻就可以开工。各项初步验收的结果毫无瑕疵,但官僚作业却要人民花更多时间继续等。您手上就有可用的发电厂,尽管您在竞选期间就誓言反对,而且每一阶段都不断抵制,可是这座核电厂一旦启用之后就可以大量供电。美国电力需求中有20%都依赖全国104座核电厂,但这是1978年三里岛核泄漏事故后美国所兴建的第一座核电厂。许多人闻'核'色变、逢'核'必反,不过其实核能是永续能源,可减少碳排放量。若要大规模取代化石燃料,我们就只能靠核能。"

弗罗内众议员说:"我要先打断你的广告,帕墨先生,恕我直言,这场危机对你这样的超级富人来说是不是个趁火打劫的良机?就像《震撼主义:灾难经济的兴起》这本书写的一样,对不对?我个人就很好奇,你一旦掌握纽约市之后计划怎么做。"

"我一开始就明确地说了,我要提供的是二十年无息循环信用……"

伊费把联邦调查局的证件丢在废纸篓,和巴恩斯一起走到应急中心,也就是这栋大楼的核心。所有人的注意力都集中在帕墨身上,头顶的屏幕都是他的画面。

伊费看到身穿深色西装的石心集团员工聚集在偏厢,后面有两道玻璃门。画着箭头的指标写着:安全会议室。

伊费一阵寒颤,因为他知道他几乎必死无疑。如果成功的话,就一定会死。的确,他最担心的就是他还没成功暗杀奥狄·帕墨就功败垂成了。

伊费推敲着停车场出口的方向,转身对巴恩斯低声说:"假装你不舒服。"

"什么?"

"假装你不舒服,对你来说应该不难。"

伊费继续和他穿过会议室外的走廊到后头。另一个石心集团的人站在靠门很近的地方,他前面就是男厕所的亮光指标。

"长官,到了。"伊费替巴恩斯开门时说。巴恩斯捂着肚子走进去,捂着嘴巴干咳。伊费对那石心集团的人翻翻白眼,但他的表情丝毫未变。

洗手间里只有他们。帕墨说的话都通过喇叭播送了出来。伊费拿出枪,拉着巴恩斯走到最后一个厕位,把马桶盖放下来,要他坐着。

“你可以放松了。”他说。

“伊费,”巴恩斯说,“他们一定会杀了你。”

“我知道,”伊费用枪柄揍了巴恩斯后才关上门说,“这就是我来的原因。”

弗罗内众议员继续说:“在这一切开始之前,媒体就曾经报道过你和你的手下在全球银市大肆收购,想要垄断。老实说,关于这次的疫情有很多疯狂的揣测,其中不少传言或真或假都得到了共鸣。很多人都相信。你是不是靠大众的恐惧和迷信敛财?或者这只是你的贪婪?这两种邪念相较之下我还比较希望你是后者。”

帕墨拿起面前的那张纸。先将长边对折一半,再从另一个方向对折,然后收进胸前的口袋里。他的动作很缓慢,双眼始终没离开连接着华府的摄影机。

“弗罗内众议员,就是这种气量狭小又乡愿的观念才会让我们走入这么黑暗的时代。我在你过去每一次竞选期间都为你的对手提供了法律限度内最高额的政治献金,而现在你公报私——”

弗罗内大声地压过他:“这项指控太过分了!”

“各位,”帕墨说,“你们看看眼前的老人。行将就木,剩下的日子已经不多了。这个老人只是想把这辈子国家给他的回馈给国家。我觉得自己责无旁贷,在法律界线之内——我绝对不会逾越法律规范,没有人能凌驾法律。这就是为什么我今天想要在各位面前解释清楚,请让我这爱国的人死前留下一笔高尚的义举。我言尽于此,谢谢大家。”

菲茨威廉先生为他拉椅子,帕墨在电视墙传来的喧闹声与木槌敲打声中站起来。

伊费站在门边，全神贯注地听。外头有脚步声，但还不够嘈杂。他很想开一小道门缝，但这道门是朝内开的，这样他一定会被发现。

他拉拉枪托，这样手枪才不会在皮带上卡太紧，才能随时做好准备。

一个人走过来，喃喃自语，可能是在用对讲机："备车。"

这就是伊费的指令。他深呼吸，转开门把，从洗手间走出去，准备谋杀。

两名穿深色西装的石心集团员工朝走廊的另一端走去，过了那道门就是户外了。伊费转身朝另一方向走，看到另外两个石心集团的人绕过转角，他们是负责勘查场地的，立刻看了伊费一眼。

伊费的时机不够完美。他往旁边一站，好像要让他们先走，他刻意装出漫不经心的样子。

伊费先是看到小小的前轮，知道轮椅准备要绕过转角了。轮椅的脚踏板上有一双光亮的皮鞋。

这就是奥狄·帕墨，看起来又小又弱。他的手像面粉一样白，双手交叠在凹陷的大腿上，他的双眼直视着前方，没看到伊费。

一名安全人员迈开步伐朝伊费走过来，好像要挡住他的视线，不让他看到那亿万富翁。帕墨距离他不到四米，伊费不能再等了。

他心脏狂飙，从腰间拿出手枪。接下来的一切犹如在慢动作中一气呵成。

伊费举起手枪，先朝左边发射，解决掉挡路的安全人员。他的手不断颤抖，不过他伸直了手臂，一枪命中。

他瞄准最大的目标（轮椅上那人的胸口），然后按下扳机，不过带头的安全人员扑向伊费——自动牺牲了自己，比任何特工在保护总统时还要尽忠。

那发子弹打中他的胸口，击中西装下的防弹背心，发出砰一声。伊费反应够快，在他还没擒拿自己前就先把他推到一旁。

伊费再开一枪。失去平衡的情况下，银弹碰到轮椅的扶手后往旁边弹开了。

伊费再开一枪，不过石心集团的人蜂拥而上保护帕墨。第三发子弹钻进墙里。一个身材特别魁梧、留着军队发型的人（他负责推帕墨的轮椅）开始冲刺，把雇主往前推，让其他石心集团的人去包围伊费，他径自向前。

伊费跌倒时凌空旋转，持枪的那条手臂伸向出口的大门。再一发。他朝轮椅背后开枪，就要击中壮硕的保镖了——不过有人用鞋踩住他的前臂，那一发子弹射向了地毯，枪也飞了出去。

压制伊费的人愈来愈多，他被挤在最下面，很多人从大厅涌入。吼叫声、尖叫声。有人用手抓着伊费，压制他的四肢。他转过头时，刚好从安全人员的手脚缝隙中看到轮椅被推出门外，进入刺眼的阳光中。

伊费愤恨地怒吼，他唯一的机会就这样没了。时机过了就过了。

那老人毫发无伤。

这世界几乎在他的股掌之中。

黑森林肉品加工厂

血祖在肉品加工厂底下幽暗的大房间里站直了身体，集中精神冥想，这时他接收到了电波的警讯。他变得更慎重了，这具宿主的躯体在经过阳光炙烧后皮肤不断掉落，露出底下红色的真皮。

血祖的头在粗壮的脖子上转了几度，朝入口的方向看，注意着波利瓦。血祖都已经知道了，他通过波利瓦的双眼看到了经过，所以波利瓦不需多言报告，他知道人类猎人到了当铺，显然是希望联络上瑟拉齐安，然后就开始灾难般的恶斗。

探子在波利瓦的后方伏着四肢轻快地移动，就像失明的螃蟹。他们“看到”了让他们不安的东西，波利瓦渐渐能解读他们的行为语言了。

有人过来了。探子骚动不已，血祖却对访客兴趣缺缺。

血祖说：**始祖找了佣兵在日间猎杀，这更证明了他们的急迫，那个老教授呢？**

波利瓦说：**他在我们攻击之前就逃走了，不过在他家里，探子察觉到他还活着。**

躲藏着、计划着、密谋着。

就和始祖一样急切。

人类只有在无后顾之忧的时候才危险。

电动轮椅的嗡鸣和轮胎碾过泥地的声音都在宣布：奥狄·帕墨来了。他的看护保镖跟在后面，举着蓝色荧光棒，让他们人类的视觉可以看得到路。

轮椅靠近时，探子纷纷敏捷地离开，爬到墙上，躲到化学荧光棒的照射范围之外，嘶嘶叫着。

“怪物更多了。”帕墨屏着呼吸说，他没办法掩饰自己对这些盲眼吸血鬼小孩和他们黑洞般怒视的极度厌恶，这个亿万富翁怒气勃勃，“为什么要这个洞？”

我高兴。

帕墨在淡蓝色的光线下首度看到血祖斑驳的皮肤。他脚边有许多掉落的大块皮屑，就好像理发时，座位周边也有一大堆落发。血祖龟裂的外表下露出血腥的肌理，帕墨看到就难受，不过他立刻开口进入主题，以免血祖开始读心，就像占卜者看水晶球一样。

“你看，我已经等够了，你要求的我都做了，我什么都还没拿到。现在还有人要取我性命！我现在就要我的报酬！我的耐心已经用完了。你该把当初答应我的给我，否则我不会再提供资金——你懂吗？够了！”

血祖的头和天花板一样高，当他身子往前弯，全身的皮肤都皱了起来。这怪物真的很吓人，不过帕墨没退缩。

“若我提早死亡，整个计划将会灰飞烟灭。你就没办法左右我的想法——没办法取得我的资源。”

艾希霍斯特那个变态的纳粹指挥官受血祖召唤，走进房间里，站在帕墨后方的蓝色光晕内。**你在血祖面前好好做就对了，就别动你的人类舌头了。**

血祖挥挥巨手，要艾希霍斯特闭嘴。他发红的双眼在蓝光中呈现紫色，紧紧盯着帕墨。**就这样，我会给你长生不老，再等一天。**

帕墨结结巴巴，大吃一惊。刚开始是因为他没想到血祖会突然退让——在努力了这么多年之后。然后他又想到自己准备往前跃进一大步，潜入死亡的深渊，然后从另一端浮现……

他体内的生意人想要白纸黑字的承诺，但他体内的谋士要他闭上嘴。

和血祖这种怪物打交道的时候不能规定太多，他心情好就会答应你的要求，然后你就毕恭毕敬、心怀感恩地接受他的慷慨回馈。

再过一天人类的日子就好了，帕墨觉得自己甚至可能会享受这最后一日。

所有的计划都顺利推进，我的族群正在这块大陆上横行。我们会出现在所有重要城市，在全球遍地开花。

帕墨压抑着期待说："这个族群茁壮的时候也会同时面临窘境。"他老迈的双手描述着假想的状况，十指交扣，双掌紧捏，表现出窒息的窘迫。

的确，我们在开始"贪婪"计划之前还有最后一项任务。

艾希霍斯特站在血祖身边时看起来矮了半截，他说：那本书。

"当然，"帕墨说，"那会是你的。不过，我得问一问……如果你已经知道书中的内容……"

重点不在于我拥有那本书，而是他们没有那本书。

"那么——为什么不把拍卖馆炸掉？把整条街都炸掉？"

这种粗糙的计划以前也有人想到过，但最后都失败了。那本书牵系着许多人命，我一定要很确定那本书的宿命，我要亲眼看着它被焚毁。

血祖站直身子，变得心烦意乱，只有他才有这种情绪。

他看到了某个画面。血祖虽然形体和他们一样都在洞里,但他可以通过其他吸血鬼的眼神看到他们所见的景象。

血祖又对着帕墨的脑袋说了两个字:

男孩。

帕墨等他解释,但他却迟迟没多加说明。血祖回到了现在,此刻。他的存在更真实了,好像刚刚瞥见了未来。

明天这世界就会陷入火坑,那个男孩和那本书都会是我的。

费特的博客

我杀人了。

大开杀戒。

就用我正在打字的双手。

我斩、砍、劈、划。肢解他们的尸体,割下他们的头颅。

我的衣服和靴子上沾满了他们的白色血液。

我销毁他们的尸体,庆祝他们的灭亡。

你可能会觉得,我的工作本来就是捕鼠员,一辈子几乎都在接受训练。

我可以理解,但不支持这种说法。

因为在恐惧中任老鼠爬上你的手臂是一回事。

面对另外一个人形怪物而格杀勿论又是另外一回事。

他们看起来就像人,他们和你我一样。

我不再是捕鼠员了,我是吸血鬼猎人。

还有另外一件事。

这件事我只敢在这里说,因为我不敢告诉其他人。

因为我知道他们有什么想法。

我知道他们有什么感觉。

我和他们对看时，我知道他们看到了什么。

不过——这所有的杀戮？

我还蛮喜欢的。

而且我很擅长。

我或许会变得愈来愈厉害。

这座城市正在崩毁，或许这整个世界都在瓦解。"末世"是很严肃的字眼，沉重的字眼，尤其当你明白你正在面对末世时。

不能只靠我一个人，还有其他和我一样的人正在力挽狂澜。他们过去觉得自己的生命不够完整，从来就没办法融入这个世界，从不明白自己为什么存在，为什么活着。他们从来没有使命感，因为不曾听到过使命的呼唤，因为从来没有一件事需要他们。

直到现在。

宾州车站

诺拉只恍惚了一下下。当她盯着告示版，等车站宣布他们要到第几月台去乘车，她的眼神失焦，最后恍惚了一下，发起了呆。

这么多天以来，她第一次让脑筋空白。没有吸血鬼、没有恐惧、没有计划。她放松了思绪，脑子进入睡眠模式，尽管她的双眼仍然张开。

当她眨眨眼睛回过神时，就好像在梦中差点坠落，人却突然苏醒过来一般。一阵哆嗦、一时震惊。她小声倒抽了一口气。

她转头看到扎克坐在她身边，听着随身听。

不过她妈妈不见了。

诺拉左顾右盼都没见到她，她扯下扎克的耳机问他，而他和她一起寻找。

“在这里等，”诺拉指着他们的行李，“别离开！”

她在拥挤的人群中穿梭，大家都站在告示牌前面等。她看到人群中有一条缝，或许是她脚步缓慢的妈妈留下的痕迹，可是她什么都没看到。

“妈！”

高亢的声音让诺拉转过头，她推开人群，从人山人海中脱身，走到大厅的侧面，看到关门的小吃店。

她妈妈在那里，对着一个南亚家庭高谈阔论，他们的表情都很疑惑。

“埃斯米！”诺拉的妈妈大喊着自己姐姐的名字，诺拉的阿姨已经过世了，“埃斯米！去看看水壶，水已经滚了！我听到了！”

诺拉终于走到她身边，拉着她的手臂，对那个不善英文的家庭连连道歉：“妈，来吧。”

“埃斯米，你来啦，”她说，“什么东西烧焦了？”

“妈，来吧。”诺拉的眼眶都湿了。

“你要把我的房子给烧了！”

诺拉紧扣着她妈妈的手臂，带着她穿过人群，不理会大家的咒骂和侮辱。扎克正踮起脚尖，寻找着她们。诺拉什么都没说，不想要在这小男孩面前崩溃，不过这实在太难承受了。大家都有临界点，而诺拉快走到她的临界点了。

她妈妈以前多以这个女儿为荣啊。诺拉先是在福特汉姆大学主修化学，后来又在约翰·霍普金斯大学医学院主攻生物化学。诺拉看得出妈妈一定觉得她很有成就，女儿就要当医生赚大钱了，可是她只对公共卫生有兴趣，内科和小儿科她都没兴趣。现在回想起来，她觉得自己始终没发现童年期间三里岛核泄漏意外的阴霾对她影响那么大。疾病管制局给她的薪水就是公务员等级，和她同学的优渥收入简直是天壤之别，不过她还年轻——还有时间先为国家作贡献将来再好好赚钱。

有一天她妈妈去买菜的途中不见了，后来开始没办法自己绑鞋带，或是开了烤箱之后又置之不理。现在还会和死者对话。妈妈被诊断出阿尔茨海默症之后，诺拉退租了原本的公寓，以照顾老化衰退的母亲。她迟迟没帮妈妈找个合适的赡养中心长期居住，因为她不知道自己是否负担得起。

扎克注意到诺拉很悲伤，就让她一个人静一静。他明白她不想多谈，便遁入音乐中。

事出突然，误点了好几小时后，他们这班列车的代号终于出现在告示牌上了，表示列车即将进站。接下来车站大厅内一阵骚动忙乱。大家又叫又推，互相喊着亲友的名字，撑开手臂推拨人潮。诺拉提起行李，钩住妈妈的手臂，大声叫扎克一起走。

大家要从狭窄的手扶梯往下走到月台，美国铁路公司主管在手扶梯顶端宣布列车还未进站时，场面更加难看了。诺拉发现自己在愤怒人群的后方——距离月台太远了，她不确定他们到底能不能上得了车，尽管车票都买好了。

因此，诺拉做了一件她自己以前绝对不会做的事：她拿出疾管局工作证，大摇大摆地走到人群前方。她这么做的时候心里明白：这不是为了自己，而是为了妈妈和扎克。不过当人群慢慢地让出一条通道，不情愿地让他们经过时，她还是听到有人大骂脏话，所有乘客的眼睛里都射出如匕首般尖锐的目光。

但最后好像一切都是白忙一场，站方终于打开电扶梯让旅客到地下月台后，诺拉发现轨道上空空荡荡。火车又误点了，没人能告诉他们原因，或估计还要等多久。

诺拉让她妈妈坐在行李上，他们的位置最好，就在黄线上。她和扎克分食最后一袋甜甜圈，诺拉拿出半满的运动水瓶，只让大家各舔一小口。

下午时光过得很匆匆，他们若幸运的话应该可以在日落之后出发，一想到这诺拉就有点紧张。她原本计划在天黑之前就离开纽约往北走。她一直站在月台边缘朝隧道看，武器装备就贴在侧腹。

从隧道深处吹来一阵疾风，让她心头一松。信号灯亮起，表示列车要进站了,大家都站了起来。有个背着超大包包的人撞倒了诺拉的妈妈,她差点趴在月台边缘。列车滑进月台,所有人争先恐后要抢位置——但车门奇迹般地停在诺拉面前,这场逃亡终于顺利了一点点。

车门一开,他们就被人潮推进去。她替她妈妈和扎克占了两个相连的座位,把行李放到头上的架子,留个位置等会儿给扎克放背包——他暂时把背包还有她的武器袋放在腿上。诺拉站在他们面前,他们的膝盖碰着她的膝盖,她的双手抓着头上的横杆。

其他乘客蜂拥入内。一旦上车,知道自己的出城记即将上演后,放心宽慰的乘客便多了一点文明礼貌。诺拉看到一个男人让位给带小孩的女性乘客,陌生人互相帮忙安置行李。这群有幸能逃离纽约的人自成了一个小族群。

诺拉自己的心情振奋了起来,至少能轻松地呼吸了。"你还好吗?"她问扎克。

"再好不过了。"他眼睛咕溜一转,解开耳机线,又塞上耳机。

就如她之前害怕的,有些乘客(不管有没有买票)最后来不及上车了。车门本来就关不起来,而那些上不了车的人一直敲着窗户,其他人开始向服务人员哀求,服务人员看起来也很希望自己能登上火车。被拒于门外的旅客看起来就像战后余生的难民,诺拉闭上眼睛,简短地为他们祈祷——再为自己祈祷,祈求能获得原谅,因为她只照顾亲爱的家人,遗弃了那些陌生人。

银色的列车开始往西边行驶,朝向哈德孙运河下面的隧道前进,车厢里满满的乘客爆出掌声。诺拉看着车站的信号灯往后退,最后消失,然后他们又从地底出现,重回地面——就像游泳的人得浮出水面换气。

她在火车里感觉很好,划破黑暗的感觉就像利刃划开吸血鬼。她低头看着妈妈布满皱纹的脸庞,看着她的眼皮愈来愈沉重。在火车上晃个两分钟,她就沉沉入睡了。

他们离开车站后进入月黑星稀的夜里,才在地面上行驶了一下下就钻入隧道在哈德孙运河下前进。雨点打在车窗上,诺拉看到窗外的景象时不禁惊呼。她瞥见无法无天的乱象:着火的车辆、远方的烈焰、黑雨下扭打的人群。街道上有许多人快步奔驰——有人在追赶他们吗?在猎杀他们吗?他们是人吗?或者他们是猎杀人类的吸血鬼?

她看看扎克的状况,发现他专心地盯着随身听屏幕。瞧他专心的样子,诺拉在这孩子身上发现了他爸爸的影子。诺拉爱伊费,她相信自己能爱扎克——尽管她对扎克的了解还不够多。伊费和他儿子很像,不只是外表神似而已。她和扎克到了那个与世隔绝的营地之后会有更多时间了解对方。

她又继续看着窗外的夜色,漆黑一片,四处都有停电的迹象,偶尔才看得到辅助发电设备的亮光。光就是希望,两边的土地都开始投降,这座城市开始撤退了。诺拉贴着窗户想着他们走了多远,估算着他们离下一个隧道还有多远,还有多久才能离开纽约。

这时她看到了,矮墙的转角上,灯光往上打出了一个人形。那鬼魅幽灵般的人影让诺拉寒颤不已,她有股不好的预感。火车愈驶愈近,她无法转移目光,而那人影开始举起手臂。

她指着列车,不是随意地朝列车一指,好像——直接指着诺拉。

列车经过她身边时慢了下来,或者是诺拉觉得列车慢了,她的时间感和视觉遭到惊骇感的扭曲。

灯光从她背后打亮她在雨中的笑容、湿黏肮脏的头发、膨胀的可怕双唇、火红如电的双眼——凯莉·顾威瞪着诺拉·马丁内斯。

火车经过时她们四目相对,凯莉的手指一直跟着诺拉。

诺拉额头靠着玻璃,见到吸血鬼让她难过想吐,可是她又不知道凯莉接下来会怎么做。

凯莉在最后一刻奋力一跳,像动物般优雅,那弹力绝非人类所能及。她消失在诺拉的视线中,跃上了火车。

平原区

瑟拉齐安动作很快，他听到费特的面包车停在店铺后面了。他狂乱地翻着桌上旧书的扉页，这一本是法文版《古代希腊炼金术合辑》第三册，由贝特洛与吕勒合著，于1888年出版。他的眼神在刻写的书页和他抄下的符号之间游移，他认真调查其中一个符号，终于在书中找到相关信息，他的手指和目光同时停了下来。

六翼天使戴着荆棘编成的冠冕，脸上没有眼睛也没有嘴巴——不过每一扇翅膀上都有许多张嘴。他的脚边有个熟悉的符号——一弯新月，另外还有一个字。

“银。”瑟拉齐安念出那拉丁文。他恭敬地抓住泛黄的纸张，然后撕下来，塞进笔记本里，正好费特开了门。

费特在日落之前回来。他很确定自己没被任何吸血鬼发现或跟踪，否则血祖就会找到瑟拉齐安。

老人在收音机旁的桌子那里，把一本旧书合了起来。他一直用小声的音量播谈话类节目，声音还继续流泻出来。费特真的很喜欢瑟拉齐安，有一部分是战友之间患难与共的情谊，在壕沟里躲久了就成兄弟——就他们的例子来说，壕沟就是指纽约市。而且费特很尊敬这病弱的老人，他坚持不放弃。费特有时候觉得自己和这教授很像，他们致力于自己的职业，对敌人知之甚详——只不过两个人的领域不同，费特了解居家环境里惹人厌的害虫和生物，瑟拉齐安则是从年轻的时候就开始致力于消灭惨绝人寰的寄生虫。

从某一方面来说，费特觉得自己和伊费就像教授的干儿子。虽然像是手足兄弟，两人却天差地远。一个是拯救生命，另一个则毁灭生命。一个人是地位崇高、接受过高等教育的居家男人，另一个是蓝领阶级边做边学的独行侠。一人住在曼哈顿，另一人住在布鲁克林。

原本站在抗疫前线的医学科学家在了解病毒来源后，发现自己的影响力在黑暗时代里逐渐式微。而另外一个在平原区开了间小店铺的市政府雇员凭借着杀手般的直觉继续在老人身边效力。

除此之外还有另一个原因，让费特觉得和瑟拉齐安很亲近。费特自己也说不上来，他自己也不清楚。

费特的父母从乌克兰移民到美国（虽然他们对外解释时都说他们来自俄罗斯，费特到现在也一直说自己是俄罗斯裔），是为了寻找实现所有移民者梦想的机会，但也为了逃离他们的过去。费特从来没听家人直接提起他的祖父，尤其是他阴郁寡欢的父亲更是绝口不提——但他知道他的祖父是苏联关押的战犯，在第二次世界大战期间受纳粹征召到灭绝营服役。费特不知道他是在特雷布林卡还是索比堡或是其他营区，他也不想深入探究。战争结束后二十年他才发现祖父曾经参与过大屠杀，并因此服刑。他辩称自己也是纳粹的受害者，被迫担任低层的营区警卫。有德国血统的乌克兰人才能被分配到权力，其他人都受残暴的营区指挥官奴役，不过检察官提出证据，证实他们在战后那几年取得私利，譬如说费特的祖父就获得一笔创业资金，开设了成衣公司，他就无法解释资金来源。最斩钉截铁的证据就是一张模糊的照片里，他穿着黑色制服、戴着手套、持着步枪，站在铁丝网篱笆前扬起唇角，有人说那是污秽的邪笑，有人说那是装模作样的鬼脸。费特的爸爸生前从来不提起他祖父。费特所知道的这一点点都是他妈妈说的。

羞愧真的会让后代子孙都抬不起头。费特现在觉得这负担很沉重很可怕，肚子里永远都有排不掉的羞耻感。虽然说，任何人都不必为祖父所做过的事负责，不过……

不过每个人都要承担祖先的罪过，就像你会遗传到他们的五官特征。

因为你带着他们的血液、他们的光荣和他们的耻辱。

费特以前从来不会像现在这样，受到这种祖孙关系的折磨——只不过他的折磨都在梦中。有一幕不断出现，一直打断他的睡眠。他在梦中回到了家乡，那是他在现实生活中从未去过的地方。所有人看到他就关上门窗，他独自走在街上，但大家都从屋子里打量着他。突然间，街道尽头出现一阵炽烈的橘光，伴随着急促规律的马蹄声朝他疾驰。

一匹皮肤、鬃毛、尾巴都喷出火焰的健壮良驹朝他冲来，那匹马筋疲力尽，而费特总是在千钧一发的最后一秒才跳到小路外，回头看着壮马往郊外继续奔驰，所经之处留下浓浓黑烟。

“外头是什么情形？”

费特放下他的包包：“很安静，很危险。”他晃晃肩膀，把夹克脱下来，从口袋里拿出一小盒花生酱和干酪饼干。他回来之前顺路去了自己的公寓。他拿几块饼干给瑟拉齐安：“有回音吗？”

“没有。”瑟拉齐安检查着饼干盒，看起来他可能不想吃，“不过伊费早该回来了。”

“桥都堵住了。”

“嗯。”瑟拉齐安拿出包装纸，闻一闻才尝一口，“你拿到地图了吗？”

费特拍拍口袋，他还得绕到格雷夫森德的市政府办公大楼才买得到曼哈顿低区的下水道地图，尤其是上东城的部分。“我是买到了，问题是——我们用得着吗？”

“用得着，我很确定。”

费特微微笑，这老人的执念总能温暖他：“你可不可以告诉我你在那本书里看到了什么？”

瑟拉齐安放下饼干盒，点燃烟斗：“我看到了……一切。没错，我看到了希望。不过……我也看到了我们的结局，一切的结局。”

他拿出一张新月符号的绘图，他们在地下看到过这个图案，当时费特还用粉红色手机拍了下来，他们在《光之熄》的内页里也看过。老人已经复制了三回。

“你看？这符号——就像吸血鬼一样，有个原型。这对人类来说很熟悉，东边和西边——不过这图案里面有另一种排列组合，看到了吧？原本刻意隐藏了起来，可是随着时间渐渐显露出来，就像预言一样。你要观察。”

他拿出三张纸，把纸放在权且充作透光桌的灯箱上，一张叠着一张。

“我们所遇见的传说、怪物、符号，其实它们的原型都已经存在于宇宙中，潜伏在我们文明的洞穴外。我们一直以为自己很聪明、很有智慧、很先进，而历史上的人类很原始、很单纯……其实我们所做的是呼应宇宙的秩序，遵循它的导引……”

那三枚月亮在纸上旋转，最后重叠。

“这不是三个月亮，不，这是掩日。三场日食，发生在经纬度相同的地方，标志出一段漫长的时间——它们指的是一个事件，现在已经结束了。揭露出恶兆骇人的几何学。”

费特惊异地看着三个形状合在一起就拼成了生化危机的标志：“不过这符号……我工作的时候看到过，这是六十年代设计的图案，我以为……”

“所有符号都是永恒的，它们在我们梦到之前就存在了……”

“那我们怎……”

“噢，我们知道，”瑟拉齐安说，“我们一直都知道，我们不是靠发现，不是靠学习，我们只是突然记起早已遗忘的……”他指着符号说：“这是个警告，一直沉睡在我们的脑海中，现在完全苏醒了——时间的尽头也快来了。”

费特端详着瑟拉齐安占据的工作台。他拿摄影器材做实验，解释说他要“尝试冶金术中的银乳化技术”，这费特完全不了解。不过老人似乎很清楚自己在做什么。“银，”瑟拉齐安说，“古代的炼金术士就是用这个符号来代表银……”瑟拉齐安又拿了那个新月图形给费特看。

“而这个呢……”瑟拉齐安拿出大天使的雕刻图案,“沙利叶。在某些以诺派魔法的手抄本里,他的名字是亚拉祺尔或亚萨拉德尔。他有很多别名,发音都很接近死神亚兹拉尔……把这个图案放在生化危机的符号和新月符号中间,组合起来就变成骇人的通路。汇流、方向、目标。”

瑟拉齐安感觉活力十足、精神奕奕。他的脑子正在猎捕。

“亚兹拉尔是死亡天使,”瑟拉齐安说,“穆斯林教徒相信他拥有四张脸、多眼多口、70000只脚和4000扇翅膀。地球上有多少人类,他就有多少对眼睛和舌头。不过你看,这正好说明了他复制的方式、散播的方法……”

费特的思绪纷乱,他最在意的是能否安全地从瑟拉齐安罐子里的那颗吸血鬼心脏取出血虫。老人在桌上摆了电池充电式紫外线灯,以控制血虫的活动范围。看起来一切就绪,罐子就摆在手边,那颗拳头般大小的器官兀自脉动着——不过,瑟拉齐安明明该下手了,却迟迟不愿意剖开这颗邪恶的心脏。

瑟拉齐安弯腰靠近样品罐,心脏长出来的触手朝他弹射,触手末端的吸盘黏在玻璃上。这些血虫很难缠。费特知道老人已经用自己的血液喂食了好几十年,一直照顾着这个丑陋的东西,或许心里已经有了一种怪异神秘的不舍。这种反应也很自然,不过瑟拉齐安的犹豫不只是单纯的舍不得,还有另一种情绪。

比较像是悲怆、绝望。

费特这时懂了。偶尔在夜深人静时,他曾目睹老人对着罐子说话,喂养里面的心脏。他独自在烛光前看着它,对它悄声密语,抚摸着这个装着恶魔的冰冷玻璃罐。费特发誓他还曾经听到过老人对它唱歌。很轻柔地唱着外国语言(不是亚美尼亚语),唱着摇篮曲……

瑟拉齐安发觉费特正看着他。“教授,对不起,”费特说,“不过……这是谁的心脏?你之前跟我们说的故事……”

瑟拉齐安点点头,被发现了:“对……我说我在北阿尔巴尼亚的村落里切开一个年轻寡妇的胸口?你说得没错,那个故事不完全是真的。”

老人的眼眶中盈满泪水。其中一滴安静地掉下来,等他终于开口时,他是压低声音说话的——因为这个故事必须悄悄说。

插曲三

瑟拉齐安的心脏

瑟拉齐安和数千名纳粹大屠杀的幸存者一起在1947年抵达维也纳，几乎身无分文的他就在市区内的苏联占领区定下来。维也纳的四个苏占区里有些废弃没人要的仓库和房子，他就在里面找了一些家具，廉价购入后整修一番再卖出。

他的其中一位客户后来成了他的恩师：恩斯特·哲曼。维也纳学派是18世纪末到19世纪初的一个神秘的哲学社团，而恩斯特教授是维也纳学派遭纳粹强迫解散后少数幸存的成员。第三帝国在恩斯特流亡国外期间几乎杀光了他全家，而他结束流亡生涯后就回到了维也纳。他对年轻的瑟拉齐安深感同情，在痛苦寂静的维也纳城，两人曾经讨论到"过去"，说起纳粹多么可恶，他们都觉得有对方的陪伴是一大安慰。恩斯特教授让瑟拉齐安自由借阅他丰富的藏书，而瑟拉齐安单身又失眠，所以用很有系统又快速的方式饱览了群书。他先于1949年申请进入哲学系，过了几年后因为维也纳大学百废待举、职缺甚多，所以瑟拉齐安顺利成为哲学系副教授。

美国工业巨子奥狄·帕墨主导的集团在维也纳美国占领区进行了多项投资，而他对神秘学又有莫大的兴趣，因此他赞助了瑟拉齐安的研究，让瑟拉齐安的学术影响力与文物收藏在1960年代初期大幅增加，其中最重要的就是狼头手杖了，它过去的主人是神秘失踪的萨铎。

不过经过一些发展与田野调查之后，瑟拉齐安终于相信他和帕墨各有不同的目标。瑟拉齐安打算猎杀吸血鬼并揭发他们的阴谋，这和帕墨的终极目标南辕北辙，最后两人就撕破脸了。

瑟拉齐安毫不怀疑,散播谣言说他搞师生恋,害得他必须离开维也纳大学的就是帕墨。不过,那谣言属实,瑟拉齐安既已不必保守秘密,就大方迎娶了亲爱的米里亚姆。

米里亚姆·扎赫尔童年时罹患小儿麻痹,虽捡回一命但走路时手脚都需要辅助器。对瑟拉齐安来说,她就像只不能飞的珍贵小鸟。她原本是罗曼语专家,参加了几堂瑟拉齐安的研讨会,逐渐获得教授的注意。和学生交往是大忌,所以米里亚姆说服财富可观的父亲聘请瑟拉齐安为私人家教。他每回都要换两班列车出城,再走整整一小时才能到扎赫尔公馆。那栋大宅没有电,所以瑟拉齐安与米里亚姆得在家族书房的油灯下看书。他们要取书时,瑟拉齐安就推着米里亚姆那木条与柳条制成的轮椅到书柜前,他总能闻到米里亚姆柔软清新的发香。那香气让他心荡神驰,就算下课后那记忆中的香味仍让他魂不守舍。

不久后,他们对彼此的爱意浮上了台面,小心谨慎被另一种恐惧取代:他们会躲在黑暗幽微、满是尘埃的角落贴近鼻息,交融唾液。

维也纳大学花了很长时间才解除瑟拉齐安的终身教职,让他名誉扫地,米里亚姆的家人也反对两人交往,于是犹太人和流有贵族血脉的千金就私奔到奥地利门希霍夫结婚了,婚礼上只有恩斯特教授和米里亚姆的几个朋友到场。

之后那几年米里亚姆陪着瑟拉齐安探险,在黑暗的时刻给他安慰,她完全真心相信他的理想。那十多年,瑟拉齐安还能赚点稿费并担任几座老房子的管理员。收入微薄但米里亚姆用心持家,瑟拉齐安的小家庭在入夜后都很平静。每天晚上,瑟拉齐安都会用酒精、樟树精油和其他香草混合而成的药膏揉揉米里亚姆的腿,极尽耐心地按摩疼痛的关节和萎缩的肌肉、肌腱——瑟拉齐安从来没说出口,其实他在按摩的时候他的手和她的腿一样痛。夜复一夜,教授告诉米里亚姆各种古老的知识和传说,讲述着蕴含深意的故事。最后他会哼着德国流传的摇篮曲,让她忘记痛楚渐渐入睡。

1967年的春天，亚伯拉罕·瑟拉齐安发现艾希霍斯特在保加利亚留下的踪迹，报复德国纳粹的想法再度燃烧。艾希霍斯特是特雷布林卡灭绝营的指挥官，曾经颁给瑟拉齐安一枚工艺精湛的奖章。他也曾两度下令枪决他最喜欢的木工，全凭他心意，这就是灭绝营里犹太人的惨境。

瑟拉齐安跟着艾希霍斯特的足迹来到巴尔干半岛。阿尔巴尼亚在世界大战后就一直是社会主义国家，不知为何，返魂尸在这种政治情势和意识形态下似乎都能开枝散叶。高度组织化的人间炼狱里，艾希霍斯特就是冥王，瑟拉齐安很希望过去的狱监能带他找到血祖。

米里亚姆的身体状况较差，所以瑟拉齐安把她留在斯库台州外围的小村庄，骑着一匹驮马走了十五公里到古城德利希特。瑟拉齐安拉着不愿前进的马儿走上陡峭的石灰岩坡地，沿着奥斯曼帝国时代建好的小径走到山顶的城堡。德利希特城堡建于12世纪，拜占庭帝国在每座高山上都筑了堡垒形成防御链。这座城堡后来落入黑山人手中，又由威尼斯人治理了一小段时间，之后这整个区域都在1478年隶属于土耳其政权。接近五百年后，这个城堡荒废的腹地里多了一个小伊斯兰教村落、一座小清真寺。遭人遗忘的城堡便在大自然的威力下逐渐崩圮。

瑟拉齐安抵达时，村庄空空荡荡的，看来最近都没有人迹。从山顶往北望可以看到迪纳拉山脉，往西边可以见到波澜壮阔的亚德里亚海和奥特朗托海峡。

颓圮的石造城堡静止了数个世纪，简直就是猎杀吸血鬼行动的大目标，现在回想起来，当时瑟拉齐安应该要想到事情不像表面那么单纯才对。

他在地下室发现了棺材。简单又现代的棺材，木头打造的六角形，末端较尖细，看起来是用柏木，完全没用到金属零件，木桩取代了铁钉，并以皮革铰接。

虽然夕阳还没完全西沉，但室内光线不够强，他没办法靠日光完成工作。瑟拉齐安准备好银剑，随时都可以杀死折磨他的那个人。武器备妥之后，他就用弯曲畸形的手掌推开盖子。

那棺材是空的。不只是空的，还没有底。棺材就固定在地板上，仿佛一种陷阱。瑟拉齐安从袋子里拿出头灯戴上，往下瞧。

下方的泥土约十五英尺深，然后有一条隧道往外延伸。

瑟拉齐安把装备都挂在身上，包括备用手电筒、一包电池、细长的银剑（他那时还没发现短波紫外线的杀伤力——当时紫外线灯也还买不到），食物和水都没带。他系了一条绳子在墙上的链子上，然后便从棺材下降到隧道里。

返魂尸发出强烈的阿摩尼亚味，提醒他步步为营，避免弄脏了靴子。他走过通道，每次转弯都先听清楚，若是遇到岔路他就会留下记号。过了一阵子之后，他看到记号才发现自己在兜圈子。

他思考了一下，决定沿原路回到那无底的棺材。他打算爬出去，整理思绪，躺下来等棺材的主人在入夜后苏醒。

但当他回到入口往上看时，他发现棺材已经合了起来，绳子也不翼而飞了。

瑟拉齐安已经猎杀过许多返魂尸，所以当事情发生这样的转折时，他并不害怕，而是愤怒。他立刻转身，回到隧道中。他知道若他要活下来就要扮演猎人而非猎物的角色。

他这次走不同的路线，终于遇到一户人家，他们四人都是返魂尸，红色的眼睛一见到他就亮了起来，对手电筒的光束却毫无反应。

不过他们都孱弱到无法攻击。那四人当中只有妈妈有力气站起来，瑟拉齐安从她脸上发现营养不良的症状：面色发黑、皮肤紧绷、螯针鼓胀、神志不清、疲倦想睡。

他解放了他们——轻松简单、毫不留情。

他立刻又遇到了两个家庭，其中一户比较强，不过两户都没给他太多挑战。在另一个房间里，他发现一个孩子模样的返魂尸，吸血鬼一定是饿到开始吃起同类了才杀死他。

不过，还是没有艾希霍斯特的踪迹。

他解决了古老地下网络里的吸血鬼之后，发现没有其他出口，就回到原本棺材下方的房间，用匕首削着古老的石砖。他在墙上砍出一个可以踏上去的凹槽，然后想在另一面墙再砍个凹槽。银匕首不适合用来削石头，没划几刀就开始破裂变形，铁制的把手反倒还更好用。他这时开始想着地底下的虚弱返魂尸，他们不应该出现在这里的，事情有点不对劲，不过瑟拉齐安没有把这一切想清楚，他屏除焦虑感，只想用心在手边的工作上。

过了好几小时，或好几天，他都没喝水，电池又电力不足，他踩在两个凹槽上准备刻出第三个凹槽。他的手上有血也有泥沙，连工具都快握不住了。最后，他把脚靠在陡峭的墙面上，伸手碰到了棺材的盖子。

他使劲全身力量用力推，打开了盖子。

他爬了出去，偏执的他几近疯狂。他的背包已经不见了，所以他还是没有食物和饮水。又干又渴的他离开城堡走入救命的阳光中。天空微阴，他觉得好像过了好多年。

他在小径的入口发现马已经死了，开膛破肚，尸体冰冷。

他匆匆回到村庄时，天空拨云见日。他来的时候曾经碰到一个农夫，他们还互相点头打招呼，这时瑟拉齐安又见到了他，用破手表换了一些水以及和石头一样硬的饼干。瑟拉齐安在比手画脚一番后，发现他已经在地底下过了三次日升日落。

他终于回到他租下的那间小屋，不过米里亚姆却不在那里。没有字条、什么都没有——不告而别一点也不像她的风格。他去隔壁问问，又到对面。终于有一个人为他开了门，只开了一道缝。

没有，他没见到他的妻子，那人以破碎的希腊文说。

瑟拉齐安看到一个女人畏畏缩缩地站在那男人身后，他问道有什么问题。

那人说前一晚有两个小孩消失在村庄里，可能有女巫。

瑟拉齐安回到他租的小屋,重重跌坐在椅子上,用血迹斑斑、布满伤口的双手捧着头,等待日落——等着他亲爱的妻子在黑暗中回来。

她在雨中回到他身边,再也不需要支撑她一辈子的拐杖和辅助器了。湿漉漉的头发、苍白滑溜的皮肤、泥巴黑污的衣服。她下巴抬得老高,朝他走来,好像某种团体里欢迎新生加入的仪式。她身边还有两个村童,那是被她转化的小孩,一男一女,仍为变态的过程感到难受不已。

米里亚姆的双腿很笔直、颜色很深。四肢的末端都是血,手掌和脚掌都近乎黑色。她的步伐不再蹒跚了:瑟拉齐安过去每晚都希望她能摆脱肌肉萎缩的疼痛。

她多么迅速、多么彻底地从他毕生的挚爱转变为这个疯狂、肮脏、凶恶的怪物呀!她生前绝对不能接受以孩童为食的返魂尸。

瑟拉齐安轻轻哭泣,从椅子上站起来,有点希望能就这样顺其自然,和她一起下地狱,在绝望中向吸血鬼投降。

不过他在盈满的爱意与泪水中杀了她,也一并杀了那两个小孩。他对那两个小孩的躯体毫不重视,可是他很确定自己要保留米里亚姆的一部分。

就算他神智清晰地知道他要做很疯狂的事,他还是疯了——剖开爱妻的胸膛,取下受感染的心脏保存起来,那颗堕落的心脏在腌蔬菜的罐子里受血虫的驱使继续搏动。

生命本疯狂,瑟拉齐安屠宰完之后看着房间心想。**爱情也一样**。

平原区

这是瑟拉齐安最后一次陪伴亡妻的心脏,他喃喃地念了一句话,声音细微到费特几乎听不见,而且他也听不懂(那句话是"最挚爱的你,原谅我吧"),说完之后瑟拉齐安就开始解剖。

用银制的手术刀会杀死血虫，所以他用的是不锈钢解剖刀——把受感染的心脏切成好几块。血虫原本都不会四处逃窜，瑟拉齐安把心脏拿到桌缘的紫外线灯下时，那只血虫才开始有反应。比发丝还细的长形粉红色血虫往外弹，先瞄准抓紧刀把的残破手指，不过瑟拉齐安早有充足的准备，所以血虫又往桌面中央滑。瑟拉齐安用刀刃一劈，把虫切成两截。费特则用两个大玻璃杯把这两段都盖起来。

血虫会再生，那两条虫分别在玻璃牢笼里探动着。

瑟拉齐安便着手准备实验。费特坐回凳子上，看着血虫因为渴血而在玻璃内扭来扭去。费特记得瑟拉齐安在伊费准备摧毁凯莉时警告过他：

你要做的事完全违反人类本能。要释放你爱的人……你就会感觉到世界被颠覆的滋味，就会违反自己的所有原则。这样的行动会永远、彻底地改变一个人。

还有诺拉说爱是这场祸疫真正的受害者，说我们会沦陷。

活死人回到最爱的人身边，人类的爱在吸血鬼的需要中瓦解。

费特说："为什么他们没在隧道里杀了你？既然那是个陷阱？"

瑟拉齐安本来专注地看着实验设备，这时抬起头说："说起来你大概不相信，不过他们那时候很怕我。我年轻力壮，精力旺盛，体格强壮。他们确实是虐待狂，不过你要记得，他们那时候人数还不多。自我保护很重要，肆无忌惮地扩张是大忌。不过他们还是得伤害我，所以才对我下手。"

"他们现在还是很怕你。"

"不是怕我，是怕我的知识。说真的，一个老人能对一群吸血鬼怎样？"

费特觉得瑟拉齐安只是太谦逊了，他才不相信。

那老人继续说："我觉得他们一定搞不懂为什么我们始终不放弃——为什么我们相信人性就算在最险恶的困境中也能成长。他们太自傲了。如果能确认吸血鬼的起源，他们的祖先一定很自负。"

“吸血鬼起源于哪里?”

“我们只要拿到书,只要我百分之百确定……我就告诉你。”

收音机广播的声音开始减弱,费特原本以为是他听力衰退。他站起来转转把手,确认电力正常,让广播能继续。广播内容少了人声,取而代之的是干扰噪声,偶尔还有高频的单音。不过有个商业的运动频道还持续播放着,虽然那个电台的主持人都走了,但有个制作人还在。原本节目内容是介绍扬基队、大都会队、旧金山巨人队、喷气机队、德州游骑兵队、纽约人队,但这个制作人暂停了节目。他拿起麦克风,播报网络精选新闻与听众通报热线。

“……联邦调查局国家网站目前指出,联邦政府在布鲁克林事件后已羁押伊费·顾威博士。他过去担任过纽约市疾管局的官员,后来成为逃犯。他也是第一个放上影片的人——大家还记得吗?有个男人在棚子里,像条狗被拴起来。记得那时候那部阴阳怪气的影片有点歇斯底里、有点牵强虚幻吗?那时候我们的环境还很好。反正呢……这网站说他被捕的理由是……什么?杀人未遂?天啊。我还以为我们能获得真正的答案呢。我是说,这家伙打一开始就知道内幕,希望我没记错,对吧?他在那班飞机上,753 班机。他因为谋杀了一同调查的联络员而遭到通缉。那人是他的属下,我想他的名字是吉姆·肯特。好吧,显然这家伙有些料。我想呢——这就和肯尼迪总统的刺杀案一样,总要有人背黑锅,给他两颗子弹,他就再也不会兴风作浪了。这个大拼图又缺了一块,再也没有人能拼得出来。你们只要有任何想法、意见、推论,而且手机还有信号,就打运动热线进来给我吧……”

瑟拉齐安闭着双眼坐着。

费特说:“杀人未遂?”

“帕墨。”瑟拉齐安说。

“帕墨!”费特说。“你是说——不是他们栽赃?”费特立刻从震惊转为欣赏，“枪杀帕墨，天啊，这医生真是个汉子。我怎么没想到？”

“我很高兴你没想到。”

费特用手指刷过头发，好像要把自己叫醒：“那就是有两个人想到啰？”他往后退，看着那道半开的门，门后就是店面。窗外薄暮渐沉。“你知道这件事？”

“我担心过。”

“你没阻止他？”

“我看得出来阻止他也没有用。有时候人就是会冲动行事。你要知道——他是个深晓医理的科学家，又被困在这传染病情中，这祸疫的源头推翻了他所有的知识。再加上他太太给他造成的心理冲突，他会选择自己觉得正确的道路。”

“真是险招。如果他成功的话，会有什么影响？”

“噢，我想一定会有影响。”瑟拉齐安又继续他的实验。

费特微微笑：“我没想到他会这么做。”

“我相信他也没想到。”

费特觉得自己看到一抹影子经过前面的窗户。但他没有正对窗户，所以那只是眼角余光。他觉得那是个硕大的人影。

“我觉得顾客上门了。”费特赶紧走到后门。

瑟拉齐安站起来，立刻抓住狼头手杖，旋开狼头，露出部分剑身。

“留在这儿，”费特说，“准备应战。”他带着装满银弹的钉枪和银剑侧身从后门溜出去，怕血祖找上门来。

他一走上人行道，才关上门就看到那大块头。粗眉毛、虎背熊腰，少说有六十岁。个头和费特差不多。他微微驼背，有条腿不太敢施力。他伸出双掌，有点像摔跤手的架势。

不是血祖，也不是吸血鬼，从他的眼神就能看得出来。即便是刚变态的吸血鬼动作也会很奇怪，不太像人类，反倒像动物或什么昆虫。

另外两个人从面包车后面走出来。其中一个人全身上下佩戴了各种银饰，他矮矮胖胖的，看起来有老大的感觉，大吼大叫就像一只穿金戴银的野狗。另一个人比较年轻，长剑的尖端指着费特，瞄准他的喉咙。

看来他们知道银的功能。“我是人类。”费特说，“你们看起来好像要抢劫，我什么都没有，只有老鼠药。”

费特的背后传出一个声音：“我们要找一个老人。”他转过身，好看清楚所有人。这刚出场的家伙就是格斯，他的衣领破了，露出领口处的刺青，那行字写着“我行我素”。他手上拿着一把长银刀。三个墨西哥帮派分子加一个老迈的退休摔跤手，他的手掌和牛排一样大。“各位，天色快黑了，”费特说，“你们应该离开了。”

手上挂了一堆银戒指的人就是克林。“现在要怎样？”

格斯对费特说：“那个当铺老板在哪里？”

费特坚守立场说：“我不知道你们在讲什么。”这几个朋克族有猎杀吸血鬼的武器，可是他不认识他们，他不喜欢自己不明真相。

格斯不相信：“王八蛋，那我们只好进去搜了。”

费特说：“要进去就得先过我这一关。”费特指着钉枪说：“先讲清楚，这家伙很厉害的。钉子会直接嵌进骨头里，卡在里面。不管是不是吸血鬼，都会受重伤。等一下银钉射进你的眼窝里，你就会开始呼天抢地了，死老墨。”

“费特。”瑟拉齐安拿着手杖从后门走出来。

格斯看到他了，看到了老人的双手。就和他记忆中一样，他的双手都碎烂了。这位当铺老板现在看起来更苍老、更矮小。从他们上次见面至今不过一周，但却好像过了数年。他挺直身躯，不确定那老人还认不认得他。

瑟拉齐安从上到下打量了他一回：“我的狱友啊。”

费特说：“狱友？”

瑟拉齐安伸出手，熟稔地拍拍格斯的手臂：“你把我的话听进去了。你学会了，你活下来了。”

“他妈的，我活下来了。而你，你逃出来了。”

“我很走运。”瑟拉齐安看着其他人，“不过你的朋友呢？生病的那一个，你做了该做的事吧？”

格斯眉头一皱，想起那画面：“是啊，我得那么做，而且我从那之后就一直在重复做这件事。”

安赫尔在小背包里东翻西找，费特拿钉枪瞄准他：“大熊，别乱来。”

安赫尔拿出从当铺里找到的那个银盒子。格斯走过去，从安赫尔手上接过来，打开盒子，拿出里面的卡片交给当铺老板。

那上头写着费特的地址。

瑟拉齐安注意到那个盒子有碰撞的凹痕和焦黑的痕迹，一角已经被热气熔弯了。

格斯说：“他们派了一群人去找你，用黑烟盖住天空，所以就能在白天攻击。我们到当铺的时候发现他们已经包围你的店了。”格斯对其他人点点头。“我们得把你的房子炸掉才能活着逃出来。”

瑟拉齐安只露出一丝丝遗憾，立刻就掩去了那表情：“所以说——你也加入那场战争了。”

“谁，我吗？”格斯挥挥银刀，“我就是战争。这几天一直在屠宰吸血鬼——多得我已经数不清了。”

瑟拉齐安仔细地看着格斯的武器，煞是关心：“我能不能问一下，你打哪里弄来这么精良的武器？”

“我的来源很糟糕，”格斯说，“他们找上我的时候我还戴着手铐，算是逃犯。他们直接把我从路边带走。”

瑟拉齐安的表情阴沉了起来：“他们是谁？”

“他们，那几个老的。”

瑟拉齐安说：“始祖。”

“我的天啊。”费特说。

瑟拉齐安做个手势要他耐住性子，并对格斯说：“请你解释一下。”

格斯听他的话复述了始祖的要求，说他们绑架了他妈妈，而他又招募了泽西宝蓝帮和他一起在白天猎杀吸血鬼。

“佣兵。”瑟拉齐安说。

格斯觉得这是一种夸奖：“杀了吸血鬼之后，街道都被我们染白了，这是霹雳小组，他们很强，简直就是抓鬼特攻队。”

安赫尔点点头，他喜欢这孩子。

“始祖，”格斯说，“他们觉得这次攻击行动背后有良好完善的协调架构，而且打破了他们的规定，可能会让人类知道吸血鬼的存在。我猜，就像震慑战……”

费特噗哧笑了出来：“你猜？你在开玩笑对吧？你们这些二流的刺客根本没搞懂现在是什么情形。你们还不晓得自己站在哪一边。”

“请等等。”瑟拉齐安拉着费特的手，他就不说话了。瑟拉齐安想一想，然后说：“他们知道你来找我了吗？”

“不知道。”格斯说。

“他们很快就会知道，等他们发现的时候一定不会太高兴。”瑟拉齐安举起手，安抚困惑的格斯，“别担心，现在局势很混乱，对流着红色血液的人来说这真是个糟糕的情势，我很高兴你又找到我了。”

费特知道老人有计策的时候眼中就会绽放出光芒，他看到他眼睛一亮就会放松一点。

瑟拉齐安对格斯说：“我觉得或许你可以帮我一个忙。”

格斯朝费特看了一眼，好像在挖苦他：**你看吧**。“尽管开口，”他对瑟拉齐安说，“我欠你那么多。”

“带我和我的朋友去见始祖。”

布鲁克林与皇后区联邦调查局常驻机构

伊费独自坐在简报室里，双肘搁在刮痕密布的桌上，冷静地揉搓双手。这间简报室有酸咖啡的味道，虽然目前没看到任何咖啡。灯光从天花板洒下来，落在单向镜子上，照亮了一个指纹，看起来就像上一回质询留下的魅影。

知道有别人在观察你，甚至在研究你的感觉真奇怪。这会影响到你的一举一动，包括你的姿势、舔嘴唇的方式、你照镜子的方式或回避镜子的方式。逮捕你的人就潜伏在镜子后面。如果实验室的老鼠知道有人会仔细地分析检视它们的行为，那每一次迷宫里找奶酪的实验都一定会提升到不同的境界。

伊费很期待他们的问题，联邦调查局也期待听到他的回答，但或许伊费的期盼更殷切。他希望通过他们的质询可以了解政府调查的进度，就能明白目前执法机构与公务部门对吸血鬼的侵袭到底知道了多少。

他曾经读过行为学的相关资料，说嫌犯若在等待质询时打盹，这嫌犯就更为可疑，因为罪犯没有地方可以宣泄焦虑感，而且潜意识里犯人会一直想躲避或逃逸，所以脑子特别疲倦。

伊费又疲累又酸痛，可是他也觉得松了一大口气。他完了。他被逮捕了，被联邦政府囚禁了。不必再战斗，不必再挣扎。他本来就帮不上瑟拉齐安和费特。扎克和诺拉安全地离开了疫区，快速地朝南方的哈利斯堡前进，他觉得坐在受罚席比坐在冷板凳好多了。

两个调查员走了进来，完全没做自我介绍，就铐住他的手腕。伊费觉得事有蹊跷，因为他的双手不是被铐在背后，而是面前。他们接着把他从椅子上扶起来，陪他走出审问室。

他们带他走过空无一人的候审室，来到要有钥匙才能启动的电梯。

搭电梯的时候都没人说话，电梯门外头是一条毫无装饰的走廊，他们走上一条颇短的阶梯，开了门，走上屋顶。

一架直升机停在那里，螺旋桨已经开始加速了，搅散夜空。这里太吵了，他没办法问这是怎么一回事，所以就和两位调查员一起压低身体走进直升机的座舱里，让他们替他系安全带。

直升机升空后经过丘园和大布鲁克林区。伊费看到底下的大楼冒出火焰，直升机就在阵阵浓密的黑烟中穿梭。各种破坏在下方如火如荼地进行，用超现实来形容还不够。

他知道他们正在飞越东河，这时他真的很怀疑他们究竟要把他带去哪里了。他看到布鲁克林大桥上有警车和消防车的闪光灯，可是没有任何一辆车在移动，也没有人。他们到了下曼哈顿，降低飞行高度，这个区高耸的大楼挡住了他的视线。

伊费知道联邦调查局总部在联邦广场，在市政府北边，相隔几个红绿灯。不过他们很靠近金融区。

直升机向上攀升，朝这附近唯一有灯光的屋顶直直飞过去：红色的安全信号灯围成一圈形成直升机停机坪。直升机安稳地降落，调查员解开伊费的安全带。他们完全没起身就把伊费拉起来，简直就是把他给踢下直升机的。

他仍维持伏低身子的站姿，直升机再度升空朝布鲁克林的方向飞回去，空气拍打着他的衣服，留他一个人站在那里，手铐还没解开。

伊费闻到焦烟与海盐的味道，曼哈顿上空的对流层烟雾弥漫。他还记得世界贸易中心遭受恐怖攻击时烟尘留下的痕迹，灰白色的烟幕到某个高度之后就从袅袅上升的直线转为横向飘流的平线，随着绝望的云朵散播到整个天空。

这朵黑色的云遮住了星子，让暗夜更暗。

他转了一圈，百思不得其解，他走出红色安全信号灯围成的圆圈，在巨大的空调主机附近看到一道没上锁的门，微弱的灯光从门后透出来。

他朝那道门走过去，伸出上铐的双手，内心交战着该不该走进去，后来才想清楚他别无选择，若不是伸出翅膀往下飞就是得走进这道门。

“紧急出口”的指标透露出微弱的红光，一道长楼梯走完之后又看到一道门，门口用个东西撑开来了。门后的走廊铺了地毯，配上昂贵的灯具。走廊中间有个穿深色西装的人，双手叉着腰站在那里。伊费停下脚步准备要跑。

那人不动声色，伊费看得出来他是人类不是吸血鬼。

他旁边的墙上有个图案，金属色泽的蓝线划开一个黑色球体，那是石心集团的商标。伊费第一次发现这图形就像被遮掩的太阳在眨眼。

他的肾上腺素大增，身体准备要战斗。不过那个石心集团的人转身朝走廊另一端走去给伊费开门。

伊费朝他走过去，小心翼翼，快步走过那人身边进了那道门。那人没跟他一起进门，他径自关上门，留在走廊上。

这个宽阔的房间里，墙上都是艺术品，巨大帆布展现出噩梦般的景象和暴力的抽象图画。淡淡的音乐似乎不管他走到哪里都能钻进他耳中。

转角处有张桌子靠着这栋玻璃帷幕大楼的边缘，往北看着正在受苦受难的曼哈顿，这张桌子只配了一张椅子。

灯光从低处照着白色桌布，漫出光芒。一个管家，或服务生（总之，他看起来像是这里的佣人）和伊费同时走近那张桌子，并替他拉开椅子。伊费看看他，那人也瞧他一眼，可是没与他四目相对。对方年纪很大，看起来是很资深的家仆，他始终站着，希望做客的伊费能坐下。

伊费坐了下来，那名服务生替他把椅子往前推，摊开餐巾放在他的右腿上，然后就离开了。

伊费看着那几面大窗户，倒影中他看起来像坐在户外，这张餐桌就飘浮在曼哈顿市区 78 楼的高空，纽约城则在他下方陷入激烈的暴力氛围中。

一阵细微的飕飕声打断了和谐的交响乐。电动轮椅从阴暗处出现，奥狄·帕墨干枯的手掌就握着控制方向的游戏杆,从餐桌对面过来,轮椅行驶在光滑的地板上。

伊费准备要站起来——不过帕墨的保镖和看护菲茨威廉先生这时出现在阴影中。他壮到西装都快包不住,橙色的头发理得很高,看起来就像头上有一把小火焰。

伊费泄了气,又坐下来。

帕墨靠过来,轮椅扶手的前缘碰上了桌缘。

他一就位,便看着对面的伊费。帕墨的头看起来就像个三角形:额头很宽,太阳穴周围看得到清楚的静脉,下颚很窄,因为年事已高而不禁频频发颤。

"顾威博士,你这招真烂。"帕墨说,"杀了我或许能阻碍我们的进展,但那影响却很短暂。不过你还是伤了我一位保镖,他的肝脏连医生都救不回来了。我必须说实话,这实在不是英雄的作为。"

伊费没说话,突然被人从布鲁克林区联邦调查局的监禁室带到华尔街上帕墨的阁楼,他还没从惊恐中回神。

帕墨说:"瑟拉齐安派你来杀我,对不对?"

伊费说:"他没有,其实,我认为他还想说服我别这么做。这是我自己的决定。"

帕墨皱着眉头,露出很失望的表情:"我得承认,我还真希望在这里的人是他不是你。至少这样就有人可以懂我所做的事,了解我的成就有多大。有人能清楚我的影响有多么深远,就算我做的是他所谴责的。"帕墨对菲茨威廉先生做了个手势。"瑟拉齐安不是你想的那样。"帕墨说。

"不是吗?"伊费说,"我想的是怎样?"

菲茨威廉先生靠近他,推着一个有轮子的医疗器材,伊费不熟悉那个机器。

帕墨说:"你觉得他是个和蔼的老人,像白巫师一样,谦逊又无所不知。"

伊费没答腔，菲茨威廉先生拉起帕墨的上衣，露出他瘦弱身体上的两个植入活塞，以及满布的疤痕。菲茨威廉先生拿两根管子连接那部医疗器材和帕墨身上的活塞，贴起来，然后打开机器的电源。那应该是一种维生设备。

帕墨说："他成事不足、败事有余，是个屠夫，心理变态，还是个丢脸的学者，失败透顶。"

伊费听了帕墨的话不禁一笑："如果他那么失败，你现在就不会提起他了，也不会希望在这里的是他不是我。"

帕墨爱困地眨眨眼。他又举起手，远方的门开了，有个人影走进来。伊费做好心理准备，想知道帕墨打算怎么对付他——他不确定这无赖是不是想复仇，不过那是刚才的家仆，他这时捧着个小托盘走进来。

他快步走到伊费面前，放下一小杯鸡尾酒。琥珀色的液体上漂了几颗冰块。

帕墨说："据说你喜欢烈一点的饮料。"

伊费看着那杯酒，然后望着帕墨："这是什么？"

"曼哈顿。"帕墨说，"我觉得很适合。"

"谁管这杯该死的饮料是什么了，我为什么在这里。"

"你来做客，最后一顿晚餐。不是你的——是我的。"他对着那部维生设备点点头。

那家仆拿着另一个盘子走过来，盘子上头有个不锈钢的圆盖。他放在伊费面前，掀开盖子。奶烤黑鳕鱼、小马铃薯、中式炒青菜——全都热腾腾地冒着蒸汽。

伊费一动也不动，低头看着菜肴。

"顾威博士，来吧，你这几天来应该没见到像这样的料理吧。别担心菜里有没有下毒，我若要杀你，菲茨威廉先生早就动手了，他大可杀了你之后再来享用这些美食。"

伊费低头看着面前的餐具，他拿起纯银的餐刀，握在手中反射出光芒。

“没错,银制的餐具。”帕墨说,“今晚这里没有吸血鬼。”

伊费拿起叉子,双眼直盯着帕墨,他的手铐在切鱼时叮咚作响。帕墨看着他,夹了一小块食物放进嘴里嚼,菜汁在他干燥的舌头上满溢,他的肚子咕噜噜地叫出期待。

“我已经好几十年没动口吃饭了。”帕墨说,“动过手术之后我渐渐习惯不吃东西了。真的,没想到人那么容易就会失去食欲。”

他看着伊费嚼食吞咽。

“经过一段时间之后,简单的进食也变得像动物一般。其实很恶心。就和猫吃掉一只死鸟一样。从口经过喉咙到胃的消化道就是一条摄取营养的粗糙路径,太原始了。”

伊费说:“我们对你来说就像畜生一样,对吗?”

“应该说是‘顾客’才对。不过,当然啦,我们上流阶级控制了人类基本的需求,并且为自身的利益剥削这个社会。我们把人类的需求化为货币,操弄道德与法律,利用恐惧和仇恨来主导大众,同时我们利用薪资体制建立起富裕的社会,世界上大多数的财富则控制在极少数人手中。这两千年来,我相信这个体制运作得还不错,不过再好的事物也会有结束的一天。你从最近股市崩盘的情况就可以看出来我们一直朝不可能的结局迈进。钱滚钱滚钱。目前有两个选择,要不就彻底崩垮,但这个选择对谁都没好处;要不就是由最富有的人踩下踏板,得到一切。这就是我们目前的情况。”

伊费说:“你把血祖带来这里,安排他搭上那班飞机。”

“确实如此,不过,博士,我花了十年的工夫精心安排,如果要用身为人类的最后时光来为你回述这一切,实在太浪费时间了,请你见谅。”

“你出卖了人类,只为了自己能永生不死——当一辈子的吸血鬼?”

帕墨合掌,看起来像祷告一样,只不过他其实是在摩擦双手取暖:“你知道这座岛上的生物种类曾经和黄石公园一样多吗?”

“不,我不知道。所以你的意思是我们人类早该预料到这一切吗?”

帕墨轻轻地笑着说:“不,不。不,我不是这个意思,你那个想法太高尚了。所有处于支配地位的种族都会和人类一样蹂躏这座岛。我的意思是这块土地根本不在乎。天空也不在乎,地球也不在乎。这整个系统建构在长期恶化的程序上,最后就要重生了。你为什么如此珍惜人性?你现在就已经可以感觉到人性渐渐从你身边消失了,你自己都要碎裂了。这种感觉真的那么糟糕吗?”

伊费记得他被捕后在联邦调查局侦讯室的时候多么冷淡,这时想起来有一点羞愧。他一脸嫌恶地看着帕墨要他喝下去的鸡尾酒。

帕墨继续说:“够聪明的话就来谈协议。”

伊费说:“我没有任何条件可谈。”

帕墨想了想:“所以你才那么坚持吗?”

“一部分是如此。为什么要让你这种人乐享其中?”

帕墨把双手放回扶手上,有种释然的表情:“是因为那种迷思,对吧?电影、书籍、故事,那种迷思已经根深蒂固了。我们所制作播映的娱乐节目,都是为了让你得到安慰。让你在困境中还能怀抱梦想,让你充满希望,让你有所企图。这一切都可以分散你的注意力,别展现动物本能,朝更伟大的生命意义前进——崇高的使命。”他又微笑。“超脱了生存、繁衍、死亡。”

伊费用叉子指着帕墨:“这不就是你正在做的事情吗?你觉得你就要超脱死亡。你还不是相信同样的迷思。”

“我?是这迷思的受害者?”帕墨从这个角度思考,然后又反驳道,“我创造了新的命运,我抛弃死亡是为了解脱。重点是——你心之所望的人性已经式微了,已经屈从了。”

伊费抬起头:“屈从?这是什么意思?”

帕墨摇摇头:“我不会告诉你所有的细节,倒不是担心你获得信息后会做出英雄般的壮举——办不到。来不及了,木已成舟。”

伊费思绪紊乱。他记得帕墨那天发表的演说,他在国会听证会所说的话。"为什么现在要隔离检疫?要封锁城市?目的是什么?除非……你想要把我们都圈养在这里?"

帕墨不作答。

伊费继续说:"他们不能把所有人都转化为吸血鬼,因为这样一来就没血可吸了。你需要稳定的食物源。"这时帕墨说过的话突然浮现在他脑海中。"运送食物,肉品加工厂。你要……?不……"

帕墨把枯槁衰老的双手交叠在大腿上。

伊费逼问他:"然后——那核电厂呢?为什么你要启动核电厂?"

帕墨的回答是:"木已成舟。"

伊费放下叉子,用餐巾擦擦刀刃才把餐刀放下来。明白帕墨的阴谋之后他一点食欲也没有了。

"你没疯,"伊费激动地想读懂他的策略,"你甚至也不邪恶。你很急迫,当然也很狂妄自傲,你绝对很变态。这一切都是因为有钱人怕死吗?你想要用钱来解决?还选择了备案?不过——为什么?你既然如此渴望,为什么还没实现呢?还有什么让你渴望的?"

那短暂的瞬间,帕墨的双眼流露出一丝脆弱,或许那是恐惧。刹那间,他被看穿了:他就是个脆弱且病重的老人。

"顾威医师,你不懂,我一辈子都在生病。**整整一辈子**。我没有童年,没有青春。从我有记忆开始我就一直和病魔交战。怕死?我每天都和死亡共存。我现在想要的是穿越死亡,幽禁死亡。生而为人对我来说究竟有什么好处?我经历过的愉悦体验都脱离不了体衰病痛。"

"可是——当吸血鬼?变成……怪物?饮血维生?"

"这个……一切都安排妥当了。我会得到崇高的地位。你知道,就算进入到下个阶段,也是会有阶级分别。我会得到顶端的位置。"

"那是吸血鬼的承诺。他不过是个病毒。他的意志呢?他会侵入你的意志,就像他对其他人一样——占有你的意志,你的意志会成他的一部分。那有什么好？不过是另一种交易……”

“我碰到过更糟的交易，相信我。不过你愿意这么关心我真的很善良。”帕墨看着大窗，视线穿越他们的倒影，他看着底下垂死的城市，“其他人想要不同的宿命，他们会喜欢我们的备案。你等着看吧。任何体系、任何命令，只要能给他们安全的假象，他们就会接受。”他回头说，“不过你都没喝饮料。”

伊费说：“或许我不会按照你的棋局去走，或许人类不像你想的那么容易预料。”

“我可不这么想，每个系统中都会有违反常例的因子。著名的医师与科学家变成了刺客，真好笑。人类缺乏的是洞察力——所以看不到事实，所以不会应对真相。人类的族群——或用你的比喻来说，人类这个兽群——其实是很容易驾驭，很容易预测的。只要能换得内心的平静或一餐的温饱，人类就会出卖、杀死他们所爱的人。”帕墨耸耸肩，看到伊费已经不再用餐后有点失望，“你现在要回联邦调查局了。”

“那些探员也有份吗？这个阴谋的规模有多大？”

“那些探员？”帕墨摇摇头，“这种官僚组织啊，就拿疾病管制局来说吧——你只要控制了高层，整个组织都会听从命令。吸血鬼始祖已经使用这个方式很多年了，血祖也不例外。你难道没看出来为什么要建立政府吗？顾威博士，所以说，这里头并没有阴谋。有史以来就一直存在着这样的结构。”

菲茨威廉先生拔掉帕墨的管子。伊费看得出来，帕墨已经是半个吸血鬼了，从靠静脉输入摄取养分到变成吸血鬼，并不是太大的变化：“为什么你不把我留在这里？”

“不要幸灾乐祸，我相信这一点已经够清楚了，也不要减轻我灵魂的负担。”帕墨暗自咯咯发笑然后才以正经的口气说，“这是我身为人类的最后一晚，和刺杀未遂的凶手共进晚餐也是计划中饶富意义的一部分。顾威医师，明天我就会存在于没有死亡的领域，而你的族群……”

“我的族群?”伊费打断他的话。

“你的族群会生存在没有希望的领域。我已为你们送来新的救世主,审判日也即将到来。制造迷思的人说得没错,尤其是救世主再临的这段描述——他将会死而复生,将会主持最终审判。上帝承诺永生,血祖则带来实现,他会建立他在地上的王国。”

“那你的角色是什么?国王的推手?在我听来你只是个工兵。”

帕墨紧抿双唇,用轻蔑的口吻说:“我知道,你只是想搞分化,不高明啊。巴恩斯博士曾警告我,你很固执。不过我想你还得多加尝试——”

“我不打算做任何尝试,如果你看不出来他这一路上都在欺骗你,那最后吃亏上当也是你活该。”

帕墨面无表情,但脑中的思绪飞快地转着。“明天,”他说,“见真章。”

“那他究竟为什么要和别人分享权力呢?”伊费问。他坐起身,双手垂在餐桌下。他只是即兴发挥,但他觉得这个想法应该没错:“你想想,你有办法强迫他履行你们之间的约定吗?你们做了什么?握手吗?你们又没有歃血为盟——还没吧。最好的状况就是你从明天开始穴居饮血。看你要不要听流行病学家的话——病毒不会履约的。”

“没有我的话,他哪儿也去不成。”

“没有你的钱,没有你庞大的影响力,没错。这一切——”伊费对着他们下方的紊乱失序点点头,“都不存在。”

菲茨威廉先生前进了几步,走到伊费身边:“直升机已经回来了。”

“那就晚安了,顾威医师。”帕墨的轮椅从餐桌边往后退,“再会了。”

“他现在四处把人类转化为吸血鬼,所以你自己想想看吧,帕墨,如果你真的那么重要——为什么顺位那么低?”

帕墨慢慢往前滑行,菲茨威廉先生粗鲁地拉伊费起来。伊费很幸运:他把银刀藏了起来,塞在腰带里,只划破了大腿。

“你又能得到什么好处?”伊费问菲茨威廉先生,“你太健康了,不可能会梦想着要当一辈子的吸血鬼。”

菲茨威廉先生什么话也没说,伊费被押出去上到屋顶的时候,那把武器始终贴着他的大腿。

降雨

RAIN FALL

磅！砰！

诺拉听到第一个撞击声就不禁浑身发颤。大家都感觉到了，可是很少人知道声音的来源是什么。她自己对连接曼哈顿与新泽西的北河隧道也不太熟悉。她猜想，在正常的情况下(我们就承认吧，现在已经没有正常的情况了)穿越隧道大概需要两至三分钟，才能从哈德孙河下钻出来。这是单行道，在隧道中间不会停留。唯一的出入口都在地面上。他们或许还没到中点，还不到最深处。

磅——磅——磅——磅——磅。

又来了，还有列车底座摩擦的声音和震动。那声音从前端经过她脚底下，一直传到列车末端，最后消失。她爸爸许多年前曾经在纽约州东北部的阿迪朗达克山区开着她伯父的凯迪拉克，碾到过一只大獾，那声音简直一模一样，只是更大声。

这绝对不是獾。

她怀疑，这也不是人类。

畏惧感笼罩着她全身。重击的声响吵醒了她妈妈，诺拉出于直觉本能地抓住她老迈的手。她妈妈以模糊的微笑和空泛的眼神响应她。

这样比较好，诺拉这么想时又感到一阵寒颤。最好不必面对她的问题、她的怀疑、她的恐惧。诺拉自己就有够多疑问和恐惧了。

扎克还继续闭着眼睛、戴着耳机，下巴倚着大腿上的背包，或许在听音乐，或许在打盹。不管怎样，他都还没听到那撞击声，也没感觉到车厢里大家愈来愈烦恼的感受。虽然这不会维持多久……

磅——嘎啦。

一阵惊呼传来。那重击的频率愈来愈高，声音愈来愈大。诺拉祈祷他们能尽快穿越隧道。她最讨厌火车和地铁的原因就是:你从窗子前方看出去也永远看不到什么。你看不到驾驶所看见的景象。只有一片模糊,你永远不知道前方有什么。

更多撞击。她觉得她听出了骨头碎裂的声音还有(又一下!),一种非人类所发出来的尖叫声,但也不像猪的声音。

列车长觉得受够了,他拉下紧急刹车,发出尖锐的金属摩擦声,简直就像诺拉最怕的指甲刮黑板的声音。

站着的乘客紧抓着座位旁边的扶手和天花板的横杆。砰砰的声响变慢了,也更清楚了。火车的重量压过他们下方的躯体。扎克抬起头,睁开眼,看着诺拉。

火车减慢速度往前滑行,车轮不断尖啸——然后一阵强烈的震动,车厢里面摇晃得大家都倒在了地上。

列车戛然而止,车厢向右倾。

他们脱轨了。

出轨了。

车厢内的灯光闪烁一下后就熄了。乘客纷纷叹息,偶尔可以听出大家的惊恐。

紧急灯光亮了起来,可是很微弱。

诺拉把扎克拉了起来,该动身了。她扶着她妈妈,车厢内其他人都还没回过神,她就往前方走去。

她想要借列车的头灯看一下隧道,不过她立刻就发现这方法行不通,太多人,太多掉落的行李了。

诺拉扯一扯胸前武器袋的背带,她推开人群,走向车厢中间的出口。

她原本都还很客气,等其他乘客拿他们的行李,直到她听见第一节车厢开始传出尖叫声。

大家都转过头去了。

诺拉说:“拜托!”她牵起他们两人,开始推挤人群朝出口走去。别人要瞪就瞪吧。她要保护两条人命,还不包括她自己的。

诺拉在车厢尽头等一个乘客推开电动门时,她往后看。

在困惑的乘客上方,她看到隔壁车厢在躁动……黑影移动得很快速……只见一抹红色血液溅洒在两节车厢中间的玻璃门上。

吸血鬼猎人让格斯和他的伙伴配了一辆装甲悍马车,黑色的车身上镀了铬。不过大部分的铬都掉光了,因为他们为了要过桥上街,一路上擦碰到了不少车辆。

格斯走错了路,穿过了 59 街,他的车灯是整条道路上唯一的灯光。费特坐在前座,因为他体格壮硕,武器袋放在他脚边。安赫尔和其他人搭另一辆车。

广播还在播出,体育频道的主持人播了音乐,这样他的声带和膀胱才能休息一下。格斯看到前方弃置的车辆堵成一团根本过不去,硬把车子开上人行道时,费特才听出来广播里的那首歌是艾尔顿·约翰的《别让太阳落在我身上》。

他关掉收音机说:"不好笑。"

他们立刻靠边停,停在一栋可以鸟瞰中央公园的建筑物旁边,费特一直认为吸血鬼就是会住在这种屋子里。从下方的人行道看过去,这栋大楼的外观在烟雾弥漫的天幕衬托下就像哥特式高塔。

费特和瑟拉齐安并肩走入前门,两人都提着剑。安赫尔跟在他们后面,格斯在安赫尔旁边吹口哨。

大厅糊了深棕色的壁纸,灯光昏暗、空无一人。格斯有一把可以控制客梯的钥匙,那电梯是个绿色的小铁笼,看得到缆线,内外都是维多利亚风格。

顶楼的过道在施工,或至少看起来像是在施工。格斯把武器放在像平台一样的鹰架上:"大家都在这里解除装备。"

费特看着瑟拉齐安,他毫无打算放下长杖,所以费特也继续握着剑。

“好吧，你想怎样就怎样。”格斯说。

格斯带他们穿过唯一的门，往上爬了三级后走进阴暗的接待室，安赫尔殿后。这里也有微弱的泥土与阿摩尼亚味道，还有种热气，那种热度和人工调节的暖气不同。格斯掀开一道厚重的窗帘，后面有个宽阔的房间，三面窗户可以往下看着中央公园。每扇窗前都有一道暗色的人影轮廓，没有头发，没有着衣，他们就和这栋建筑物一样静止地直立，如雕像般守卫着中央公园的峡谷。

费特扬起银剑，刀刃向上，就像测量邪恶程度的测量仪。

那一瞬间，他感觉到自己的手掌一震，剑柄就从他手上松脱了。另一条手臂本来抓着武器袋，突然肩膀处一抖，重量都没了。

背带被切断了。他转头时刚好看到剑刃没入侧面墙壁里，深深插入墙中，剑身兀自摇晃，武器袋就挂在剑上。接着，他感觉到一把刀架在喉咙旁边。不是银色刀刃，而是一根长铁条的尖端。

他的旁边有张脸——惨白到发亮。他的眼睛呈现吸血鬼的深红色，嘴巴则张成没有牙齿的怒容。

他肿胀的喉咙一阵一阵地搏动，不是因为血液流过，而是因为期待。

“嘿……”费特一开口声音就没了。

他完蛋了。这几个吸血鬼的速度实在太快了，比外头的怪兽快多了。

不过窗边的那三个人——他们根本没动。

瑟拉齐安。

那声音和一种麻麻的感觉一起从他脑子里冒出来，混淆了他自己的想法。

费特试着转头去看看老教授，他还握着手杖，银剑还在鞘里。有个吸血鬼猎人站在他身边，用一根类似的铁条抵着他的太阳穴。

格斯走过他们身边说：“他们是和我一起来的。”

他们有银制的武器。另一个吸血鬼猎人的声音说。他比较没那么慑人心智。

瑟拉齐安说:“我不是来这里摧毁你的,这次不是。”

你绝对没办法靠这么近。

“不过我曾经靠近过,你心里明白。我们既往不咎吧,我希望现在能撇开那一切。我会来这里任你处置也是有原因的,我要协议。”

协议?你有什么条件。

“那本书,还有血祖。”

费特感觉到身边这个吸血鬼打手把铁条挪得稍微离他的颈子远些了,虽然才几厘米,铁条还是会碰到他的皮肤,但不会直接抵着喉咙。

窗前的人始终未动,他脑中那指挥命令的声音也始终未减。

那你要什么报酬?

瑟拉齐安说:“这个世界。”

诺拉发现黑色的人影在最后一节车厢里把乘客当成吸管。她朝前面那人的膝盖窝猛踢一下,拉她妈妈和扎克穿过他,有个穿套装配球鞋的女人和她一起争先恐后地要离开脱轨的列车。

她设法让她妈妈走下长阶梯,而不是滚下去。诺拉往前看,发现前方的脱轨车厢就靠在隧道的墙上,知道他们得从另一端走。

她必须离开出轨列车的灾难现场,走向河下隧道的灾难现场。

诺拉拉开旅行包的侧面拉链,拿出光杖。她打开电源,灯光伴随着电流的嗡嗡声亮了起来,紫外线灯泡绽放出靛蓝色的光芒与灼热的温度。

面前的轨道亮了起来。到处都可以看到吸血鬼的排泄物,就像荧光的鸟粪盖在地上或撒在墙上。显然,他们多日以来都靠这条隧道通往美国腹地,可能已有上千个吸血鬼离开了曼哈顿。这环境太适合他们了:阴暗、肮脏,地面上的人完全看不到。

其他乘客跟在他们后面走,有些人拿手机光源来照亮路面。其中一人尖声说:“噢,我的天啊!”

诺拉转过头,在其他乘客的手机灯光下看到火车的车轮沾满吸血鬼的白色血液。车厢下面都是一大团一大团的白色皮肤或黑色的粉碎软骨。诺拉不确定他们是意外遭碾毙还是自己卧轨。

看起来应该是自己卧轨,如果是这样——他们为什么要这么做?

诺拉觉得她知道原因。她脑海中凯莉的画面依然鲜明。诺拉伸出一条手臂抱着扎克,另一手牵着她妈妈,走到火车后面。

要徒步走去新泽西的话,路程遥远,但他们不孤单。

他们听到车厢内传来尖叫声。苍白的怪兽暴袭各节车厢,粗手粗脚地重创乘客。诺拉尽量不要让扎克抬头看见贴在窗户玻璃上吐血喷口水的乘客。

诺拉走到了火车的尽头,绕了过去(踩着轨道上的吸血鬼尸体,用紫外线灯杀死所有潜伏的血虫),然后她再从另一端开始消毒,那里可以看到一条轨迹直接通向前面的车厢。

任何声音在隧道里都没有散去,而且还会变调。诺拉不确定自己听到了什么,不过那声音的存在让她更害怕。她要后面的人先停下脚步,安静一下。

她听到的声音像小碎步,只不过重复了很多次,而且那声音在隧道里被放大了。一大群脚步声从他们后面过来,顺着火车行进的方向。

手机的光线和诺拉的紫外线灯都没办法照太远。有个东西从阴暗处朝他们移过来,诺拉抓紧她妈妈和扎克,朝另一个方向奋力狂奔。

吸血鬼猎人从费特侧面退了一步,可是他的尖锐武器还是对准费特的颈子。瑟拉齐安开始向始祖解释奥狄·帕墨与血祖的关联。

我们已经知道了,他之前曾经找上我们,要求永生。

“而你们拒绝了他,所以他走向另一边。”

他不符合我们的要求,永恒是个珍贵的礼物,让人跻身于不凡的永生阶级。我们的筛选很严格。

那个声音在费特的脑袋里回响,就像父母的责骂乘以上千回。他看着他身边的猎人，不禁好奇：他是死去已久的欧洲君王吗？亚历山大大帝？还是像霍华德·休斯这样的传奇企业总裁？

不——这些猎人不是。费特猜测他生前应该是个优秀的军人，被选为精锐。战死沙场，或许还是在特别任务中殉职。但谁晓得他是哪国军队？来自哪个时空？越南？诺曼底？温泉关？

瑟拉齐安说（阐述事实的同时也在确认他一生所系的推论）："始祖和人类最上层的社会有所联结，他们确保人类高层可以得到财富，也借此在全球发挥影响力。"

若是这么简单的交易，他的财富绝对够。不过我们需要的不只是金钱，我们寻求的是权力、机会、服从，而他缺乏最后一项特质。

"帕墨被拒绝之后恼羞成怒，所以他去寻找血祖，年轻而叛逆的——"

瑟拉齐安，你把一切都弄清楚了，到最后都无法满足。我们就承认所有的事情你都知道一半吧。帕墨或许去寻找了第七名始祖，没错。不过你要知道——其实是血祖找上他的。

"你知道他要的是什么吗？"

我们知道。

"那你一定知道自己麻烦大了，血祖创造了上千个爪牙，你的猎人根本斩杀不完。他的势力正在扩张，那些吸血鬼你无法控制，你的权力或影响力都没用。"

你刚刚提到了《银法典》。

他们的声音强烈得让费特眯起眼睛。

瑟拉齐安往前一步："我要你给我无限金援，我立刻就要。"

拍卖会。你难道认为我们没想到过吗？

"但你们也需要人类代表才能竞标，不能冒着曝光的风险。这几年来，你们都尽可能阻挠所有的买卖，但这次绝不可能了。我很确定这场大规模攻击的时机、日食、这本书重出江湖，这一切绝非巧合。你能否认宇宙的安排吗？"

我们不否认，不过，不管我们做什么，结果会和规划的一样。

“在我听来，什么都不做是个很烂的计划。”

那你的条件是什么？

“让我短暂地看看内容，这本银书是你无法拥有的人类创作。我见到过你口中说的《银法典》，里面揭露了很多秘密。我可以向你保证，你聪明的话就该看看人类对吸血鬼的根源了解多少。”

一半是真相，一半是推测。

“是这样吗？你能冒这个险吗？上帝的信差？”

无声。费特觉得自己的头放松了一下，他敢发誓他看到始祖用恶心的表情抿紧了嘴唇。

不可能结盟的人联手之后通常最具威力。

“让我先把话说清楚，我不是要结盟。这不过是战争时期的休战协议。目前我敌人的敌人不是我的朋友，也不是你的朋友。我什么保证也不提供，除了在看过那本书，从中获得击溃血祖的机会后，避免他将你打败之外。不过这个协议完成后，我保证我们之间的战争将会继续，我会再度以你为目标，而你又以我为目标……”

瑟拉齐安，只要你看过那本书，我们就不能留活口。你一定知道，任何人类都不能放过。

费特咽咽口水说：“反正我不是怎么爱念书的人……”

瑟拉齐安说：“我接受，既然我们了解彼此，我还需要另一样东西，不是你的，而是要拜托格斯。”

格斯走到老人与费特前面：“只要是杀人我都行。”

没有剪彩仪式，没有巨大的道具剪刀，没有贵宾或政客，完全没有任何典礼。

蝗虫谷核能发电厂于凌晨五点二十三分启用，当地核管理委员会稽查员在造价 170 亿美元的核电设施控制室中监督启用的程序。

蝗虫谷是核分裂能源设施,有两座第三代轻水缓和反应堆。所有的场地勘察与安全查核都在铀235燃料棒以及压力核中控制棒入水前完成。

核分裂在受控制的环境下就像核弹在缓慢、稳定的速率下爆炸一样,不是以毫秒进行。核分裂产生的热可以发电,然后以类似传统燃煤发电厂的方式控制。

这一切对帕墨来说就像生物学里的细胞分裂一样,分裂的过程中会产生能源:这就是核原料的价值与魔力。

厂外,双冷却塔冒出蒸汽,就像巨大的水泥烧杯。

帕墨不禁心惊,这就是最后一片拼图。万事就绪。

这就是松开门闩的时刻,接下来大门就要开了。

他看着蒸汽飘入不祥的天空,就像鬼魂从巨大、沸腾的锅炉中升空,让他想起切尔诺贝利。黑村,他就是在那里初次和血祖见面的。那场核事故就像第二次世界大战的集中营,他们为自己的死亡准备了工具。

这一切都由帕墨来承办。

而他现在四处把人类转化为吸血鬼。

啊,顾威医生,缓事宜急,急事宜缓,这样才对啊,毕竟这是《圣经》的指示。

但这不是《圣经》,这是美国。

如果他很重要就应该有优先权。

帕墨终于知道他的企业伙伴跟他交易的时候有什么感受了。就好像同一只手才刚跟他握手,又立刻揍他一拳。

你原本以为你和他是合作关系,后来才明白,你是在替他办事。

为什么你顺位那么低?

的确。

扎克的随身听掉到隧道地面上,他甩开诺拉的手。这举动很蠢,是个反射性动作，不过那个随身听是他妈妈买给他的，就连里面她不欣赏甚至讨厌的歌曲，也是她付费下载的。当他把这神奇的小装置握在手中，沉醉在音乐里时，他也沉醉在她的母爱中。

“扎克！”

诺拉很少这样喊他，果然一喊就奏效了，他立刻打直身子。她看起来一脸惊惶地在列车前端紧抓着她妈妈。扎克现在对诺拉多了一点感觉，他们有共通点，扎克看到她妈妈那么病弱：他们的妈妈都迷失了自我，却又还没走远。

扎克抓起随身听、塞进牛仔裤的口袋里，把纠缠成一团的耳机留在身后。脱轨的列车在车厢内剧烈暴动后轻微地摇晃，诺拉想挡住他的视线，不过他知道。他已经看到过染红的车窗了，他见过那些脸孔了。惊愕占据了他一半的意识，让他在恐怖的噩梦中前进。

诺拉停下脚步，害怕地看着他身后。

隧道阴暗处冒出快速移动的几个小人影，他们迅捷的程度超越人类，这些由小孩转化而成的吸血鬼，几乎都才十岁左右，他们沿着跑道朝他们冲过来。

带头的是一群盲童吸血鬼，双眼焦黑。盲眼吸血鬼移动的方式比较奇怪，他们一跳上列车后就被仍保有视力的儿童吸血鬼超前了，他们为了不人道的乐趣而发出凄厉的笑声。

许多乘客要逃离火车上的大屠杀，结果立刻被年幼的吸血鬼攻击。还有其他吸血鬼攀上隧道的内墙再跳上车顶，就像破囊而出的小蜘蛛。

在这群小吸血鬼当中，有个大人阴气森森地行动着。那是个女人，隧道内微弱的灯光映出她的体型轮廓，她似乎是这波攻击的指挥官。被鬼附身的妈妈带领着一群小恶鬼。

一只手抓紧了他外套上的帽子——是诺拉，她赶紧把扎克带走。他先踉跄了一下，就转过身跟着诺拉一起跑，他钩起诺拉妈妈的手臂，几乎是拖着这老太太逃离愈来愈多年轻吸血鬼聚集的火车残骸。

诺拉的靛蓝色灯光几乎无法照亮前方的轨道，却照亮了多彩而病态的吸血鬼排泄物，像一支万花筒一样。没有其他乘客跟着他们。

“你看！”扎克说。

他年轻的双眼发现左侧前方有一道门和阶梯。诺拉带他们朝那道门过去，她先快跑到门边去试试把手。卡住了，或锁住了，所以她往后退一步用鞋跟一直猛踹，直到门把掉下来，那道门开了。

墙的另一侧是完全一样的月台，还有两级楼梯可以走下另一条隧道。这是隧道南端，有更多铁轨，由西向东从新泽西通往曼哈顿。

诺拉用力摔上门，尽量把门关紧，然后赶他们下轨道。

“快一点，”她说，“不要停，我们寡不敌众。”

他们走进阴暗隧道的更深处。扎克帮诺拉扶着她妈妈，不过显然他们没办法一直这样走。

他们一直没听到后面传来的声音（没听到门被打开的声音），不过他们还是一直往前快走，好像吸血鬼就在后面紧追一样。每一秒都弥足珍贵。

诺拉的妈妈两只鞋都掉了，丝袜破了，脚掌被割破而汩汩流着血。她一直重复说着：“我要休息，我想回家。”音量愈来愈高。

最后，她实在变成他们的负担了。诺拉慢了下来，扎克也跟着慢下脚步。诺拉用手捂着她妈妈的嘴，她得让她妈妈安静下来。

扎克看着紫色灯光下诺拉的脸，看出她奋力扶着妈妈，同时压低她声音时脸上悲恸的表情。

他当下就明白，她要做出恐怖的决定了。

她妈妈一直要拨开诺拉的手。诺拉肩膀一滑，放下武器袋。“打开，”她对他说，“我要你拿一把刀子。”

“我已经有一把了。”扎克从口袋里抽出棕色骨柄刀，展开四英寸的银刃。

“你从哪里拿的？”

“瑟拉齐安教授给我的。”

“好。扎克。拜托你听清楚。你信任我吗？”

好奇怪的问题。“信任。”他说。

“听我说，我要你躲起来，走下去，缩在轨道旁边。”轨道离地面约六十厘米，月台下面很阴暗，“在那边躺下来，把刀子握在胸前。留在阴影里。我知道很危险。我不……我不会离开太久，我保证。任何人靠过来或在你附近停留，只要不是我——任何人，你就用刀子砍他们。你懂吗？”

“我……”他看到过列车上乘客的脸贴在车窗玻璃上，“我懂。”

“喉咙、脖子——你能砍的地方都行。一直砍一直划，直到他们倒下为止，然后就往前跑再躲起来。懂吗？”

他点点头，眼泪滑下他的脸颊。

“答应我。”

扎克又点点头。

“我很快就会回来，如果我去太久，你知道的，我会希望你开始跑。”她指着新泽西的方向，“朝那边，一直跑，不管怎样都别停下来，就算看到我也不能停，好吗？”

“你要做什么？”

但扎克知道。他很确定自己知道，诺拉也是。

诺拉的妈妈正咬着她的手，她不得不将手从妈妈口中拉出来，再轻抱一下扎克，把他的脸埋进她的侧腰。他感觉到她在他的头顶亲了一下，她妈妈又继续大喊，诺拉得再捂住她的嘴。“要勇敢，”她对他说，“去吧。”

扎克躺了下来，钻进月台下，不像平常一样会担心老鼠的问题，他紧紧抓着骨制刀柄，把刀子握在胸前就像握着十字架一样，然后听着诺拉吃力地带着她妈妈离开。

费特坐在闲置的公务面包车里等着。他在平常穿的连身工作服外加了反光背心和硬头盔，借助仪表板的灯光研究着下水道的地图。

老人自制的银化学武器就放在后座,以毛巾卷固定着,避免滑动。他对这计划有点担心,太多东西摇来晃去了。他又朝店铺后门看一眼,等老人出现。

店铺里,瑟拉齐安穿上最洁净的衬衫,调整领口,用扭曲的手指拉紧领结。他拿出一面袖珍银镜确定领结没有歪掉。他穿上了最好的西装。

他放下镜子,再检查一次。他的药! 他找到了小锡罐,轻轻摇一摇里面的药锭,幸好还记得,他责怪自己怎么差点忘了,然后把罐子放进外套口袋中。好了,一切就绪。

他走到门口时,回头看那标本罐最后一眼,那里面还装着他妻子被解剖的心脏。他用黑光一照,终于永远杀死了那只血虫。那颗心脏被寄生的病毒纠缠了那么久,这时终于腐朽变黑。

瑟拉齐安看着心脏,眼神就像一般人在爱人的墓碑前会有的那样。他希望这是他最后一次看到这个地方,因为他很确定自己再也不会回来了。

伊费一个人坐在小房间里靠墙的木头长椅上。

那个联邦调查局探员的名字是莱什,他的桌椅离伊费的手臂范围一米。伊费的左手手腕铐着墙上的铁条,这铁条就在长椅的上方,就像无障碍厕所里的安全扶手。伊费坐下的时候得低头垂肩、伸直右腿,这样餐刀才能藏在腰带里。自打他从帕墨那儿回来之后,他还没被搜身。

莱什探员的脸部会抽搐,左眼会一直眨,所以左脸就一直动个不停,但不影响语言能力。办公桌上便宜的相框里有张学龄儿童的照片。

"那,"莱什探员说,"这整件事,我不懂,这是病毒还是寄生虫?"

"两种都是。"伊费想用合理的方式来说明,但仍希望用自己的方式来说明,"这个病毒靠血虫这种寄生虫来散播,它会在感染的时候从一个宿主喉咙的螯针跑到另一个宿主的伤口上。"

莱什探员不由自主地眨眨眼睛,把这段记下来。

这表示联邦调查局终于想要搞清楚了——只不过太迟了。像莱什探员这样的好警察在金字塔的最底端，根本就不晓得这场祸疫早就由最顶端决定好了。

伊费说："另外两个探员在哪里？"

"你说谁？"

"带我搭直升机去市区的那两个。"

莱什探员站起来，仔细看看办公室里所有的办公桌。有几个专心的探员还继续在工作。"嘿，有人带顾威医师上去搭直升机到市区吗？"

大家纷纷闷哼和否认。伊费这才察觉到他回来之后就没见过那两个人："我想他们永远不会出现了。"

"不可能，"莱什探员说，"我们接获命令，有进一步通知之前都要在这里待命。"

这听起来一点都不妙。伊费又看着莱什桌上的照片："你把家人送走了没？"

"我们不住在市区，太贵了。我每天从新泽西开车过来，不过，对，他们离开了。学校都不上课了，所以我太太带他们去朋友家，在金纳隆湖边。"

伊费心想，还不够远。"我的家人也离开了。"他说。他往前一靠，拉到手铐允许的距离——餐刀就抵着他的臀部。"莱什探员，听我说，"伊费想要得到他的信任，"目前发生的这一切……我知道这很像骚乱，就像彻底失序？其实不是。好吗？这不是。这是一场经过谨慎规划、妥善协调的攻击事件。而今天——今天这一切就到了紧要关头。我还是不知道他们到底要怎么开始，或怎么做。但就是今天。而我们——你和我，都要离开这里。"

莱什探员眨了两次眼："医生，你被逮捕了。你在光天化日之下，几十个目击证人面前开枪。要不是因为情势那么混乱，大部分政府机关都关门了，否则联邦政府就会立刻传讯你。你哪里都不能去，而因为你，我也走不开。现在——你可以多讲一些吗?”

莱什探员给他看一些照片。许多大楼的外墙上蚀刻出了许多符号,就像六脚虫。

“波士顿。”莱什探员说,他把最上面几张放到后面,“这张是匹兹堡。在克里夫兰郊区。亚特兰大、波特兰、俄勒冈,离这里3000英里。”

伊费说:“我不确定,但我想这是一种代码。他们不用言语沟通。他们需要一种语言。他们在标明领土、进度……之类的。”

“那这个像虫一样的图案呢?”

“我知道。这就像……你听说过自动书写吗?潜意识?你看,它们都和精神层次有关。我不是很懂——只知道自动书写确实存在,就像各种高等智慧一样。我认为这其中也有潜意识的元素,这符号……几乎可说是艺术,它传递着信息。你现在看到全国各地的建筑物都有这个符号,其实全球或许一半都有了。”

莱什探员把图片都放回桌上,按摩着后颈说:“你还说到了银?紫外线光?阳光?”

“检查我那把枪,就收在这里,对吧?检查子弹就知道了,纯银的。不是因为帕墨是吸血鬼,他不是——还不是。不过我拿到的时候……”

“怎样?继续?谁给你的?我想知道你怎么知道这一切——”

灯熄了。抽风机突然没声音,办公室里所有人都在抱怨。

“不要又来了。”莱什探员站起来。

紧急照明设备亮了起来。门上紧急出口的标志以及天花板上间隔甚远的灯具,都在一半电力或四分之一电力的支持下亮了起来。

“太好了。”莱什探员从办公桌隔间上的挂钩抽出手电筒。

接着他们听到第一声警报器的响声从头上的扩音器传出来。

“啊!”莱什探员大叫,“愈来愈好了!”

伊费听到建筑物某处传来尖叫声。

“嘿,”伊费大叫,他扯扯手铐连着的铁栏,“解开我的手铐。他们的目标是我们。”

“什么?”莱什探员留在原地,听到更多尖叫声,“目标是我们?”

碰撞声,破门声。

“目标是我!”伊费说,“我的枪,你快去拿!”

莱什探员专心听。他走向前,解开自己的枪套。

“不!那没有用!我的枪里有银!你不懂吗?去拿——!”

枪声,就在他们楼下。

“该死!”莱什探员开始往前走,抽出配枪。

伊费骂了句脏话,将注意力转到铁栏和手铐上。他用双手扯着铁条——纹丝不动。他把手铐滑到铁栏的底端,希望这里比较容易拉动,可是螺栓很厚,把铁栏深深地固定在墙壁里。他踹了一下,但还是没办法。

伊费听到尖叫声(现在更近了),还有更多枪声。他试着站起来,却只能让身体的四分之三站直。他想把整面墙都打垮。

枪声出现在办公室里了。办公隔间挡住了他的视线,他只能看到探员的武器射出火光——还有听到探员的尖叫声。

伊费伸手到裤子里去拿出银制餐刀。现在他觉得这把刀好小,在帕墨的阁楼里感觉明明没那么小的。他把钝钝的刀面用特定角度插进长椅的后方,然后用力快速地抽出来。刀尖断了,就出现了一个短小尖锐的刀刃,像囚房里的剃刀。

有个东西呈抛物线落到办公隔间的上方后就伏在那里,用四肢平衡。在办公室微弱的灯光下,他看起来很小,转头的时候动作很奇怪,好像在寻找什么,在没有视觉的情况下扫描,或在没有嗅觉的情况下嗅闻。

他的脸转向伊费,知道自己已经锁定目标了。

他像猫那么灵敏地从隔间墙上跳下来,伊费看到这个孩童模样的吸血鬼双眼全黑,就像烧坏的灯泡底部一样。他的脸没有完全正对着伊费,失去视力的双眼没瞄准伊费的身体——可是他看到自己了,伊费对此很确定。

他的体能让伊费觉得很可怕，就像在牢笼里面对美洲豹——而且还有一条链子把你和笼子绑在一起。伊费往旁边一站，紧抓着渺茫的希望想要保护喉咙。他的银色刀刃对着探子，而探子察觉到武器了。伊费往侧面移动到手铐的极限，他跟着往左，然后又往右，头在肿胀的颈子上像蛇一样摆动。

他发动攻击，弹出螯针，比成年吸血鬼的短了一些，伊费及时反应，用刀一劈。不管他有没有砍中，都有点效果，让探子不敢靠近，探子就像被踹一脚的狗连连后退。

"滚出去！"伊费大叫，他想要像命令动物一样，可是探子仍用失去视力的双眼看着他。又多了两个吸血鬼进来（一般的怪物，胸口还有人血的红色污痕），他们绕过隔间墙的转角，伊费知道是探子召唤他们过来的。

伊费挥舞着银制小刀，看起来像个疯子。他想吓退他们而不要被他们吓倒。

没有用。

这群怪物分开来，从两边进逼，伊费斜砍中了一个吸血鬼的手臂，再砍中了另一个。银的杀伤力足以划开他们的四肢，让白血流出来。

其中一个吸血鬼抓住了他握着刀子的手臂。另一个抓住他另一边肩膀，扯着他的头发让他的头不能转动。

他们没马上制伏他，他们在等探子。伊费奋力挣扎，但他寡不敌众而且又被铐在墙上。这群残酷暴徒的热气和死腐的臭味都让他恶心想吐。他想要扔出刀子朝其中一个吸血鬼射去，但刀子却滑掉了。

探子慢慢朝他走过来，欣赏着猎物。伊费压低下巴，努力反抗，可是扯他头发的那只手用力把他的头往后仰，露出喉咙给小吸血鬼看。

伊费在死亡边缘不顾一切地大声暴吼——探子的头颅瞬间爆炸，化为白色血雾。身体直直地摔在地上，抽搐个不停，伊费感觉到两旁的吸血鬼都松手了。

伊费往旁边一推，把另一个吸血鬼踢下长椅。

人类逐渐聚拢,两个拉丁裔美国人全副武装,夸张的程度绝对可以把吸血鬼的美好夜晚搞得天翻地覆。一个吸血鬼为了闪避紫外线灯在翻越隔间墙的时候被银制烤肉叉刺中,另一个吸血鬼站起身想要反击——结果膝盖被踢了一下,他跌倒在地,银色子弹立刻穿脑而过。

第三个人走进来,他是个体型壮大的墨西哥人,可能已经六十几岁了。虽然看起来很老,但他驱赶吸血鬼的时候还是很有效率。

伊费把腿抬到长椅上,才不会碰到地上溅洒的白血,血虫正在寻找新宿主。

带头的墨西哥小伙往前走来,他戴着皮手套,双眼炯炯有神,两排银子弹交叉在他胸前。伊费注意到他的黑色靴子尖端还包覆了银片,上头有许多白点。

"你是顾威?"他说。

伊费点点头。

"我叫奥古斯丁·埃利萨尔德,"那小伙说,"当铺老板叫我们来接你。"

瑟拉齐安和费特并肩走进77街与约克大道路口的苏富比拍卖中心,要求工作人员带他们去登记处。他拿出银行支票,从瑞士银行的账号中取款,工作人员通过电话联络银行之后立刻就确认账户了。

"瑟拉齐安先生,欢迎来到苏富比。"

他的竞价牌是二十三号,工作人员指了电梯的方向给他看,让他可以到十楼。他抵达拍卖会场楼层后,他们把他挡在门外,要求他把外套和狼头手杖都放在寄物柜里。瑟拉齐安只得照规矩来,他拿了寄物收据,收进外套内袋。费特能进拍卖中心的艺廊,但只有拿竞价牌的人才能进到拍卖座位区。费特留在后面,站在会场的后方,还是可以看到整个房间,他觉得或许这样还比较好。

拍卖会的保安规格非常严谨。瑟拉齐安坐在第四排,不算近,但也不太远。他坐在靠过道的位子上,竞价牌放在大腿上。他面前的舞台亮了,戴着白色手套的服务生倒了一杯水给主持人,然后就消失在隐秘的通道后。拍卖品展示区在舞台左侧,那里有个黄铜画架,等一下就要放拍卖目录上的前几项商品了。头上的屏幕显示着苏富比拍卖会的名字。

前十到十五排都几乎坐满了,较后面的几排还可以看到几张椅子没人坐。不过有些参加拍卖会的人只是来充数的,他们领了钱来填座位,他们的双眼不像真正的买家那样充满钢铁般的注意力。这个拍卖会场的墙壁可以移动,所以人多的话就可以把场地扩大。座位两侧与墙壁的中间都站满了人,后面也是。许多来看拍卖的人都戴了口罩和手套。

拍卖会场不像市集,比较像戏院。整场活动都有种19世纪末的气氛:千金一掷的潇洒;资本主义在面对势不可挡的经济灾难时,做出垂死前的挣扎。大部分来参加的人都是为了这场表演,就像盛装出席葬礼的人。

主持人上台的时候,场内兴奋了起来。期待的感觉像涟漪般扩散到会场的每个角落,主持人先说了一小段开场白,并介绍拍卖的规则,便用小槌宣布拍卖会正式开始。

前几样商品都是巴洛克绘画小品,就像开胃小菜,要刺激参加者对主菜的兴趣。

为什么瑟拉齐安觉得那么紧张?突然间心情烦躁、多疑忧虑?始祖的金山银山今天都供他挥霍,他搜寻已久的书这次难逃他的掌心了。

怪的是,他坐在这里却觉得自己暴露在险境。他觉得……有人在观察他,不是随意地,而是刻意地。那眼神除了具有穿透力之外,还很熟悉。

他发现让他害怕多疑的眼神就在那雾色墨镜的后面,那个人坐在他后面三排,过道的另一侧。那对眼睛的主人穿着深色西装,戴着黑色皮手套。

托马斯·艾希霍斯特。

他的脸看起来很平滑紧致,他的身体看起来保养得太好了。当然,他擦了肤色粉底、戴了假发……但不只这样。是动过手术吗？他是不是聘了什么疯狂医生让他的外表可以接近人类，这样才能混入活人之中？尽管这个纳粹的双眼隐藏在墨镜的后方，瑟拉齐安还是感觉到一阵寒意，他知道艾希霍斯特的双眼已经对上了自己的眼睛。

亚伯拉罕·瑟拉齐安进入灭绝营的时候才十多岁——所以他当时是用年轻的双眼看着特雷布林卡灭绝营的指挥官。

他感觉到同样尖锐的恐惧，加上莫名其妙的惊恐。这邪恶的怪物在他还是人类的时候，就在死亡工厂里主宰生杀大权了。那是六十四年前的事……而现在这股恐惧又席卷瑟拉齐安，感觉就像昨天。这个妖怪，这个怪兽——现在强大了百倍。

强酸在老人的喉中烧，差点让他窒息。

艾希霍斯特对瑟拉齐安点点头，动作很细微，很**亲切**。他好像笑了——但其实那不是微笑，只是微微张开嘴巴，让瑟拉齐安可以瞄到螯针的前端拍打着他胭脂般的红唇。

瑟拉齐安转身去面对高台，把颤抖的畸形双掌藏起来，年轻时代的可怕经历又让他陷入不安。

艾希霍斯特为了这本书而来。他会代替血祖来抢书，而且他有奥狄·帕墨的金援。

瑟拉齐安伸手到口袋里去拿药罐子，他的手指有关节炎，所以当他要打开盖子的时候除了动作很笨拙之外还特别辛苦，他不希望让艾希霍斯特看到后幸灾乐祸。

他偷偷把硝化甘油片放到舌头下方，等药效发作。他暗自承诺，就算他撂倒这个纳粹军官会要了他最后一口气，他也会奋力一搏。

你的心脏很不稳定哦，犹太人。

瑟拉齐安表面上没对这个闯入他脑子的声音做出什么反应，努力忽略这个不速之客。

拍卖会的主持人和舞台都消失在他的视线中了，曼哈顿与北美洲大陆都消失了。瑟拉齐安这一刻只看到灭绝营的铁丝网,看到血渍和泥土糊成一团,还看到了其他工匠憔悴的面容。

他看到艾希霍斯特骑在他最宠爱的坐骑上,那匹马是整个灭绝营里唯一能赢得他喜爱的生物。他表现爱的方式就是喂马吃胡萝卜和苹果——他就喜欢在没饭吃的囚犯面前让马大嚼大啖。艾希霍斯特喜欢用鞋跟踢马的侧腹,让它用后脚站立并高声嘶鸣。艾希霍斯特还喜欢骑着脾气暴躁的骏马,提着自动步枪练习射击。每一次,他都会任意挑一个工人当靶。有三次他都挑中了站在瑟拉齐安旁边的人。

你走进来的时候我就注意到你的保镖了。

他是指费特吗?瑟拉齐安转身看到费特和其他旁观拍卖的人站在后面,出口处有两个保镖看守着。费特穿着捕鼠员的连身工作服,完全格格不入。

费托斯基家族的人,对不对?纯种的乌克兰人现在真是极其稀有的古董。又苦又咸,后劲又强。你应该知道,我是个人血的行家。犹太人,我的鼻子不会撒谎。你们一走进来我就认出他的香气了。就像他下颚的线条一样。你不记得了吗?

这怪物的话让瑟拉齐安很苦恼不安,因为他讨厌说出这些话的那个人,也因为这些话听起来很像一回事。

在他脑海中的灭绝营里,他见到了一个体格壮硕、穿着乌克兰警卫黑色制服的男人,尽责地戴着黑色皮手套,抓着艾希霍斯特坐骑的缰绳,把自动步枪递给他的指挥官。

这个人的祖先折磨过你,而你竟然和他一起来,这绝对不是巧合吧?

面对艾希霍斯特的嬉弄,瑟拉齐安闭上了双眼。他理清思绪,将注意力转回手边的任务。他尽量大声地在脑海中喊着:**你发现我现在和谁联手后会更惊讶的。**他希望那个吸血鬼能听到他的话。

诺拉挖出单眼夜视镜,挂在大都会棒球帽上。她眯上一只眼睛,看到东河隧道变成绿色的。“鼠视线。”费特喜欢这么说,但她现在很感激有这种发明。

面前的隧道区很空旷,这一段距离很安全。不过她找不到出口,没地方可躲,什么都没有。

她现在独自一人陪她妈妈,她已经和扎克拉出距离了。诺拉尽量不去看她,就连用夜视镜看她也不愿意。她妈妈气喘如牛,根本跟不上步伐。诺拉的手臂钩着她,拉着她走过轨道之间的石子路,感觉到吸血鬼就在背后。

诺拉发现她自己在寻找适合这么做的地点,最好的地点。她打算要做的事很恐怖。她脑袋中的声音(不是别人的声音,而是她自己的声音)正在争执不休:

你不能这么做。

你不能希望同时拯救你妈妈和扎克。你必须要抉择。

你怎么能舍亲生母亲救那个小男孩?

只能选一个,否则两个都不能活。

她这辈子已经够满意了。

狗屁。我们都有满意的人生,要一直活到最后。

她生下了你。

但如果你现在不这么做,你就等吸血鬼来收拾她吧。让她接受永世的诅咒。

阿尔茨海默症也没药医,她只会愈来愈恶化。她已经不是你的妈妈了,这和吸血鬼的行动有什么差别?

她不会威胁别人。

只会威胁你——和扎克。

等她转化为吸血鬼之后,一定会找上你,因为你是她的亲人,你届时还是得杀了她。

你对伊费说过他得杀死凯莉。

她已经痴呆到根本不会知道了。

但你知道。

底线:如果你就要被吸血鬼转化,你也会自杀吗?

会。

但那是你自己的选择。

但这永远不是二选一的问题,没办法清楚地切割。这一切发生得太快,他们追上你了,然后你就消失了。你一定要在转化之前就自戕,你必须料到这一步。

但你永远说不准。

你不能在别人变成吸血鬼之前就说要让他们解脱。你只能告诉你自己说这是你希望自己做的事,然后一辈子怀疑自己做得到底对不对。

这是谋杀。

如果在危急的时刻,你也会将刀口转向扎克吗?

或许吧,会。

你会犹豫。

扎克在这场攻击行动中存活的机会比较大。

所以你要牺牲老的去救小的。

或许吧,对。

诺拉的妈妈对她说:"你那个差劲的老爸究竟什么时候才会到这里?"

诺拉回过神来,她已经虚弱到哭不出来了。这的确是个残酷的世界。

漫长隧道中传来呼喊的回音,让诺拉打了个冷颤。

她走到她妈妈背后,她没办法当着她的面看她。她握紧手中的刀子,举起来,准备朝老太太的后颈下手。

但她什么都没做。

她没有办法,她知道。

爱是我们的缺点。

吸血鬼没有愧疚感,这是他们的优势。他们永远不会犹豫。

仿佛为了要证明这一点似的，吸血鬼已经到了隧道的两侧。两个吸血鬼蹑手蹑脚爬到她身边，她那时候还没注意到，他们的双眼在她的单筒镜中闪着白绿色的光芒。

他们不知道她可以看得到他们。他们不懂夜视科技。他们以为她就像其他乘客一样——在黑暗中迷了路，盲目乱走。

“妈，你坐在这边。”她推推她的膝盖，让她坐在轨道上，否则她会四处游荡，“爸爸就快来了。”

诺拉转身朝那两个吸血鬼走去，直接从中间穿过去，完全没看他们一眼。这两个吸血鬼一起灵活地从石墙往隧道中间移动。

诺拉深呼吸一口气才开始杀戮。

她把要谋杀亲母的怨气都转移到吸血鬼身上了，她先朝左边的吸血鬼猛扑，那怪兽还没跳起来就被劈成两截。吸血鬼苦涩的呼喊还在她耳中回响，她就转过身面对另一个正盯着她妈妈的吸血鬼。怪物转身伏着面对诺拉，张开嘴准备弹出螫针。

一团白血溅上了她的夜视镜，就像怒火在她的脑中热烈地燃烧。她屠杀了那个原本要攻击她的吸血鬼，胸口起伏，眼中含着泪。

她看着之前走过的路。这两个吸血鬼先经过扎克才来到她这边的吗？他们看起来好像都还没进食，不过夜视镜没办法让她准确地看出他们究竟有多苍白。

诺拉抓起灯，照着吸血鬼尸体，把血虫都烤焦，让它们没机会钻过石头去寄生在她妈妈身上。她也用放射线照了自己的刀，再关上灯，回头去扶妈妈站起来。

“你爸爸来了吗？”她说。

“快了，妈妈。”诺拉赶紧回到扎克身边，泪珠滑了下来，“快了。”

瑟拉齐安在《光之熄》的拍卖价超过1000万美元之前都没跟着起哄。加价的速度很快，不只是因为这项商品非常罕见珍贵，也是因为拍卖的状况——大家都察觉到这座城市即将崩垮,这个世界将永远不一样。

喊价1500万美元,每次加价的额度是30万美元。

喊价2000万美元,每次加价的额度是50万美元。

瑟拉齐安不用转头就知道他的对手是谁。其他人只是被这“受诅咒”的书所吸引,在出价很低的时候凑点热闹,等到喊价超过八位数之后就纷纷放手了。

喊价到2500万美元的时候,主持人要求暂停一会儿,他说要喝口水——但其实是要煽动这场戏。他提醒大家史上拍卖价最高的书本是1994年拍出达·芬奇的手稿《莱斯特抄本》,3080万元。

瑟拉齐安现在感觉到会场内的眼睛都盯着他。他把注意力都集中在《光之熄》上,这本银色封面的沉重书籍闪亮亮地展示在玻璃下。书本摊开来,其中两页投影在大屏幕上。一页上都是手写的文字,另一页则有银色的人形图案展开宽阔的白色翅膀,这个人形图案目睹了远处的城市在红、黄色的火焰中毁灭。

拍卖继续,加价的速度很快。瑟拉齐安感受到手臂抬上抬下的节奏了。

超过3000万美元的门槛时,观众席间有人惊呼。

主持人指着瑟拉齐安过道另一侧的位置,那人出价3050万美元。瑟拉齐安加价到3100万美元。这已经成为史上最高价的书本了,但这个纪录对瑟拉齐安有什么意义?对人类有什么意义?

主持人问有没有人出价3150万,有。

瑟拉齐安不等主持人询问就说3200万。

主持人将目光转回艾希霍斯特身上,不过他还来不及加价,就有个工作人员过来打断他的动作。主持人的怒气都写在脸上,但还是退下讲台,和她对话。

他面容僵硬地听工作人员说话,低下头,然后点点头。

瑟拉齐安不确定发生了什么事。

服务生从舞台走过来，沿着过道来到他身边。瑟拉齐安困惑地看着她走来——经过他身边，继续走过三排座位，停在艾希霍斯特面前。

她蹲在过道上，低声对他说了些话。

“你可以在这里告诉我。”艾希霍斯特说——他动嘴唇的方式就像人类一样。

那服务生继续说话，同时尽量保护参加者的隐私。

“太荒唐了，这一定是误会。”

服务生先道歉，但态度还是很坚定。

“不可能。”艾希霍斯特站起来，“我去弄清楚状况，你们先暂停拍卖。”

服务生立刻回头看着主持人，然后抬头看着苏富比的主管，他们在上方的露台往下看着拍卖活动，就像观察手术的客人。

服务生转头对艾希霍斯特说：“先生，恐怕我们无法这么做。”

“我坚持。”

“先生……”

艾希霍斯特转身对着主持人，用竞价牌指着他：“让我去联络赞助人，同时你们得先把槌子移开。”

主持人回应道：“关于这一点，拍卖规定很清楚，先生。既然您没有足够的授权额度……”

“我的授信额度还够。”

“先生，我们收到的信息是，您的信用已经被取消了，很抱歉，您必须咨询您的银行——”

“我的银行！好，那我们要立刻结束拍卖，然后我就会去解决这个问题！”

“先生，很抱歉，苏富比的规定数十年来都没变，也不能为了任何人调整。”主持人看着观众，继续喊价，“目前是3200万美元。”

艾希霍斯特举起竞价牌：“3500万美元！”

“这位先生，很抱歉，目前出价是3200万美元，有人要出3250万吗？”

瑟拉齐安把竞价牌放在大腿上，随时准备好。

“3250万？”

没有。

“3200万美元，一次。”

“4000万美元！”艾希霍斯特站在过道上说。

“3200万美元，两次。”

“我抗议！拍卖一定要取消，我要求——”

“3200万美元成交，第1007号商品由第23号买家获得。恭喜您。”

槌子敲下，交易确认了，会场内掌声如雷。很多人要和瑟拉齐安握手道贺，但这老人尽快站起来走到前方，另一个服务生负责接待他。

“我要立刻取得这本书——”他对她说。

“但，先生，我们有些表格文书——”

“你可以结清费用，包括苏富比拍卖中心的佣金，但我要取得这本书，现在就要。”

格斯的悍马车已经撞凹了，不过他还是继续横冲直撞穿过皇后区大桥。他们一回到曼哈顿，伊费就见到几十辆军车排在59街与第2大道的交叉口，罗斯福岛缆车站前。较大型、拉上篷罩的卡车上贴了油印蜡纸，写着德拉姆堡基地，另外两辆白色巴士和吉普车则标志着西点军校。

“要封闭这道桥吗？”格斯问，他戴着手套的双手紧抓着方向盘。

“或许是要实施隔离检疫。”伊费说。

“你觉得他们是站在我们这边还是和我们作对？”

伊费发觉士兵都出现战斗疲态了，他们正在把卡车上机关枪的防水布拉下来——伊费觉得心情一振：“我认为是站在我们这边。”

“但愿如此。”格斯把方向盘用力一打，朝上城驶去，“如果不是的话，就他妈的有趣了。”

他们到了72街与约克大道口,街头巷战正如火如荼。吸血鬼从苏富比拍卖会馆对面的砖塔形赡养院冲了出来——原本年老力衰的居民获得了返魂尸的力量,都变得灵活敏捷。

格斯熄灭引擎,打开后车厢。伊费、安赫尔和两个泽西宝蓝帮的硬汉都跳下车,纷纷抓起银制的武器。

"我想他还是赢了。"格斯撕开一个纸箱,递给伊费两个细颈的彩绘玻璃花瓶,里面的汽油晃啊晃。

"赢了什么?"伊费说。

格斯在两个花瓶里各塞了一块破布当作灯芯,轻轻划开银制的打火机,点燃破布。他从伊费手中接过一个花瓶,然后走到悍马车对面的街道上。"肩膀用点力,全垒打,"格斯说,"三、二、一。啊!"

他们把经济型汽油弹抛掷到趁火打劫的吸血鬼头顶。花瓶碎了,立刻着火,液状的火焰当下四散,就像两摊地狱之火。两名修女先着火,棕白色的长袍就像报纸一样易燃。然后是成群穿着浴袍或家居服的吸血鬼,在火舌中尖叫。泽西宝蓝帮接着上阵,把火烤的吸血鬼当串烧一样刺穿,解决了他们——却又见到更多吸血鬼从71街冲过来,像疯狂的消防员听到警铃应声而至。

两个着火的吸血鬼朝他们奔来,一路留下火焰的痕迹,距离格斯还有一米左右的距离时才被银弹打得满是窟窿。

"他们已经去哪里了?"格斯大叫,看着苏富比拍卖会馆的入口。又高又细的行道树站在拍卖中心的外面就像地狱来的哨兵。

伊费看到拍卖会馆的警卫急忙要锁上玻璃大厅内的旋转门。"快来!"他大叫一声,他们一行人就奋力穿过熊熊燃烧的群树。格斯浪费了几发银弹打在门上,打穿和弄坏了玻璃后,就让安赫尔把门撞破。

瑟拉齐安搭电梯往下的时候,把重心都放在过长的拐杖上。拍卖的过程让他体力透支,但还有好多工作要做。费特站在他身旁,武器包背在后面,价值3200万的书则用气泡包装纸裹起来夹在他腋下。

苏富比拍卖场的警卫在瑟拉齐安的右边等电梯往下时,双手一直掩着皮带的扣环。

喇叭传出古典音乐的声音,德沃夏克的弦乐四重奏。

"恭喜您。"那警卫打破沉默。

"谢谢,"瑟拉齐安注意到那人耳朵棕色肌肤旁的白色电线,"你的无线电在电梯里也收得到吗?"

"不行,没办法。"

电梯突然停了下来,三个人都赶紧扶住墙壁、稳着身子。电梯突然往下降,又突然暂停。头上显示器的数字表示是四楼。

警卫按"下",再按"四",按了好几次。

警卫一心想着控制电梯时,费特从背包里抽出了剑,对着电梯门。瑟拉齐安转转拐杖的把手,露出隐藏式剑刃的银光。

电梯门上的第一声巨响让警卫全身一颤,往后跳了一步。

第二道重击在门上打出拳头大的凹痕。

警卫伸出手摸摸凹痕,正要开口说"怎么搞——"

电梯门滑开来,一双苍白的手往内伸,把他给拖出去了。

费特跟着他冲出去,那本书依然夹在腋下。他压低肩膀往前奔驰,像是美式足球的跑卫带球冲过一整条防守线。他把吸血鬼撞到墙上,瑟拉齐安跟在后面离开了电梯,银剑闪着刀光,从电梯口杀出一条血路。

费特又劈又砍,和怪物短兵相接,他感觉到他们非人类的高温,深具腐蚀性的白色血液泼洒上他的外套。他那只手虽然得提着剑,他还是用指头去抓警卫,可是他发现自己无能为力,那警卫已经消失了,被一群饥饿的吸血鬼压倒在地。

瑟拉齐安横剑一扫,清空了四楼露台前的空间,露台下就是天井。

他往外头看。尸体在街上焚烧,树木也着火了,拍卖中心入口处有一群暴徒。他再往室内、自己的下方看,就见到了格斯和他的墨西哥朋友。

那跛着脚的过气摔跤手抬起头,指着瑟拉齐安。

"在这儿!"瑟拉齐安对费特大喊。费特离开那一大群吸血鬼,一边朝他跑来,一边检查身上有没有血虫。瑟拉齐安指着摔跤手。

"你确定吗?"费特说。

瑟拉齐安点点头,费特大吼一声,在栏杆的顶端举着《光之熄》,让摔跤手有时间一跛一跛地走到他下方。格斯替他开道,劈死了一个吸血鬼,瑟拉齐安看到了另一个人用紫外线灯挡开其他吸血鬼——没错,就是伊费。

费特松手放开那本昂贵珍稀的书本,看着它在往下坠落的过程中慢慢旋转。

安赫尔在四层楼之下张开双臂接住了书,就像有人在火灾现场接住被抛往楼下的婴儿那样。

费特转身,现在可以用两手来战斗了。他从背包底部抽出匕首,带着瑟拉齐安走到电扶梯口去。这几层楼的手扶梯像十字交错。受到血祖意志控制的吸血鬼正集结成群走上来。他们在两道手扶梯交错的地方跳到了另一道手扶梯上。费特用靴跟和剑尖并用,让他们东倒西歪地滚下电扶梯。

瑟拉齐安在最底级抬头,从电扶梯中间的缝隙看到艾希霍斯特就在楼上,居高临下地睥睨着。

其他人已经在大厅帮他们把大部分的工作都做完了,被解放的吸血鬼尸体横七竖八地叠在地板上,如痛苦的群像雕塑般,脸部和爪子般的手掌都冻结了。愈来愈多没有自我意识的吸血鬼砰砰砰地敲着入口的玻璃大门,还有其他吸血鬼往这里走来。

格斯带他们从破碎的后门走出去到人行道上。吸血鬼从71街、72街的东侧蜂拥过来,约克大道的南北两端也都是吸血鬼。他们先钻进下水道,再从十字路口的检修孔中爬上路面。要击退吸血鬼就像在逐渐下沉的船中把水往外舀那样缓不济急,每杀一个吸血鬼又会有两个吸血鬼补上来。

两辆黑色悍马车包夹转角，愤怒地闪着大灯，车前的格栅撞倒吸血鬼后，凹凸不平的轮胎再将他们碾过去。一群吸血鬼猎人下车了，他们戴着斗篷，提着十字弓，高调现身。吸血鬼杀吸血鬼。被血祖操纵的吸血鬼立刻就被精锐部队制伏了。

瑟拉齐安知道，他们前来如果不是要押着他们和书直接去见始祖，就是要直接来抢《银法典》，这两种选择他都不愿看到。他一直贴身站在摔跤手旁边，大块头把书夹在腋下。他笨重的步伐和瑟拉齐安缓慢的双腿正好搭一块。他知道摔跤手的称号是"银天使"后就笑了。

费特带头走到72街和约克大道的交叉口。他选好的检修孔已经被打开了，他一把拉住克林，先把他推下去，让他先歼灭洞里的吸血鬼。他再让安赫尔和瑟拉齐安下去，摔跤手差点被卡在洞口。接下来是伊费，他没问任何问题就直接攀着铁梯往下走。格斯和泽西宝蓝帮殿后，先让吸血鬼靠过来，掩护其他人钻到地底下，然后才往下走。费特最后一个下去，趁地面上的吸血鬼一团混乱地蜂拥上来前赶紧下去。

"另一边！"他朝下方大喊，"另一边！"

他们原本正要沿着下水道往西走，朝整座岛的地下核心前进，但费特跳下来之后却带他们往东边走。他们正上方是罗斯福快速道路的死巷。隧道里的水槽流量很小；曼哈顿地面的人类活动减少了，洗澡和冲马桶的次数都变少了。

"一直走到底！"费特的声音在石造隧道中轰轰响。

伊费快步走到瑟拉齐安身边。老人的速度愈来愈慢，拐杖的底端溅出水花。"你能撑下去吗？"伊费说。

"我必须撑下去。"瑟拉齐安说。

"我见过帕墨了，就是今天。最后一天。"

瑟拉齐安说："我知道。"

伊费拍拍安赫尔的手臂，他那只手臂抱着裹在泡泡包装纸里的书本。

“来吧。”伊费从他手中接过那本书，蹒跚的墨西哥巨人接着扶起瑟拉齐安的手臂，搀着他走。

伊费看着摔跤手和他们一起快步走，心中有许多疑问却不知道要怎么开口。

“他们来了！”费特说。

伊费回头看。他的眼中只看到阴暗的隧道里有几个影子朝他们走过来，就像一波会夺人性命的汹涌暗流。

泽西宝蓝帮的两个兄弟转过头要战斗。“不！”费特大喊，“别找麻烦了！我们只要穿过去就行了！”

费特慢下脚步了。有两口长形木箱和隧道墙上的水管绑在一起，看起来像条状音箱，立在隧道里面。两个箱子上分别装了简单的电源线，他现在把两条线都握在手中。

“到旁边去！”他对后面的人喊，“到控制器后面。”

不过没人转弯。他们见到吸血鬼蜂拥而至，而费特握着开关操纵瑟拉齐安发明的奇特装置，都没办法回神。

黑暗之中出现几张脸，赤红的眼、血盆大口。他们前仆后继，好像在参加赛跑看谁可以率先攻击人类。返魂尸奋不顾身，也不在乎其他同伴。病变和腐败蜂拥而至，就像蜂窝被推倒之后蜂群的愤怒。

费特等了又等，直到他们逼近过来。他暴吼一声，刚开始那声音听起来像是从他喉咙发出来的，但后来听起来像是从他脑中发出来的，那是不屈不挠的人性毅力转化成的强烈飓风。

吸血鬼的浪潮即将席卷地道中的人类——而他轻轻按下两个开关。

这个装置的效果就像开启了巨大的闪光灯。两个装置同时爆发出银。化学物质喷发出来，瞬间就让吸血鬼尸骨全无。后方的吸血鬼和前锋一样快速灭亡，因为根本没有影子可藏匿，银粒子像放射线烧透他们，破坏了病毒的DNA。

银的粒子在剧烈喷发之后还没消退，就像亮晶晶的降雪，费特的号叫声在空荡荡的隧道里渐歇。曾为人类的吸血鬼变成碎片,掉到隧道的地面上。

死了。他仿佛是用超能力把他们转移到别的地方去了。仿佛拍了一张照片,只不过当闪光灯熄灭之后,没有人在那里。

至少,没有完整的人。

费特放下开关,转身看着瑟拉齐安。

瑟拉齐安说:“那就对了。”

他们循着另一道阶梯,往下走到有扶手的过道。过道底端有扇栅门,他们抬头就可以看到地面。费特之前就在这里放了几个大箱子当阶梯,他先爬上去,用肩膀撞开松动的栅门。

他们走上地面,73街口,沿着斜坡就可以上到罗斯福快速道路。他们路上碰到了几个走失迷路的人,急忙越过水泥分隔岛横跨六线车道,经过废弃的车辆,往东河的方向前进。

伊费回头看,见到吸血鬼从高处的露台往下摔到原本是72街尽头的天井。他们沿着车道从73街冲出来。伊费担心他们得一直退到河边,因为渴血的亡魂从各处包抄。

不过低矮的铁栅栏后面有个楼梯平台,应该是某种码头,里头太暗了,伊费看不清楚。费特先走过去,看起来十分笃定的样子,所以伊费和其他人都跟了过去。

费特跑到楼梯平台的底端,伊费现在看清楚了:那里有一艘拖船,船身周遭都绑了轮胎当作护舷防撞垫。他们爬上甲板,费特进了驾驶室。引擎轰隆隆地开启了,伊费松开船尾的绳子。费特推得太用力,船身猛地倾斜摇晃了一下,才离开岸边。

一出西运河,漂离曼哈顿岸边几米远后,伊费就见到成群的吸血鬼在罗斯福快速道路底端吵闹咆哮。他们聚在岸边,沿着南边的步道跟着拖船慢慢走,却无法跨越流动的水域。

河道是安全区,没有吸血鬼的土地。

伊费看着掠夺城市的吸血鬼的后方,黑暗的纽约市如海市蜃楼般的高楼大厦。他背后,罗斯福岛就在东河的中央,岛的正上方有几丝天光照射在曼哈顿与皇后区之间烟雾漫天的土地上——那不完全是日光,因为这是个阴天,但视线很清晰。

他们靠近皇后区大桥,从高耸的悬吊桥下滑过。一道明亮的闪光划过曼哈顿天际,让伊费转过头去。又有另一道闪光往上冲,就像小型的烟火。紧接着第三道。

照明弹,橘色与白色的光芒。

有辆车在罗斯福快速道路上疾驰猛冲,朝追着拖船的吸血鬼驶去。那是一辆吉普车,车后站着穿迷彩服的军人,对吸血鬼群扫射。

“军队!”伊费说。他有种久违的感觉:希望。他左顾右盼寻找瑟拉齐安,没见到他,于是伊费就往船舱走去。

诺拉终于找到一道门,但门后不是什么隧道的出口,而是深不见底的储藏间。门上没有锁(规划隧道的人绝对料不到哈德孙河下方100英尺的地方会有行人),她在里面找到了安全设备,包括信号灯的备用灯泡、橘色旗帜、荧光背心,另外还有一盒旧的信号弹。这里面也有手电筒,可是电池都已经坏掉了。

她把角落的沙包堆了一堆,让她妈妈可以坐上去,然后她抓了一把信号弹扔进包包里。

“妈妈,拜托,拜托,一定要安静。留在这里,我会回来,一定会。”

诺拉的妈妈坐在冰冷的沙发宝座上,好奇地看着储藏间:“你把饼干收哪儿去了?”

“都没了,妈妈,你现在睡觉吧,休息一下。”

“这里?在食物柜里?”

“拜托。这是个惊喜——给爸爸的。”诺拉退出门外,“不要动,等他来找你。”

她赶快关上门，用夜视镜扫视隧道确认没有吸血鬼，再扔了两袋沙包在门口确保门已经关紧了。她接着往扎克跑去，同时把人类的气味从她妈妈身边带走。

她想，她害怕了——她把可怜的妈妈塞进储藏间，不过至少这样就有希望。

她继续沿着从西向东的隧道走，寻找扎克藏身的地点。透过浓绿色的单孔夜视镜看，这环境就不一样了。她离开前曾经在隧道的低矮处画了一道白漆——但现在却找不到。她想起之前那两个吸血鬼从这里过来，就焦急地三步并作两步。

“扎克！”她压低声音喊。这样做很莽撞，可是她必须这么做。她一定已经很靠近之前要扎克藏身的地方了。“扎克——是我，诺拉！你在哪儿……？”

她所见到的景象把她的声音硬生生逼回喉咙。她透过单孔夜视镜看到隧道宽广的墙壁上有个巧妙绘制的大型涂鸦壁画。一个巨大的、无脸的人形生物有两条手臂、两条腿、两张壮丽的翅膀。

直觉告诉她这就是他们在纽约各处所见到的六瓣图形，最后的样貌。他们之前见到的花朵和昆虫只是图示、变形、抽象版本。可怕人像的卡通版。

这个双翼宽阔的妖物和他所呈现的模样（既超自然又能唤醒心中的情绪），带给她一种无法理解的恐惧。这幅狂野的街头艺术在地底深处黑暗的隧道中显得多么诡异，文明的底处纹下了既美丽又危险的刺青刻痕。

她发现这个图案只有吸血鬼的眼睛才能看得到。

诺拉听到嘶嘶声，转过身去。她从夜视镜里见到了凯莉·顾威，她的脸扭曲成渴望但几近痛苦的表情，嘴巴张成一条缝，螯针的前端就像壁虎的舌头一样轻弹，两唇之间冒出嘶嘶声。

她的衣服破了，被地表上的雨湿透，沉重地挂在她单薄的身上，她的头发塌了，身上透出泥土的味道。她的双眼在诺拉夜视镜的绿光下看起来很惨白,但仍因为渴望而显得又圆又大。

诺拉摸出短波紫外线灯,她必须在自己和情人的亡灵前妻之间拉出一点距离——凯莉却以不可思议的速度奔向她,诺拉还没来得及打开电源,手中的那盏灯就被她打掉了。

光杖砸向了墙壁,落在地上。

只有诺拉的银剑才能让凯莉不再靠近,这个吸血鬼凌空一跃,往后跳到低矮的隧道平台上。接着她越过诺拉到另一边,诺拉的剑尖一直随着她移动。凯莉佯装攻击,然后又跳过她头上,这次诺拉趁她跃过的时候横剑一扫,可是用夜视镜看这敏捷的怪物让她很头晕。

凯莉落在隧道的另一头,颈子侧面出现一道白色的切口。只是皮肉伤,不过足以让凯莉分心了。这个吸血鬼看着白色的血液滴在手上,然后弹向诺拉,她的脸变得很邪恶凶残。

诺拉往后退,伸手到包包里要拿照明弹。她听到手脚在轨道石头上乱扒的声音,不需要将目光从凯莉身上移开就能看到他们。

三个年幼的吸血鬼,两男一女,都被凯莉叫来协助她击垮诺拉的任务了。

“好。”诺拉转开照明弹的塑料盖,“你想这样吗?”她用盖子摩擦红色的棒子,照明弹就点燃了,红色的火焰在黑暗中灼烧。诺拉拿掉夜视镜,现在可以用自己的双眼看清楚了,火焰把隧道的这个区域彻底打亮,从天花板到地板都可以见到愤怒的红光。

那些小孩往后大步跳,被亮光驱退了。诺拉对着凯莉挥着照明弹,凯莉缩着下巴,可是没撤退。

其中一个男孩从侧面攻向诺拉,发出尖锐的叫声,诺拉拿刀子走向那小男孩——银色刀刃没入他胸中,只剩刀柄。他身子一软,摇摇晃晃地往后退,诺拉立刻抽回刀刃——头晕又无力。那男孩微微张开嘴,想用螫针发出最后一击,诺拉把热烫的照明弹塞进他嘴里。

那怪物狂乱地弯腰乱撞,诺拉长声大叫,用刀劈下。

那吸血鬼小孩跌落在地，诺拉抽出照明弹，还亮着。她旋即转身，预料凯莉会从背后攻击。

但凯莉不见了，怎么找都找不到。

诺拉挥着照明弹，另外两个吸血鬼小孩低伏在死去的玩伴身边。她先确定凯莉不在天花板上或月台下。

确定她不在的感觉反而更糟。那两个小孩分开来，从两边包围诺拉，诺拉背靠着墙壁，站在巨大的壁画下方准备战斗，她绝对不能给他们突击的机会。

奥狄·帕墨看着照明弹划过下城的屋顶。稀落的烟火，在黑暗的世界就像火柴般微渺。直升机从北方飞过来接他，在他的正上方减速。他就在石心集团大厦七十八楼等待他的访客。

艾希霍斯特先走下直升机，穿着花呢西装的吸血鬼就像穿着毛背心的斗牛犬一样。他继续拉开门，让血祖低着头走进室内，披着斗篷的他迈开大步。

帕墨在室内透过玻璃的倒影将他们下机的画面尽收眼底。

解释清楚。

那声音很阴沉，接近愤怒。

帕墨集中全身力量站起来，把重心放在孱弱的双腿上："我切断了你的金援。我中止了你的信用。就这么简单。"

艾希霍斯特站到旁边去，他手上戴了手套，合掌看着他们。血祖低头看着帕墨，红色生腥的肌肤发炎红肿，双眼血红、犀利尖锐。

帕墨继续说："那只是一场示范，让你知道我的参与对你的成功有多重要。我觉得有必要提醒你我的价值。"

他们把书拿走了。

说话的人是艾希霍斯特，他一直都很蔑视帕墨，所以也轻蔑地接话。不过帕墨只对血祖说话。

"在最后关头又有什么关系？你只要把我转化为吸血鬼，我就会开心得自己去解决瑟拉齐安教授。"

你懂得太少了。不过话说回来，在你眼中我不过就是个达成目的的手段。达成你目的的手段。

"这句话在你身上也说得通！你，把我要的礼物保留了那么多年。我什么都给了你，毫无保留。我现在要留一手了！"

这本书不只是奖品，而是一本宝典。是这些笨猪人类最后的一丝希望，你们那个种族的最后一口气。你是无法设想到这个的，你们人类的格局太小。

"那就让我看一看。"帕墨朝他走去，他站起来也只到血祖胸口的一半，"该是时候了。把我应得的给我，该属于你的就会是你的。"

血祖没有对帕墨的脑海说什么，他没有动。

但帕墨无惧："我们说好了。"

你还中止了什么？你有没有打乱其他进行中的计划？

"没有，一切都维持原状。现在——我们不是约定好了吗？"

是的。

血祖突然急促地弯下身子，让帕墨一阵惊慌，让他脆弱的心脏狂跳。他的脸凑到帕墨面前，血虫就在甜菜般的皮肤之下的血管内悠游。帕墨的大脑释放出被他遗忘已久的荷尔蒙，变态成吸血鬼的一刻终于来临了。在心态方面，他早就把行李都打包好了，可是他要跨出第一步踏上这无法回头的旅程时，仍感觉到惊恐不安。变态之后他的身体会好很多，他对这一点没意见，他只是怀疑变成吸血鬼之后他的心智会受到什么影响。心智是他长期的慰藉、最犀利的武器。

血祖用双手压着帕墨瘦骨嶙峋的肩膀，就像兀鹫用利爪抓着小树枝。他另外一只手抓着帕墨的头盖骨，把它转向一边，完全露出那老人的颈子和喉咙。

帕墨看着天花板，眼神失焦。他听到脑中的合音了。他从来没被任何东西或任何人像这样用双臂抓紧过,他任由自己全身发软。

他准备好了,呼吸很短促,很兴奋。血祖又长又粗的中指上特别坚硬的指甲刺破了帕墨的颈部肌肤。

血祖看到这病弱老人颈上的脉搏,他的心脏期待地搏动着,血祖可以感觉到自己的螯针也热切地盼望。他要血。

但他压制了自己的本性,一使劲,就把奥狄·帕墨的头从他身上扭断了。血祖放掉头颅,抓着松开的躯体,亲手肢解帕墨,髋骨往上缩成腰部的地方很容易分解。他把尸块朝远方的墙壁扔,打到墙上裱框的人类抽象画杰作,然后掉到地上。

血祖立刻转身,感觉到另一个血液来源准时地出现在这地方。帕墨的仆人菲茨威廉先生就站在门口。这个肩膀宽阔的男人穿着量身订制的西装,这样才能携带防身的武器。

帕墨原本希望变态后可以拥有这个男人的体格。他渴望着保镖的体力、身材,他希望能永远像他一样。

菲茨威廉先生本来是他与帕墨合作的目的之一。

血祖进到他脑海中,让他看清这点,然后就像一阵烟朝他飞去。菲茨威廉先生先看到血祖从房间的另一端过来,巨大的手掌不断淌着红色的血——然后血祖就扑在他身上,他的喉间好像插了火把,有一种刺痛而且全身都被榨干的感觉。

过了一阵子后,疼痛就消退了。菲茨威廉先生视线里的天花板也不见了。

血祖让他倒在被啃咬的原地。

畜生。

艾希霍斯特仍站在原处,像律师那么有耐心。

血祖说:

让我们展开永夜吧。

拖船没打亮任何信号灯就顺着东河往下漂，朝联合国所在地前进。费特沿着被封锁的岛屿行船，距离岸边只有几百米。他不是船长，不过掌舵很容易，而且他在72街让船靠码头的时候就发现其实船身周围的护舷垫很耐撞。

瑟拉齐安坐在他身后的导航台，前面对着《光之熄》。一盏明亮的台灯让银色书页上的插图闪着反光。瑟拉齐安全神贯注，研究到近乎恍惚了。他放了一本小笔记本在旁边，这学生用的横写笔记本已经被他写满了一半。

《光之熄》里的手写文字很紧密却很优美，一页竟然有一百行。他老迈且早已残破的手指温柔、快速地翻着书页。

他分析每一页，背着光看，寻找水印，一找到就立刻画下来。他标记下每个符号的页码和在页面上的位置，因为这就是解开面前的密码所需要的元素。

伊费站在瑟拉齐安肩膀后方，一会儿看着如幻影般的插图，一会儿又向外看着火焰冲天的曼哈顿岛。他注意到费特身边有个收音机，便打开来，但把音量转低才不会干扰到瑟拉齐安。这是卫星收音机，伊费在找新闻频道时听到了一个声音。

憔悴的女声。这个广播主持人躲在卫星广播公司的总部里，靠备用的发电设备传送消息。她同时用许多已经被破坏的渠道——网络、电话、电子邮件整理全国与全球各地传来的报告，同时不断表明：她无法证实这些信息是否属实。

她坦率地将吸血鬼解释为人与人之间传播的病毒。她还仔细地说明了国内基础设施毁坏的状况：许多场意外，有些很致命，有些则堵住了康涅狄格州、佛罗里达州、俄亥俄州、华盛顿州和加州的重要桥梁。停电更切断了许多区域与外界的联系。中西部的天然气管道有问题，国民军与陆军军团被派到都会区执行维和任务，报道指出纽约和华盛顿都有军事行动。朝鲜半岛已经开战了，伊拉克的清真寺火灾导致了更多暴动，再加上美军在当地的维和措施。巴黎地底墓穴不知为何连续爆炸,已经动摇了整座城市的地基。许多奇怪的报道指出津巴布韦人的维多利亚瀑布、巴西与阿根廷边界的伊瓜苏瀑布和纽约州的尼亚加拉瀑布都有集体自杀的事件。

伊费每听到一件事就猛地摇头——匪夷所思,就像噩梦,好像《世界大战》所描述的情节都成真了。然后他听到列车在北河隧道翻覆的新闻,曼哈顿通往外界的途径又少了一个。广播主持人继续报道墨西哥市的暴动,让伊费只能盯着收音机瞧。

"出轨。"他说。

收音机没回答他。

费特说:"她没提到时间,或许他们已经穿过隧道了。"

恐惧刺穿了伊费的胸口,他觉得很难受。"他们没有。"他知道。不是超感应,不是通灵:他就是知道。他现在回想起来,觉得逃亡计划美好得不切实际。他心头一松、头脑清楚的感觉都消失了,一阵黑烟笼罩住他的脑袋。

"我得去那边。"他转身朝费特说,他什么都看不到,只有脑中列车出轨和吸血鬼攻击的画面,"带我们过去,你可以放我下来,我要去找扎克和诺拉。"

费特没多说什么,随意操纵着船舵:"让我找个地方紧急迫降。"

伊费寻找着武器。格斯和克林原本是死对头,现在一起吃着便利店袋子里的垃圾食物。格斯用靴子把武器袋踢给伊费。

广播主持人的语气一变,他们的注意力都回到收音机上。据报道,远东的核电厂发生了意外,当地通讯社没有进一步的信息,不过有目击证人说从远处能看到蘑菇云,附近的地震仪则显示这场意外的强度达里氏六点六级。由于缺乏详细的报道,所以推测出核电意外中产生了电磁波脉冲,使得电缆都变成避雷针或天线,把所有相连的固态装置都烤焦了。

格斯说:"吸血鬼现在对我们发动核攻击了?想干掉我们了。"然后他把新闻翻译给安赫尔听,安赫尔正在修理自制的护膝夹板。

“圣母保佑。”安赫尔在面前画了十字。

费特说:“等等,核电厂意外?那堆芯会熔毁,不会爆炸。或许是核电厂气爆——就像切尔诺贝利,但不是爆炸。核电厂经过设计,所以不可能会变成核弹。”

“谁设计的?”瑟拉齐安说话的时候眼睛都没离开书本。

费特结结巴巴地说:“我不知道——什么意思?”

“谁建造的?”

“石心集团。”伊费说,“奥狄·帕墨。”

“什么?”费特说,“但——核爆炸?他就快要赢得全世界了,为什么还要这么做?”

“意外还没完呢。”瑟拉齐安说话的时候好像没有呼吸,就像在吟咏一样。

费特说:“还没完是什么意思?”

瑟拉齐安说:“还有四起。始祖在光明中诞生,堕落之光,《光之熄》——他们只能被光毁灭……”

格斯起身去站在老人旁边。这本书摊了开来。银、黑、红色的复杂曼陀罗图案。瑟拉齐安在书页上覆盖了一张描图纸,画出六翼天使的轮廓。格斯问:“这上面说什么?”

瑟拉齐安合上书,站起来:“我们必须回去找始祖,马上。”

格斯说:“好。”虽然他不知道为什么要突然改变方向。“是要把书拿给他们?”

“不。”瑟拉齐安从外套内袋里拿出药盒,用颤抖的手指拉开盖子,“他们现在拿到这本书也太迟了。”

格斯斜着眼睛说:“太迟了?”

瑟拉齐安想把硝化甘油药片拿出来,拿得很辛苦。费特于是扶着他的手,捏了一片再放到他布满皱纹的手掌里。“教授,你知道,”费特说,

"帕墨的核电厂才刚在长岛上开工。"

老人眼神涣散地看着远方,好像复杂的同心曼陀罗图案让他眼花缭乱。瑟拉齐安把药片放到舌下,闭上眼睛,等药效发作稳定心跳。

扎克在诺拉带她妈妈离开之后,便躲在月台下方脏兮兮的地板上,这是北河隧道的南向通道,他把银色利刃抱在胸前。她马上就回来了,他要听她的话。他气喘发作的声音很大,要听她的话可不容易。他现在才发现自己气喘发作了,所以他在口袋里摸了摸,寻找他的气喘喷剂。

他把气喘喷剂放在口中,吸了两下,立刻就觉得轻松多了。他觉得肺里的气息就像困在网子里的人一样。扎克焦虑的时候,那个人就好像在网子里挣扎,用力拉扯,结果把自己缚得更紧。扎克的气喘喷剂就像神经毒气,让那个人失去力气停止挣扎,这样网子就松了。

他放下气喘喷剂,抓紧刀子。帮它取个名字,这把刀就永远是你的了。教授对他说过。扎克立刻狂热地开始想名字,这样他就能集中精神,不要一直去想着隧道。

很多人给轿车取女孩的名字,枪支取小伙的名字,那刀呢?

他想起了教授,他递给自己武器的时候伸出了老迈、残破的手指。

亚伯拉罕。

那是教授的名字。

就是这把刀的名字。

"救命啊!"

一个男人的声音。有人跑过隧道——愈来愈近了,他的声音不断回荡。

"救救我!有没有人在这里?"

扎克一动也不动。他甚至没转头过去,只动了眼珠子。他听到那人踉跄跌倒,也听到其他脚步声。有人在追他。那人爬了起来,又跌倒。或是被推倒。扎克不知道那人离他多近。那人奋力一蹬,吼了一些莫名其妙的话，像疯子一样，在轨道上爬行。扎克看到他了，他在黑暗中见到一个人影，一边往前爬一边往后踹追他的那些人。他的距离近到扎克能感觉出他的恐惧。扎克把亚伯拉罕刀握好，刀刃向外。

其中一人跳到那男人的背上。他的号叫声戛然而止，其中一人东摸西摸后把手伸进他的嘴里，捏他的脸颊。愈来愈多手出现在他身上——巨大的手指扯着他的皮肤和衣服，把他拖走了。

扎克觉得那男人的疯狂气息渗入他体内了。他躺在原地，发抖到觉得自己快死了。那男人又发出痛苦的呻吟，听声音就知道那些人——那些小孩，要把他拖到另一个方向去。

扎克必须逃跑，必须去找诺拉。他还记得自己有一次在以前的小区玩捉迷藏，他躲在树丛里低矮的地方，听当鬼的小朋友慢慢数秒。他最后一个被抓到，应该说差点就是最后一个，因为后来他才晓得有一个小朋友还没被找到，他年纪比较小，后来才和他们一起玩。大家分头去找他，喊他的名字，最后所有人都不想找了，觉得他可能已经回家了。可是扎克并不这么想。他看到大家要去躲起来的时候那小朋友的眼中闪着光芒，那种近乎邪恶的神情表示猎物要比猎人更高明。这个游戏很刺激，但更重要的是你要找到最聪明的藏身之处。

对于五岁小孩算是相当地聪明，但扎克当下就晓得了。他沿着街道一直走下去，到了一个老先生家，小朋友只要经过他家后院就一定会被老先生破口大骂。前一天是收垃圾的日子，可是老先生的车道上还有个横倒的冰箱。

冰箱门已经被动过了，现在压在南瓜色的电器上。扎克拉开门，破坏封条，就看到了那个小男孩，他已经脸色发紫了。不知道哪来的神力，这个五岁小孩为了玩捉迷藏竟然可以自己关上冰箱门。小男孩没事，只不过当扎克扶他走出冰箱的时候，他吐在草坪上，老先生从屋内走出来，对他们鬼吼鬼叫还猛敲冰箱。

猛敲。

扎克爬出来，身上沾满了隧道的烟灰，然后开始往前奔。他打开摔坏的随身听，破裂的屏幕发出淡蓝色的光泽，让他可以照亮地面。他什么都听不到，就连自己的脚步声都听不到，他的惊慌已经遮蔽了听觉。他假设后面有人在追他（他可以感觉到别人的手抚上他的后颈）。不管事实是不是这样，他就当作后有追兵，不断往前跑。

他想喊诺拉的名字，可是他没喊，因为他知道这样就会泄漏他的行踪。亚伯拉罕刀的刀刃刮到了隧道墙壁，他才知道自己太靠右边了。

扎克看到前方有红色的火焰。不是火把，而是愤怒的光线，就像火光。他吓到了。他应该是要逃离危险，不是跑向危险。他放慢速度，不想往前却也不能往后。

他想起那个躲在冰箱里的小男孩。没有光线，没有声音，没有空气。

分隔墙上有一道门，扎克没空去看门上的标志。他转转门把就走了进去，回到原本的北向隧道。他可以闻到列车脱轨后摩擦产生的烟味，还有恶心的阿摩尼亚臭味。他错了——他应该等诺拉，她一定在找他，不过他还是继续跑。

前方有个人影。刚开始他觉得那就是诺拉，这个人身上有个背包，诺拉也背着背包。

不过有这样的乐观只是因为他太天真了。

那人发出嘶嘶声，马上就吓着扎克了。不过他从微弱的随身听光线中看得出来这个人和暴力攻击无关。他看着那人优雅地挥动着手臂，就知道是他在隧道墙壁上喷漆。

扎克往前一步。那人不比他高多少，他把连帽上衣的帽子拉起来遮住头。他的手肘、黑色上衣的下摆、迷彩裤、高筒帆布鞋都沾到了油漆。他正在漆墙壁高处，虽然扎克只能看到整幅壁画的一个小角落。银色的图案看起来糊糊的，这个人正在壁画的下方署名：菲德。

他动作利落，一切都发生在一瞬间——所以扎克也没发觉在完全黑暗中作画是多么奇怪的事。

菲德放下手臂,签完名后转身面对扎克。

扎克说:"嘿,我不知道你想干吗,但你最好赶快离开……"

菲德把帽子拉下来,原来他不是男孩。菲德是女孩,或她以前是女孩,应该才十几岁而已。菲德面无表情,那张不自然的脸孔根本没办法动,就像死人脸孔的面具包覆着生疮烂脓的血肉。她的皮肤在扎克的随身听光源的映照下,看起来像腌肉般苍白,就像标本罐里的病死猪。扎克看到她的下颚、颈子和上衣有一抹红色的痕迹。那不是喷漆的颜色。

扎克听到他背后有尖叫声,他转过身,然后发觉自己不该背对吸血鬼,又立刻转回来。他转回头面对菲德的时候举起手中的刀子,却不知道菲德已经冲到面前了。

亚伯拉罕刀的利刃直接刺进菲德的咽喉。扎克立刻把手收回来,没想到自己酿成了悲剧,白色液体汩汩地从菲德的颈子流出来。菲德的眼珠子一转,看起来很恐怖,扎克还没意识过来就朝她的咽喉又刺了四刀。喷漆罐被菲德的腿一压,不断地嘶嘶作响,最后掉到了地上。

吸血鬼倒在地上。

扎克站在那里,凶器就握在手上,他持着亚伯拉罕刀,就好像他弄坏了玩具却不知道要怎么放下来。

其他吸血鬼的脚步声让他惊醒过来,虽然看不见他们,可是他感觉得到黑暗中吸血鬼咄咄逼近。扎克放下发亮的随身听,蹲下来拿起银色的喷漆罐。他把罐子握在手中,指头按在喷嘴上,两个像蜘蛛一样的年幼吸血鬼叫喊着,从黑暗中奔向他,口中的螯针不断弹出来。他们移动的方式不正常到无法形容,如此敏捷,脱臼的手臂和膝盖让他们把小孩的弹性发挥到极致,一般人根本不可能把身子伏那么低,紧贴着地面移动。

扎克瞄准他们的螯针。他用喷漆把他们两个喷得满脸都是——嘴巴、鼻子、眼睛——而他们根本都还没靠近扎克。他们眼睛上已经生了一层薄膜,喷漆就黏在上面,遮住了视线。他们连连后退,想要用过大的手掌把眼睛擦干净,却没有办法。

这是扎克突击索命的机会——可是,他知道还会有更多吸血鬼过来,所以他拿起发亮的随身听,趁吸血鬼被喷漆之后还没办法用其他感官侦查他的位置就赶快逃跑。

他看到阶梯和一道贴了警告标志的门。门上了锁,可是没有门闩,没人料到水平面之下会有盗贼,所以扎克把亚伯拉罕刀的前端插进门缝里,设法开门。门里头都是即将变态成吸血鬼的人,让他吓了一跳。他没看到其他门,惊慌失措,以为自己被困住了。不过地板上方约一米处有个修理槽,从左边的墙壁伸出来,转个弯连接到机械上。扎克冒险看了一眼,没看到对面的墙。他想了一下,把随身听放在地上,明亮的屏幕朝上,反映着管道的金属底部,他滑进管道下面,就像游乐场里的桌上空气曲棍球得分的时候黑色的球滑进得分孔里。往上发亮的屏幕照着地面,他爬了一阵子才停下来,碰到很硬的东西。扎克看到光线不再反射到管道上。

扎克没迟疑,他蹲下来趴着,钻到管道底下再开始往外爬,一开始爬就发现他既然背部都已经脏了,仰躺着爬会比较快。他开始动作了,头朝行进方向,沿着狭窄的空隙爬了约五十米,地面经常会钩到他的上衣或卡住他的背部。最后,他的头来到一个空旷处,管道在这里往上弯,旁边还有一道梯子。

扎克又拿起随身听,让光源亮起来,他什么都看不到,可是他能听到管道里碰撞的回音:幼童吸血鬼跟着他的路线过来了,他们移动起来轻松得很不寻常。

扎克攀上楼梯,手中仍握着喷漆罐,亚伯拉罕刀则插在皮带里。他手脚并用地爬上铁梯,管道里的回音愈来愈大。他停下来,手肘钩着铁梯,从口袋里拿出随身听想看看身后的情况。

随身听在他的掌中一松,他用力一抓,差点从楼梯滑下来,最后他只好看着随身听往下坠。

发光的屏幕一边翻转一边往下坠落的时候照亮了一个正在沿着阶梯往上爬的人影,那是这场捉迷藏中的邪恶玩伴。

扎克继续爬,没想到自己能爬那么快。不过永远都不够快。他觉得整个梯子都在晃,停下来转身。时机刚刚好,那个吸血鬼小孩已经到他脚跟了,扎克用喷漆罐攻击,让对方吓了一跳,视线变得模糊——扎克用脚跟踹了好几下,直到他一边尖叫一边摔下梯子。

他继续爬,希望自己不必一直回头看,随身听在深处的地板上变成一个小光点了。梯子现在摇得更厉害了,愈来愈多人都攀上了铁梯。扎克听到狗吠声(闷闷的,从外面传来),知道自己离出口不远了。这让他精神一振,加速往上爬,一直爬到平坦、圆形的屋顶。

检修孔盖。底部很平滑,通往隧道外所以很冷。地表的世界就在那上面。扎克用掌根用力推,他使劲了全力。

没有用。

他感觉到有人靠近了,沿着楼梯爬上来,就盲目地往后一喷。他听到一阵呜咽声,又往下一踢,不过那怪物没马上摔下去。他撑在那里,晃呀晃的。扎克再用腿往下踹,这次有只手抓住了他的脚踝。那手掌很烫,手劲很强。一个孩童模样的吸血鬼挂在他身上,想办法要把他扯下去。扎克扔掉喷漆罐,他得双手并用才能抓紧梯子。他又一踢,想踩烂那怪物在铁梯上的手指,但对方死撑着,最后才终于在尖叫声中松了手。

扎克听到他的身体砸到深处的地面。

他还来不及反应,另一个怪物就追了上来。一个吸血鬼,扎克感觉到她的热度,闻到她的腐土味了。有只手扣住他的腋窝,钩着他,把他拖上检修孔。那怪物用肩膀用力撞两下就松开了检修孔盖,往旁边一推。她爬上了冷冽流通的空气中,把扎克拽上来。

扎克抽出腰际的匕首,要拔出来的时候差点切断皮带,可是吸血鬼的手紧紧抓着他的手,用力捏,困住他。扎克闭上眼睛,不想看到那怪物。那只手虽然立刻抓紧他,却没有动,好像在等待什么。

扎克睁开双眼,慢慢抬起头,见到那张恶毒的脸时内心畏惧得要死。

她的双眼红得如火烧，脸旁的头发死平扁塌。肿胀的喉咙凸出来，螫针弹着脸颊的内侧。扎克的畏惧表情让她产生某种吸血鬼的渴望和怪物的满足感。

亚伯拉罕刀从扎克的手中溜走了。

他说：

“妈。”

他们偷了两辆饭店礼宾车开到中央公园里的大楼，一路上都没碰到军队盘查。中央公园里面没有电力，所以电梯也不能用。格斯和泽西宝蓝帮走楼梯，可是瑟拉齐安没办法爬到楼顶。费特没主动说要背他，瑟拉齐安自尊心很强，不愿意被看轻。这道障碍看起来无法突破，瑟拉齐安还捧着银书，看起来比过去更苍老。

费特注意到电梯很老旧，梯门还是伸缩栅栏型的。他凭着直觉去找楼梯间附近的门，发现墙边有一座小型的升降梯。瑟拉齐安没出言反驳，就把拐杖递给费特，爬进狭小的升降梯内坐着，把书放在膝盖上。安赫尔用力拉滑轮，速度稳定地把他给送上去。

瑟拉齐安搭着棺材般的小升降机在黑暗中穿越建筑物往上，手就搁在古老厚书的银色封面上。他努力平顺呼吸、稳住心跳，可是他的脑海里一直在点名：他想起被他屠杀的吸血鬼的每一张脸孔，他曾经泼洒出的白血，他从受诅咒的吸血鬼体内释放的血虫。这些年来他始终无法理解地球上为什么会有这些怪物，吸血鬼始祖究竟从何而来，是什么样的邪恶行为创造出这些妖怪。

费特到了还没完工的顶楼，找到了升降梯的门。他打开门，看到瑟拉齐安好像有点晕眩地转过身，用鞋底先碰碰地面，才跨出来。费特把手杖递给他，老人眨眨眼看着费特，好像几乎不认得他了。

往上走几级，通往顶楼房间的门半开着，那房间里空荡荡的。格斯带头走进去。昆蓝和两个猎人站在入口的两侧，看着他们走进去，没有搜身也没有多问。走过他们身后,始祖就和以前一样如雕像般站着,低头俯瞰堕落的城市。

在绝对的寂静中,昆蓝站在房间对面那扇狭窄的乌檀木门旁边,始祖的左方远处。费特马上发现这里只有两位始祖。原本第三位始祖总是站在最右边,如今那个位置现在只剩下一个小小的木制骨灰坛,里面装了一堆白灰。

瑟拉齐安往始祖走近,上次他来求见的时候吸血鬼猎人不让他走那么近。他停下脚步的地方很靠近房间中心。一枚照明弹划过中央公园的上方,照亮了这个房间,让他们看到剩下的两位始祖和镁一样白。

瑟拉齐安说:"这么说来你已经知道了。"

没有回应。

"除了萨铎之外——你们有六位始祖,三个在旧世界,三个在新世界。六个出生地。"

只有人类会出生。应该说是六个发源地。

"其中一处是保加利亚,然后是中国。但你们为什么不守卫这些地方?"

或许是出于傲慢,或者类似的想法。等我们知道自己深陷险境时,已经太迟了。年轻的他欺骗了我们。切尔诺贝利只是个幌子,那是他的发源地。长期以来,他一直保持安静,靠腐肉维生。现在他先发制人——

"那么你知道你们命数已尽。"

紧接着,左边的始祖在一阵细微的白光中蒸发,化为烟尘,在一阵炙烧的声音中落地,就像高声的悲叹。房间里的所有人类都惊愕不已,又激动又觉得很诡异。

突然间,两个吸血鬼猎人也一起消失了。他们变成比烟更细的雾,没有留下尘或灰——只有衣服掉到了地上落成一堆。

始祖和他的血脉都一起走了。

血祖要独自控制地球,所以把唯一的敌人都消灭了,是这样吗?

讽刺的是:这是我们一直以来的计划。让牲口建立自己的畜栏,打造自己的武器,找到自我毁灭的理由。我们通过主宰地球的物种来改变地球的生态系统。一旦温室效应无法逆转,我们就会现身掌权。

瑟拉齐安说:"你们本来要把这个世界变成吸血鬼的巢穴。"

核战争爆发后,地球上的空气中烟尘弥漫、遮蔽天日、天寒地冻,就叫做核冬天。那是最完美的环境,夜长日短。我们可以在地表生存,因为大气层被污染后就能遮蔽日光。我们就快到那一步了,可是他预见了这情景。他预见了:只要我们达到这目标,他就必须和我们分享这座行星和地球上丰富的食物。这不是他要的。

"那他要什么?"瑟拉齐安问。

痛苦,年轻的他想要他能获得的各种痛苦。并且要快,他不能停。这种瘾……其实,这种对痛苦的饥渴,根深蒂固地存在于我们体内……

瑟拉齐安又往最后一位始祖靠近了一步:"快,如果破坏你的发源地就能杀死你——那对于他也是。"

既然你知道这书里写什么了,就必须学着去诠释……

"破坏他的发源地?是这样吗?你提到了切尔诺贝利——"

你相信我们是终极的邪恶,是毒害人类的恶瘤。你觉得我们会腐坏人类世界,但我们却是让一切能完整的黏着剂。现在,你将承受我们这些真神的鞭笞了。

"除非你先告诉我他的罩门在哪里——"

我什么都不欠你,我们结束了。

"那就为了复仇吧。你站在这儿的当下,他就在准备要消灭你呀!"

一如往常,你们人类的眼界还是很狭小。这场战争已败,但没有任何人被消灭。无论如何,他既然已经摊牌了,你就可以确定他一定已经保护好他的发源地了。

瑟拉齐安举起书:"就在这里,我很确定,但我需要时间去解码,而我却没有时间。"

塞杜姆,阿穆拉。

“那是什么？我不懂。”

没有人生下我们或创造我们,是暴行播下了我们的种,违反了高等的秩序。我们就是残暴。种子一旦播下就会成熟。

“那他有什么不同。”

只是比较强壮。他就和我们一样,我们就是他——但他不是我们。

瑟拉齐安又要开口时,始祖转瞬就移动到了他面前,他的头和脸都已经被岁月抚平了,五官都磨光了,赤红的双眼下陷,鼻子不过就是一块隆起的肉团,向下瘪的嘴巴打开来后是毫无牙齿的黑洞。

有件事你一定得做。收集我们遗体所化成的每一颗微粒,放在纯银和白桦制成的骨灰坛里。这对我们,也对你们很重要。

“为什么？告诉我。”

白桦,一定要,瑟拉齐安。

瑟拉齐安说:“除非我确定这样做不会造成更多伤害,否则我不会做。”

你会照我的话做,到了这节骨眼已经没有更多伤害了。

瑟拉齐安认为始祖所言不假。

费特在瑟拉齐安身后说。“我们会存放好——然后存放在垃圾桶里。”

始祖的眼光落在瑟拉齐安后方的捕鼠员,看了他好一阵子。他轻蔑的眼神里又有了一点同情。

塞杜姆,阿穆拉。还有他的名字……我们的名字……

然后他就消失了,发出一道白光和一阵能量,最后一位新世界始祖化为白雪般的灰烬散落。

最后的吸血鬼猎人好像在痛苦中扭曲变形——然后在衣服中散逸为蒸汽。

瑟拉齐安感觉有一阵空气拂上他的衣服,然后消退了。

他身子一弯，撑着手杖。已经没有始祖了，但更强大更邪恶的血祖还在。

眼看着始祖化为原子，他也瞥见了自己的宿命。

费特站在他身边。“我们接下来要怎么做？”

瑟拉齐安发出声音。“去收集他们的灰。”

“你确定吗？”

瑟拉齐安点点头。“先装起来，晚点再用纯银和白桦的容器。”

他转头找格斯，发现那个吸血鬼杀手用银剑的尖端翻查着吸血鬼猎人的衣服。

格斯在房间里找昆蓝（或他的遗体），但始祖的首席猎人却怎么找都找不到。

房间左边底端的窄门，也就是他们进来之后昆蓝就靠过去的那扇乌檀木门却半开着。

格斯想起始祖在他们第一次见面时说的话：

他是我们最优秀的猎人，既有效率又忠诚，在许多方面都绝无仅有。

难道昆蓝逃过一劫了吗？为什么他没和其他吸血鬼一样分解？

“怎么了？”瑟拉齐安走近格斯时问。

格斯说：“有个猎人，昆蓝……他没留下任何踪迹……”

“已经不重要了，你已经自由了，”瑟拉齐安说，“不被他们控制了。”

格斯回头看着老人说：“我们都自由不了多久了。”

“你可以乘机释放你妈妈。”

“如果找得到她的话。”

“不，”瑟拉齐安说，“她会来找你。”

格斯点点头：“所以——一切都没变。”

“有。如果他们成功逼退血祖的话，就会让你变成他们的猎人，你逃过了一劫。”

“我们该分开了，”克林说，“如果你没弄错的话。我们现在知道线索了，似乎可以继续原本的工作，但我们都要去和家人会合。或者，我们也不必去找家人。不管怎样，我们要去守护一些地方。格斯，如果你需要泽西宝蓝帮，你知道可以去哪里找我们。"

克林和格斯握手。安赫尔不确定地站在一旁，他打量着帮派领袖，又看看其他人。他对格斯点点头，这个高大的摔跤手决定留下来。

瑟拉齐安说："你已经不需要我了，但我还有件事要拜托你。"

"尽管说吧。"

"送我一程，快马加鞭。"

"我最擅长飙车了。这栋鬼屋下面的车库里还有更多悍马车，那些车子总不会跟着蒸发了吧。"

格斯离开去开车了。费特在隔壁房间的柜子抽屉里找到了一个公文包，里面装满了现金。他把纸钞拿出来，这样安赫尔才有东西可以装始祖的灰。他听到大家和格斯的对话："我想我知道我们要去哪里。"

"不。"瑟拉齐安看起来还有点心不在焉，半个人都飘走了，"只有我知道。"他把《光之熄》和他的笔记本交给费特。

"我不要这个。"费特说。

"你一定要接下来，并记住**塞杜姆，阿穆拉**。费特，你记起来了吗？"

"我不需记下任何事——我和你一起走。"

"不，这本书现在是关键。一定要保护它，不能被血祖的爪牙得到。我们不能失去这本书。"

"我们不能失去你。"

瑟拉齐安摇头否认："我已经差不多了。"

"所以才特别需要我在你身边。"

"**塞杜姆，阿穆拉**。念一遍。"瑟拉齐安说，"这是你可以为我做的事。念给我听——让我知道你记得这几个字……"

"**塞杜姆，阿穆拉**。"费特顺从地说，"我记得了。"

瑟拉齐安点点头："这个世界的环境会变得很艰难，几乎没有希望。

你要保护这几个字——和这本书,就像保护火种一样。仔细研读,解读的线索就在我的笔记里。他们的天性,他们的起源,他们的名字——全都在……”

“你知道我连硬币的正面反面都分不清楚——”

“那就去找伊费,你们一起。你一定要现在去找他。”他的声音变了,“你们两个必须待在一起。”

“我们两个联手也比不上你一个。把这本书交给格斯,让我保护你,拜托……”现在捕鼠员的眼眶里已经盛满了泪水。

瑟拉齐安畸形的手掌捉着费特的前臂,但力气很小:“费特,现在这是你的责任了,我绝对信任你……要勇敢。”

银色的封面摸起来很冰冷,他终于因为老人的坚持接下了这本书,就像一个不情愿的子嗣在长辈死前把他的日记接到手中。“你要怎么做?”费特知道以后见不到瑟拉齐安了,“你能做什么?”

瑟拉齐安放开费特的手臂:“孩子,只有一件事。”

就是那个词,“孩子”,触动了费特内心最深处。他哽咽地吞下苦痛,看着老人向前去。

伊费觉得自己大概在北河隧道里跑了十五公里。他只能靠费特的单孔夜视镜引导,看着原地绿色的列车轨道。进入哈德孙河下方真是疯狂失常的旅程。伊费头晕发狂而且上气不接下气,他开始看到平交道旁边有发着荧光的白色污迹。

他提早放慢速度,所以有时间从背包里抽出光杖。紫外线灯一开周围立刻绽出五颜六色,全是吸血鬼的排泄物。痕迹都很新,阿摩尼亚的臭味熏得他眼泪都要流出来了,这么多排泄物表示他们刚刚吃了大餐。

伊费一直跑,直到他看见脱轨列车的最后一节车厢。没有声音,一切都是静止的。伊费绕到右侧,看着前方车头或第一节车厢出轨后停在隧道墙边。他走进一道开启的门,登上了黑暗的列车。从绿色的夜视镜里他看到大屠杀的痕迹。尸体堆在椅子上,或成叠地躺在地上。他们在下一个日落就会变成吸血鬼醒来。没时间一一解放他们了。也没时间一个个去检查他们的长相。

不,他知道依照诺拉的机灵,他们绝对不会死在这里。

他跳出车厢,沿车身绕一圈,看到吸血鬼潜伏在一旁。有四个,一边两个,他们的眼睛在夜视镜里像玻璃珠一样闪亮。他的光杖让吸血鬼先是一怔,然后慢慢后退,但饥饿的脸孔仍斜眼盯着他,让他经过。

伊费才不会傻傻走过,他走到两组吸血鬼中间,数到三就伸手往后抽出背包里的剑,横刀转圈。

吸血鬼靠近的时候他就先劈了头两个,然后追着倒退逃逸的那两个,毫不迟疑地杀了他们。

他们的尸首还没掉落到轨道上,伊费就走回那一摊未干的吸血鬼粪便旁。有条痕迹一直拉到左侧的墙壁,延伸到往曼哈顿的轨道。伊费循着漩涡般的颜色,穿过阴暗的隧道,忽视恶心的感觉。他走过两具被劈砍过的尸体(紫外线灯映照下的亮光表示那是吸血鬼尸体流出来的白血),然后就听到了一阵吵闹。

他看到有扇门前聚集了九到十个怪物,他们一察觉到他就散开来。伊费用光杖一扫,以免有吸血鬼溜到他背后。

伊费对自己说:那扇门,扎克在里面。

他像个杀人犯,在吸血鬼还没办法联手突击前就大开杀戒。又砍又烧。他的残暴兽性比吸血鬼的更强,身为人父的责任感远胜于他们对血液的渴求。他要为了儿子的性命而战,对一个身处危险边缘的父亲来说,杀戮很急速,杀戮很容易。

他走到门边,用沾满白色黏液的剑刃敲得那扇门乒乓响。“扎克,是我! 开门!”

门内紧握着门把的手松了开来,伊费甩开门。诺拉站在那里,大眼睛就和手中的照明弹一样亮。她盯着他瞧了好一会儿,好像在确定这是伊费(人类的伊费),然后才奔向他怀中。诺拉的后面有个人穿着家居袍坐在箱子上,眼神悲凄地看着角落,那是诺拉的妈妈。

伊费环抱着诺拉,尽量不要让剑刃碰到她。然后,他发现这储藏室里没其他人了,他用力一推。

"扎克呢?"他说。

格斯撞开外门,冷却塔的黑影在远方浮现,有如蜃影。动态感应监视摄影机安装在白色柱子的上头,就像长矛的尖端,可是他们的悍马车经过时摄影机却没追踪。这条路又漫长又曲折,他们一路上都没碰到任何人。

瑟拉齐安在驾驶座上,手抚着心口。高耸的围墙上装了铁刺网,冷却塔吐着像烟一样的蒸汽。灭绝营里的回忆一幕幕闪过他的脑海,让他晕眩想吐。

"联邦政府。"安赫尔在后座说。

国民军的卡车就停在场内管制区域的入口。格斯放慢车速,等着国民军士兵给他指示,然后他会再想办法违背。

格斯没等到对方指示,所以就开到门边停车。他没熄引擎就走下悍马车去查看第一辆卡车,空的。第二辆也是空的,不过挡风玻璃和仪表板上有红色血液洒溅的痕迹,前座的一摊血已经干了。

格斯走进卡车后面,掀开帆布。他对安赫尔挥挥手,他就一跛一跛地走过来了。他们两个一起看着整排的轻武器。安赫尔拿了两把冲锋枪分别挂在宽阔的肩膀上,手中再握着步枪。其他的弹药都装进他的口袋和衣服里。格斯拿了两把柯尔特冲锋枪回悍马车上。

他们穿过卡车直接来到第一排建筑物前。瑟拉齐安一下车就听到隆隆的引擎声,那是柴油备用发电机在支撑发电厂。备用安全系统自动运转,避免废弃的反应堆失控。

在第一排建筑物里,他们碰到了已变态的军人——疲惫的吸血鬼。

格斯抢在前头，安赫尔一跛一跛地殿后，他们经过这些冤魂身边，不需任何工夫就轻松收拾了他们。子弹逼得吸血鬼连连后退，可是他们一直到被斩首后才罢休。

“你知道要去哪吗？”格斯转过头问。

“我不知道。”瑟拉齐安说。

他经过一个又一个检查哨，写上愈多禁止进入的门就愈可能是他的目的地。这里没有军人变态成的吸血鬼，只有核电厂工作人员充当警卫和哨兵。瑟拉齐安碰到愈多阻碍就知道自己愈靠近主控室了。

瑟拉齐安。

老人扶着墙壁。

血祖，在这里……

血祖在他脑袋里的“声音”比始祖更具威力。就像有只手抓着他的脑干，轻松一转就能扭断他的脊椎。

安赫尔用肥厚的手掌搀扶着瑟拉齐安，叫格斯。

“怎么了？”格斯担心瑟拉齐安心脏病发作。

他们没听到，血祖只对瑟拉齐安发声。

“他就在这里，”瑟拉齐安说，“血祖。”

格斯充满警惕地看着这个方向：“他在这里？太好了。我们去解决他。”

“不，你不懂，你还没面对过他。他不像始祖，这种枪对他没用。他可以像跳舞一样闪避子弹。”

格斯在冒烟的枪支上装满子弹：“我已经走到这一步了，什么都不怕。”

“我知道，但你这样没办法打败他。你在这里发挥不了作用，而且杀人的武器对他也没用。”瑟拉齐安整整背心，站直身子，“我知道他要什么。”

“好。他要什么？”

“只有我能给他的一样东西。”

“是那本烂书吗?”

“不。格斯,听我的话,回曼哈顿去。如果你现在离开,还有希望及时逃走。尽力去找伊费和费特。无论如何,你要尽量潜入地下,愈深愈好。”

“我没办法阻止核连锁反应,但——我或许可以影响吸血鬼增生的连锁反应。”

警铃响起(震耳欲聋的鸣声每隔一秒就响一次),让安赫尔吓了一大跳,他看看走廊的两端。

“我猜是备用发电机快坏了。”瑟拉齐安说。他抓着格斯的上衣,嗓子盖过刺耳的警铃,“你想在这里被活活煮熟吗?你们两个——快走!”

格斯和安赫尔留在原地,年迈的瑟拉齐安则往前走去,从拐杖中抽出银剑。格斯看着另一个老人,现在这个衰疲的摔跤手由他照顾了。安赫尔满身大汗,睁大了眼睛,露出不确定的神情,等着格斯告诉他接下来要怎么做。

“我们走,”格斯说,“你也听到他的命令了。”

安赫尔硕大的手臂拦住他:“就把他留在这里?”

格斯用力摇摇头,知道怎样讨论都没有好答案:“我能活到现在都是因为他。对我来说,不管当铺老板说什么,做就对了。现在我们尽量离这里愈远愈好,除非你想看到自己的白骨。”

安赫尔仍看着瑟拉齐安的背影,被格斯拖走了。

瑟拉齐安进入主控室,看到一个怪物独身站在一排控制仪器前,他身着老旧的西装,看着测量仪的指针因为系统故障而往下掉。主控室里每个角落的红色紧急信号灯都在闪,不过警铃声已经被关闭了。

艾希霍斯特只把头转过来,用红色的双眼锁定昔日灭绝营里的囚徒。他脸上毫不在意——那张脸无法呈现细微的表情,就连大一点的反应,例如惊讶,也几乎看不出来。

你来得正好。他说,然后又转回去看屏幕。

瑟拉齐安持剑在身侧,走到他后面。

我想我还没恭喜你中标赢走了那本书。真是高招啊,竟然通过帕墨来将了我们一军。

“我本以为会在这里见到他。”

你不会再见到他了。他没实现伟大的梦想,正因为他不明白他的目标不重要,血祖的才重要。你们这种生物啊,还有你们可悲的希望啊。

瑟拉齐安说:“为什么是你?为什么他还把你留在身边?”

血祖从人类身上学习,这就是他如此卓绝的主要因素,他会观察。你们这个种族让他看到了你们自己最终的出路。我只看到成群的牲畜,但他观察到了行为模式。他会认真听你们说的话,而我怀疑就连你们都不知道自己在说什么。

“你是说他从你身上学习?学到了什么?”瑟拉齐安用力捏着剑柄,艾希霍斯特转身。他看着以前的灭绝营指挥官——突然明白了。

要建立、管理一个有效运作的灭绝营可不容易。需要特别的人类智能才能监督灭绝营有系统地以最高效率摧毁一个民族,他汲取的就是我这一项知识。

瑟拉齐安懂了,他觉得自己的血肉好像正从骨骼上剥离。

灭绝营,人类的养殖场。遍布全美国、全世界的饮血机。

从某个方面来说,瑟拉齐安一直都知道这一点。他始终都知道,可是从来不愿意相信。他第一次在特雷布林卡的营区里见到血祖时就从他的双眼里看出来了。人类对其他人类泯灭人性,刺激了这个妖物对浩劫的渴欲。人类,通过自己的暴行写下了最终将遭受报应的宿命,欢迎血祖的到来,就像早就写好的预言。

整栋大楼一震,一整排屏幕都没画面了。

瑟拉齐安清清喉咙,出声说:"你的主人在哪里?"

他无所不在,你不知道吗?此时此刻,就在这里看着你,通过我。

瑟拉齐安做好准备,往前一步。他的目标很清楚。"他一定对你的手艺很满意,但你现在对他没什么用了,不比我好多少。"

你太低估我了,犹太人。

艾希霍斯特跃上旁边的控制台,好像毫不费力就离开了瑟拉齐安的攻击范围。瑟拉齐安扬起银剑,尖端对准纳粹军官的咽喉。艾希霍斯特双臂垂在身边,极长的手指摩擦着掌心。他佯装攻击,而瑟拉齐安反击了,丝毫不留情。老吸血鬼跳到另一部控制台上,鞋子践踏着这机电要地里的按钮。瑟拉齐安转身追他,直到自己蹒跚不前。

拐杖型的木质剑鞘还抓在手心,瑟拉齐安用畸形的指节按着胸口,护着心脏。

你的脉搏最不规律。

瑟拉齐安表情痛苦地左摇右晃。他夸大了难受的模样,却不是为了艾希霍斯特。持剑的那条手臂已经酸软下垂,但他仍把剑刃举得老高。

艾希霍斯特跳下地板,看着瑟拉齐安的表情很像在回忆往事。

我再也没感受过心脏的跳动,和肺部的呼吸了。人类的身体就像劣质零件组装的时钟慢慢地滴答响。

瑟拉齐安靠着控制台,等力气恢复。

你宁愿死也不要以更好的形式活下去?

瑟拉齐安说:"宁愿死的时候是人,也不要活的时候是怪物。"

你难道看不出来,对其他低等生物来说你是怪物吗?是你们把地球占为己有的,现在换血虫了。

艾希霍斯特的双眼闪烁了一下,眨眼的时候眼睑变得很薄。

他命令我来转化你。我对你的血一点也没兴趣。正统希伯来人的血液已经是古董了,尝起来咸咸的,又有矿砂的味道,就和约旦河一样。

“你不会转化我的,就连始祖都没办法转化我。”

艾希霍斯特往旁边移动,还不想缩短两人之间的距离。

你的妻子很挣扎,可是她一直没哭出来。我觉得很奇怪,就连啜泣都没有,只说了一个词:“亚伯拉罕。”

瑟拉齐安允许自己受到刺激,希望吸血鬼再靠近一点:“她看到了结局,她在当下得到了安慰,知道我有一天会为她复仇。”

她喊了你的名字,而你却不在。我不确定你最后会不会大叫出来。

瑟拉齐安放下刀刃前,几乎要单膝跪下了,他用剑尖抵地当作拐杖才不至于摔倒。

放下武器吧,犹太人。

瑟拉齐安举起剑,改成手掌向下的方式握剑,才能检视银刃的线条。他看着狼头,感觉沉甸甸的,这样持剑的力量才能平衡。

接受你的命运。

“啊,”瑟拉齐安看着站在几步之外的艾希霍斯特,“但我已经接受了。”

瑟拉齐安把他所有的一切都赌上了。长剑划过两人之间的空气,刺穿艾希霍斯特的身体,那位置就在胸腔的下方,躯干的正中央,背心的纽扣中间。那吸血鬼往后一倒,靠在控制台上,双手往后撑,作势要稳住身体。杀伤力强大的银剑就在他体内,可是他不能拔出剑刃。银致命的消毒威力往外扩散,就像成长迅速的癌细胞,艾希霍斯特开始扭来扭去。白色的血液在剑刃周围冒出来,带着第一波逃命的血虫。

瑟拉齐安爬起来,摇摇摆摆地站在艾希霍斯特面前。这么做没有带给他胜利的荣耀,也几乎没有满足感。他很确定吸血鬼的双眼聚焦在他身上(因此,血祖也正在看着他),所以他说:“你通过他从我身边夺走了我的爱。现在你要自己来转化我了。”然后抓紧剑柄,把剑慢慢从艾希霍斯特胸口抽出来。

吸血鬼往后倒回控制台边,双手仍在空中抓呀抓的。他滑到右侧,僵硬地落下。瑟拉齐安衰弱无力地计算艾希霍斯特往下跌的轨迹,剑尖抵着地板,剑身成四十五度,断头台的角度。

艾希霍斯特身体往下坠,脖子经过锐利的刃口,纳粹军官就被摧毁了。

瑟拉齐安用吸血鬼的大衣袖子擦拭剑刃的两面,清洁完毕,就往后退到血虫扩散的范围外,愈来愈多血虫从艾希霍斯特的断颈逃出来了。他胸口纠结,伸手要去拿药盒,正要用变形的双手打开时,就把药丸全撒在主控室的地板上了。

格斯在安赫尔前方先走出核电厂,走入末日的模糊阴暗里。在一阵一阵警铃巨响之间,他听到死亡般的沉静,发电机已经停摆了。他察觉到空气中有低电压漫射,就像静电,但也可能只是因为他知道接下来会发生什么事。

然后,有个熟悉的声音划破空气。直升机。格斯发现亮光,看到直升机在冒烟的高塔后方盘旋。他知道那不是救兵。是要来接血祖离开,这样他才不会和长岛一起化为灰烬。

格斯爬进国民军卡车的后方。他之前看到了毒刺导弹,不过当时只拿走了轻武器。他只需要一个理由。

他拿出导弹,检查了两次,确定导弹的正面没对错方向。导弹架在他肩膀上平衡得刚刚好,没想到能击落飞机的武器竟然这么轻,或许才十几公斤。他跑步经过跛行的安赫尔身边,到了大楼的侧面。直升机愈飞愈低,准备在宽阔的空地降落。

他一下就找到扳机了,瞄准孔也找到了。他从瞄准孔看出去,导弹一侦测到直升机排放废气的热度就发出像口哨一般的高频音。格斯紧扣扳机,将导弹从发射器中射出去。发射引擎先脱离,主体固态火箭引擎点燃后,毒刺就像一缕烟雾沿着航线飞了出去。

那架直升机根本没预料到。导弹在距离地面数百米处击中直升机,那架航空器就立刻爆炸了，震波把破裂的直升机往上推，之后机身在旋转中落入了附近的树丛里。

格斯把空的发射器扔掉，那真是火力十足。这样他要走到水边的路线都亮了。长岛湾是回家最快速、最安全的路线。

在火焰微光映照下，格斯和安赫尔开始对话。他从这老迈摔跤手的脸上感觉得出来，他有了改变。

“我要留下来。”安赫尔说。

格斯想解释，其实他对核电厂也不是很懂：“这整个地方都要炸了，这是核弹。”

“我不能打斗到一半退场。”安赫尔拍拍腿，用文字和手势表示他很认真，“而且，我以前来过。”

“这里？”

“在我的电影里，我知道结局会怎样。坏人面对好人，好像一切都毁了。”

“安赫尔。”格斯说。他得走了。

“最后总能救回这一天。”

格斯注意到前摔跤手的表现愈来愈不合逻辑了，吸血鬼围城慢慢改变了他的想法、他的观点：“那不适用于这里，不适用于他们。”

安赫尔从正面口袋深处拿出一件衣物，套在头上，拉下银面罩，只有眼睛和嘴巴露出来。“你走。”他说，“回到岛上，和医生一起。就照老人说的话去做。我呢？他没打算拿我怎样，所以我留下来打斗。”

疯狂墨西哥人的勇气让格斯扬起微笑。他第一次认出安赫尔来，他一切都搞懂了——这老人的力气、他的胆量。他小的时候在电视上看过他所有的电影。周末时，他们会一部片接着一部片不停地看下去。现在他就站在自己的英雄偶像旁边。“这世界真他妈的王八蛋，对不对？”

安赫尔点点头说：“但我们只有这个世界。”

格斯突然很爱慕这个无路可走的同乡，他的电影偶像。他拍拍大个子的肩头时，眼中的泪水往上涌："银天使万岁，浑球！"

安赫尔点点头："万岁！"

就这样，安赫尔转过身，一跛一跛地走向注定要毁灭的核电厂。

紧急信号灯闪烁个不停，控制室里的警铃都切成静音了。墙上控制仪器一闪一闪，要人类采取行动。

瑟拉齐安跪在地上，面对艾希霍斯特僵硬的尸体。艾希霍斯特的头颅几乎滚到了角落。瑟拉齐安口袋里的一面镜子破了，他用玻璃后面的银色底面杀死朝他进攻的血虫，用另一只手设法捡起地上的药片，可是他的手指严重变形，关节又严重发炎，没办法做出捏的动作。

这时，他感觉到一个存在突然到来，控制室里原本紧张的气氛随之改变。没有烟雾，没有雷电，却比任何舞台特效都更慑人心神。瑟拉齐安不必抬头就知道血祖来了——可是他仍抬起头从黑色斗篷的下摆仰头看着那张盛气凌人的脸孔。

他的皮肤层层剥落，连皮下组织都看得到，好几块皮都被太阳烤熟了。他是身上带着黑斑的火红野兽，眼中的红光血色更浓。血虫在他皮肤下面循环，就像神经在疯癫的时候不断抽搐。

结束了。

血祖抓住瑟拉齐安的狼头手把，以免老人夺剑。这个怪兽检查银刃的模样就像人类检查热烫发亮的火钳一般。

这世界是我的。

血祖的动作快如魅影，他从瑟拉齐安另一侧的地板上拾起木鞘，把剑刃收进中空拐杖的剑鞘里，大手用力一转就把手杖转紧了。

他接着把拐杖的底端放回地上，过长的拐杖正适合他。当然啰：这拐杖以前的主人就是巨人萨铎，而血祖现在就寄生在萨铎的身体里。

反应堆堆芯的核燃料已经开始过热、熔化了。这座发电厂虽然有现

代化的预防措施，可是这些自动设备也只能拖延一点时间，会发生的躲不掉。堆芯熔毁晚点就会发生，第六位始祖的发源地就会被摧毁，那是我的族群的最后一名成员了。累积的蒸汽会造成反应堆灾难性的爆炸，喷出大量辐射尘。

血祖拿拐杖的底端戳戳瑟拉齐安的肋骨，老人听到骨头断裂的声音，感觉到肋骨裂开，在地上缩成了一团。

瑟拉齐安，当我的影子笼罩在你身上时，它也笼罩在这颗行星上了。我会先感染你们的族群，再感染整个地球。你们这半阴暗的世界还不够。我期待了多久，才等到这永恒的黑暗啊。这颗温暖、蓝绿色的巨石将在我的股掌之间瑟缩发抖，变成冷冽漆黑、腐败变质的雾淞石。人类的黄昏是血祭的曙光。

血祖的头转了几度，朝门的方向看。他不紧张，也不恼怒，反倒是很好奇。瑟拉齐安也转过头，一丝希望沿着他的背脊爬上来，门一打开，安赫尔就一跛一跛地走进来，戴着闪亮的银面罩，布质的部分是黑色的。

“不。”瑟拉齐安倒抽一口气。

安赫尔扛着一把自动武器，眼见高达240厘米的吸血鬼披着斗篷耸立在瑟拉齐安面前，就朝鬼王拼命开枪。

血祖在那里站了好一会儿，看着荒唐可笑的对手。不过当子弹飞射时，他立刻在本能作用下化成一道模糊的幻影——横冲直撞的子弹都射进墙上精密的仪器里了。血祖在墙边停下脚步，只暂时让人看清楚一瞬间，待安赫尔转身开火时，吸血鬼又移动了。弹药打进控制台里，墙上冒出火花。

瑟拉齐安将注意力转回地板上，拼命要捡起小药丸。

血祖又慢下速度，在安赫尔面前呈现具体的形象。戴着面具的摔跤手砰一声扔下大枪，朝吸血鬼猛冲。

血祖注意到这大块头的膝盖无力，不过这种病症可以复元。这具躯体已经老了，不过尺寸很合适。或许，正适合暂时寄居。

血祖巧妙地闪避安赫尔。摔跤手左右摆动，不过血祖又绕到他后面了。血祖在打量安赫尔的时候，掴了他的后颈一下，那正是面罩下摆和肌肤相接的位置。摔跤手又开始猛烈地跳动摇摆了。

安赫尔被血祖戏弄于掌中，他一点也不喜欢。他迅速转身，大手一挥，开掌直击血祖的下颚，这一记正是“天使之吻”。

吸血鬼的头猛地往后倒，安赫尔自己也没料到这拳能正中。血祖睨视着戴着面具来复仇的安赫尔，血虫在皮肤下打转的速度更快了，表示他怒意高涨。

安赫尔在面罩下兴奋地笑了。

“你想要我露脸，对不对?”他说，“这个秘密会和我同归于尽，我的脸永远都会藏在面罩下。”

这句话是银天使系列电影中观众耳熟能详的对白，在世界各国播映的时候则翻译、配音为各种不同的语言——这个摔跤手等了好多年才真正说出来。不过血祖已经不想玩了。

他的巨掌使出全力挥向安赫尔。面罩下的颚骨和左颊骨都瞬间爆裂，左眼也难幸免于祸。

但安赫尔不放弃。他用尽全身的力量，双脚站稳。尽管全身颤抖，膝盖痛得他想骂脏话，喉中的血又噎得他难受……但他的思绪飞快地倒转回更年轻、更得意的时光。

他头晕目眩、全身发烫又大汗淋漓，回想起自己在片场。当然——他正在拍电影。面前的怪兽不过是精致的计算机特效——穿着特效衣的临时演员。那为什么他这么痛呢？还有他的面罩：闻起来怪怪的。就像很久没洗的头发加上汗臭味，好像尘封已久遭人遗忘的储藏物。闻起来就和自己一样。

喉咙中空心的血泡升上来，破成一摊血。他的下巴和左脸都被打烂了，只靠发臭的面罩撑着，老摔跤手的脸才没碎开。

安赫尔咕哝一声，朝对手突击。血祖放开拐杖才能用双手抓住这大汉,然后瞬间将他撕成碎片。

瑟拉齐安的叫声卡在喉中。他正把药片塞到舌下——一放好药片,血祖就回头注意到他了。

血祖抓住瑟拉齐安的肩膀,把老人从地板上拎起来。瑟拉齐安荡在血祖面前的空中,被吸血鬼血腥的双手紧紧揪住。血祖把他拉到面前,让他盯着自己恐怖的脸,这个巨型寄生虫脸上笼罩的古老的邪恶。

教授,我相信,你其实一直都想要体验看看。我想你一直都好奇另一边的世界是如何。

瑟拉齐安的药片正在舌头下方慢慢融解,所以无法答话。但他不必用言语回答血祖。**我的剑歌颂纯银**。他心想。

他觉得头昏脑涨,药效正在发作,让他头脑不清——血祖就察觉不到他真正的意图了。**我们从那本书上学到很多,我们知道切尔诺贝利只是个幌子……**他看着血祖的脸,多么希望看到那张脸上的恐惧。**你的名字,我知道你真正的名字**。他在虚张声势,又尽量避免露馅。**你想听我说出口吗?**

血祖张开大口,螯针愤怒地射出来,刺穿瑟拉齐安的脖子,撕裂他的声带,钻进他的颈动脉。瑟拉齐安失去声音后,感觉不到螫噬的痛苦,不过全身都因为吸饮的动作而疼痛不堪。他的循环系统和器官都被破坏了,他惊愕不已。

血祖的双眼红如赤焰,紧盯着猎物,同时满足地吮血。瑟拉齐安迎向那怪兽的视线,不是要反抗,而是等着瞧他有没有不舒服的表情。他感觉到血虫一阵阵地钻进他的体内,贪婪地巡视、攻占他的身体。

突然间,血祖拱背一颠,好像呛伤了一样。他的头往后仰,眼皮一直跳。螯针仍紧紧地锁喉,坚持喝干每一滴血。血祖终于松口(整个过程不到半分钟)收回火红的螯针。血祖瞪着瑟拉齐安,细看他眼神中的兴味,然后脚步不稳地往后踩。他的脸皱在一起,血虫的速度变慢了,粗厚的咽喉开始作呕。

他把瑟拉齐安扔到地上，踉踉跄跄地往旁边倒，老人的血宴让他恶心难受。有把火从肚子里开始往上烧。

瑟拉齐安躺在控制室的地板上，目光模糊涣散，螯针刺穿的伤口兀自滴着血。他的舌头终于不再紧绷了，他感觉到下颚的最后一点药片都融完了。他之前就吞服了过量的松弛血管用的硝化甘油和抗凝血的血栓溶解剂，那是从费特的老鼠药中萃取的成分。这些药剂已经从瑟拉齐安输入到血祖的体内了。

费特一点也没错：这种生物没办法呕吐。一旦吃下肚子，他们没办法吐出来。

血祖的体内如火烧，他就像一道魅影冲出门外，消失在震耳欲聋的铃声中。

约翰逊太空中心在太空站绕地球航行到轨道黑暗的那半边时就没有声音了，她和休斯敦失联了。

塔利亚·查尔斯在失联后立刻感觉到一阵晃动，那是碎片，太空垃圾撞上了太空站。这没什么稀罕——只是太频繁了。

太多，又太接近了。

她尽量让自己飘浮在原处，想办法让自己冷静下来，想办法思考。事情不太对劲。

她走到舷窗，探头看窗外的地球。地球这一面都是黑夜，但从外层空间可以看到两个极热的亮点，一个在半球的边缘紧挨着夕阳，另一个则比较靠近东边。

她从来没见过这种景象，所有训练和书籍也从没让她准备好要面对这种景象。光线强烈、热度明显——虽然在地球上只是个细微的小点，但她受过专业训练，一瞧就知道那是威力强大的爆炸。

又一块碎片扎实地撞上太空站，不是平常那种小块的金属垃圾。有个警示器响了，门边的黄灯闪起。太阳能板被打穿，太空站好像着火了。

她现在得穿起太空装然后——

乓！太空站的机身被撞了。她飘向计算机，立刻看到氧气外泄的警告。速度很快，氧气槽被撞破了。她通知站上的其他同事，朝气压过渡舱走去。

机身又被撞了一下，这次更猛烈。塔利亚以最快的速度着装，但这个太空站继续遭受一波波外力撞击。她辛苦地戴紧头盔，动作得比致命的泄气更快。她用全身最后一丝力气打开氧气阀。

塔利亚陷入一片黑暗，失去意识。她昏倒之前最后想到的不是丈夫，而是她的狗。在寂静的外层空间，她不知为何偶尔会听到它的叫声。

很快地，国际太空站和太空中其他的悬浮物体一样，慢慢地离开轨道，无法抵挡地朝地球飘去。

蝗虫谷核能发电厂内传出隆隆的声响，瑟拉齐安躺在地板上，扭着头。

他要变成吸血鬼了，他感觉得出来。

喉头紧束的疼痛只是开场，他的胸口正面对剧烈的变化。血虫已经找好位置准备发威：释放病毒，在他体内快速繁衍，侵噬他的细胞。改变他，将他变形。

他的身体撑不住转化的痛苦。就算他的血管没松弛，他也太苍老、太孱弱了。他就像细茎向日葵，当花愈开愈大，茎就逐渐弯曲。或像带有劣质染色体的胚胎。

那合声，他听见了。集体的共鸣，汇聚为一，噪音的合奏。

他感觉到热。他的体温不断上升，而且震动的地板也愈来愈热。防止核燃料熔化的冷却系统失效了——人为所致。核燃料从反应堆堆芯的底部开始熔化。一旦到达地下水位，整个核电厂的地面都会因为致命的蒸汽释出而爆裂。

瑟拉齐安。

血祖的声音在他的脑中，夹杂着他自己的声音。瑟拉齐安这时看到了一个景象，看起来很像卡车的后端——就是他在核电厂入口外侧所看到的那辆国民军卡车。他在地板上，视线模糊、变为单色，夜视能力已经超越了人类的极限。

瑟拉齐安看到了他的拐杖——萨铎的拐杖，就在几米外滚来滚去，他应该可以伸出手去握最后一次。

笃——笃——笃……

他眼中所见的是血祖所见的画面。

瑟拉齐安，你真愚昧。

卡车辘辘前行，加速驶离核电厂。他的视线来回地晃动，这双眼睛的主人可能正痛苦地扭曲着身子。

你以为在自己的血中下毒就能杀得了我吗？

瑟拉齐安手脚并用地撑起身子，只能暂时靠变态的力量挺住。

笃——笃……

返魂尸，我已经让你病了。瑟拉齐安心想。**我又再一次削弱了你的力量。**

他知道血祖现在能听到他说的话。

你已经变态了。

我终于释放了萨铎，我马上就会释放我自己。

他点到为止，然后刚变态为吸血鬼的瑟拉齐安把自己拖往危险的堆芯。

反应堆围阻结构内的压力节节上升，有毒的氢气泡失控地膨胀。强化钢水泥屏障无法阻止爆炸，只会让爆炸的威力更强大。

瑟拉齐安手脚并用，把自己往前拖，他的身体正在变态，脑海因为接受到上千双眼睛的视线，所以思绪受到干扰，他的头颅里一直回响着千人的合鸣。

决战时刻就是现在，他们都要朝地底去了。

笃……

“返魂尸，闭嘴。”

核燃料这时碰到了地下水。核电厂的地面爆裂，消灭了第六位始祖的根源地，也消灭了瑟拉齐安，都在同一瞬间。

没了。

压力阀裂开，释放出辐射云，笼盖了长岛湾。

加布里埃尔·波利瓦生前是个摇滚巨星，瑞晶航空四名生还者中，现在只剩他一个。他在肉品加工厂的地下深处等候着，是血祖特别交代他在这里待命的。

加布里埃尔，吾子。

那声音嗡嗡传来，众人忠诚地将声音传送到他耳中。瑟拉齐安那老头的声音已经永远听不到了。

加布里埃尔，大天使的名字……多适合啊……

波利瓦等候着阴暗的父亲，感觉他靠近。他知道血祖在地面上的胜利。接下来只要等新世界降临、稳定。

血祖走进黑暗又肮脏的小房间里，站在波利瓦面前，因为天花板很低，所以他必须歪着头。波利瓦可以感觉得出来血祖身体不适，不过他的思绪——他的语言真实如昔。

跟着我，你就能活下去。顺着我的欲望、我的声音、我的呼吸——我们也会活在你体内。我们的思绪想法都会在你体内，我们的血液将一起汇流。

血祖抛开斗篷，将长长的手臂深入棺材里，用手掌盛起一抔肥沃的泥土，塞入波利瓦的口中，他吞都吞不下去。

你会成为我的孩子，我会成为你的父亲，我和我们会一同统治，直到永远。

血祖用力抱紧波利瓦。波利瓦瘦得令人担忧，和血祖庞大的体格相比之下显得很脆弱矮小。波利瓦感觉到自己被吞噬、附身，觉得自己被血祖接收了。这是加布里埃尔·波利瓦生命中或变态后第一次感到舒适自在，像回家一样。

血虫从血祖的身体涌出来，成千上万只，从他泛红的皮肤里渗出来。狂乱的血虫在他们身上绕啊绕，不断钻进钻出，把两副躯体结合成一幅大红色的绣画。

然后，血祖终于脱离了巨人老旧的身躯，那尸体立刻落在地上摔成好几块。同时，少年猎人的灵魂也得到释放。在赞扬血祖的众人合声中消失。

不再是萨铎了。加布里埃尔·波利瓦代表全新的开始。

波利瓦与血祖的合体把泥土吐出来，张开嘴，试试螫针。隆起突出的组织立刻往外弹，力量十足，然后又收回去。

血祖再生了。

不过他还不熟悉这副躯体，他长期以来已经习惯了萨铎的身体，但这具过渡用的身体很有弹性、很新鲜。血祖想立刻试试身手。

无论如何，血祖完全不把人类的体能放在眼里。以前，巨人的身体很适合他，因为他要在阴影下生活。不过宿主的身材和体力现在已经不重要了。他在这个新世界里已经营造出自己的形象了。

血祖察觉到人类入侵。一颗强壮的心脏、一段快速的脉搏。是个男孩。

凯莉·顾威和儿子扎克已经抵达邻接的隧道了，她将儿子紧紧抓住。那男孩站着，全身颤抖，弓成防御的姿势。他在黑暗中什么都看不到，只能靠感觉，冷酷的地底下有发烫的人形。他闻到阿摩尼亚、腐土，和一些东西烂掉的味道。

凯莉走上前，那骄傲荣耀的态度就像猫儿在主人的房门口奉上老鼠一样。她在一片漆黑的地下仓房里通过夜视的双眼看着血祖的外表，一点也不困惑。她看到的是波利瓦体内的血祖,毫无迟疑。

血祖从墙上刮下一些镁,撒到火炬灯座上,长长的中指削过石头,一点星火就点燃了火炬,地下仓房顿时漫出一片橘光。

扎克看到眼前有个消瘦、红眼、脸部肌肉放松的吸血鬼,恐慌几乎要让他的心智停止运作了,但他内心还有一小个部分相信着母亲,所以只要她在他身边,他就还能保持冷静。

在消瘦的吸血鬼旁边,扎克看到地上躺了个干瘪的尸体,被阳光烧伤的皮肤发出像塑料一样的光泽。吸血鬼金蝉脱壳。

他还看到一把拐杖倚在石穴的墙边,火光一闪时照耀了狼头。

瑟拉齐安教授。

不。

没错。

这声音就在他脑中,用极富权威与威严的方式与他答话。以前扎克就怀疑过上帝会不会用这方式应许他的祷告。

但这不是上帝的声音,这是他面前那细瘦怪物的统御指挥。

"爸。"扎克小声轻呼,想到爸爸和教授在一起,眼泪涌上了,"爸。"

扎克虽然动了嘴巴,但没呼吸。他的肺部紧锁,他伸手到口袋里摸索着气喘喷剂。双膝一弯,扎克就跌在地上。

凯莉冷冷地看着儿子受苦,血祖本打算摧毁凯莉,他不习惯受人违抗,也不知凯莉为何没立刻将这男孩转化为吸血鬼。

现在血祖懂了,凯莉和这男孩之间的亲情强烈到她希望让血祖来转化她儿子。

这是奉献,源自于她的人类本性——爱,而爱又超越了需求。

血祖确实很饥饿,这男孩又是很好的食材,这可是这男孩的光荣。

不过现在……事情在这崭新一夜的黑暗中,似乎有了改变。

血祖发觉等待能带来更多好处。

他察觉到男孩胸口不适,原本心跳加速,现在又开始慢了下来,这男孩躺在地上，抓着喉咙，血祖站在他面前。血祖用过长的中指上尖锐的指甲划破拇指，小心地不让血虫溜出来，然后让一滴白血滑进男孩的口中，落在他喘气连连的舌头上。

男孩突然大叫，猛吸空气。他先尝到铜和樟脑的味道——但过了一阵子，他的呼吸就恢复了正常。扎克小时候曾经冒险舔了电池的底端，电流一震，他的肺部就扩张了。他抬头看着血祖——用生还者敬畏的眼光看着这个怪物、这个人形。

后记

EPILOGUE

摘录自伊费·顾威个人日记

11 月 28 日,星期日

纽约市的初步报告虽然让各国都提高警备,但全球各个城市各个省份都出现了愈来愈多莫名失踪的案例……

很多人说天黑之后失踪的人就会回家,被惨绝人寰的欲望所驱使——此类谣言与流言散播的速度如野火燎原,远胜于传染病……

终于看到拥有权力与影响力的人开始讲出“吸血鬼教”与“瘟疫”这种字眼了……

全球各地的经济、媒体、运输系统全面崩盘……

……这个世界倾覆在即,即将全面陷入恐慌。

接下来核电厂一座接一座地堆芯熔解。

没有任何官方文件或日程表可以证实大规模毁灭意外的顺序或时间。大家只能提出可接受的假设,但其实所有人都知道那只是根据骨牌推倒的顺序做出“可能性最高的臆测”。

不久之后,石心集团在以色列西岸哈代拉建造的核电厂也堆芯熔解了。辐射蒸汽蘑菇云一飞冲天,包含放射性同位素微粒与铯、碲的气体。温暖的地中海季风把污染物吹向东北的叙利亚、土耳其,跨过黑海散播到俄国,东至伊拉克、北至伊朗。

各国怀疑核电厂遭恐怖分子破坏,众矢指向巴基斯坦。巴基斯坦否认涉案,以色列国会紧急会议后,紧接着又召开了内阁会议,被视为召开作战会议。同时,叙利亚与塞浦路斯请求国际社会公开谴责以色列并要求赔偿,伊朗公开宣示吸血鬼的诅咒显然源自犹太教。

巴基斯坦的总统和总理相信核反应堆堆芯熔毁是以色列发动攻击的借口,所以要求国会授权发射六枚核弹先发制人。

以色列则以第二次核打击能力反击。

伊朗轰炸了以色列,并立刻宣布胜利。印度报复性地向巴基斯坦与伊朗发射了15000吨级的弹头。

朝鲜因为担心祸疫蔓延,同时国内饥荒持续不减,所以向韩国进攻,派遣部队越过北纬三十八度。

东亚发生了灾难性的核反应堆事故。

核爆炸引发地震与火山爆发。成吨成吨的火山灰和硫酸、温室气体二氧化碳一起喷入平流层。

许多城市都被火舌吞咽,油田也熊熊燃烧,每天都耗掉几百万桶原油,火势无法靠人力扑灭。平流层中已经布满火山灰,但火灾导致全球各处都成了大烟囱,不断释出黑烟,遮蔽了80%至90%的阳光。

空气中的烟尘像一顶大帽子遮住地球,降低了这颗行星的温度。

所有人类居住的地方都受到了冲击,混乱与暴动增加了,更出现末日来临前的混沌。城市变成毒性的囚笼,高速公路变成堵塞的垃圾场。加拿大与墨西哥边界都关闭了,非法穿越格兰德河的美国公民都会受到火力压制,尽管国界的概念将不再存在。

曼哈顿的上空,庞大的辐射云仍挥之不散,天空转为绯红色,直到大气中的烟尘完全挡住日光,出现人造的黄昏——时钟显示着现在仍是白天,不过黄昏的景象太逼真了。

在海岸边,你会看到海洋变成了银黑色,反映着天空。

接着下了一场灰雨,不但没冲刷掉地面的灰尘,反而让这城市更黑。

没多久,警铃的声音都减弱了,成群的吸血鬼从地窖中涌出……要占据他们的新世界。

北河隧道

费特在哈德孙河底下的隧道发现诺拉坐在轨道上。诺拉的妈妈把头枕在她腿上睡着了，诺拉抚着她的银发。

“诺拉。”费特坐在她身边说，“来吧——我来帮你，和你妈妈……”

“玛丽拉。”诺拉说，“她的名字是玛丽拉。”她说完终于眼泪溃堤，哭了出来，沉痛的眼泪让她身体颤抖个不停，她把脸埋进费特的肩膀。

伊费没多久就从往东的隧道回来了，他刚刚是去那里找扎克。诺拉转头看他，又疲倦又呆滞，她差点要站起来了，但因为妈妈睡着了所以没起身。她脸上有希望也有悲痛。

伊费拿下单孔夜视镜，摇摇头。毫无所获。

费特感觉到伊费和诺拉之间的紧张情绪。两人的情绪都惨遭蹂躏，而且无法言喻。费特知道伊费没责怪诺拉，他知道诺拉在那种情况下已经尽力保护扎克了。但他仍感觉到诺拉失去扎克时，也失去了伊费。

费特把分开后的经过说给他们听，讲到瑟拉齐安和格斯一起去蝗虫谷。“他叫我留在后方——来这里。”费特看着伊费，“找你。”

伊费从口袋中拿出一个玻璃烧瓶，那是他从拖船的驾驶室拿来的。他用力一砸，然后既愤怒又嫌恶地看着隧道周边。“所以我们就到这儿了。”他说。

费特感觉到诺拉全身一绷，远方的吼声灌进隧道里。费特刚开始无法判断声源，他一只耳朵受伤了，仍耳鸣不止，所以听到的声音很奇怪。

引擎、车头，朝他们而来——那轰隆轰隆的巨响在漫长的石隧道里特别可怕。

光束愈来愈近。不可能有火车——不是吗？

两道光,大灯。是汽车。

费特抽出剑,蓄势待发。巨大的车子停下来,厚轮胎被轨道切破了。黑色的悍马车直接靠轮圈行驶。

悍马车前方的栅栏沾满白色的吸血鬼血液。

格斯爬下车,头上绑着蓝色头巾。费特快步走向另一道门寻找乘客。

悍马车上没人了。

格斯知道费特在找谁,摇了摇头。

“告诉我。”费特说。

格斯依言说他把瑟拉齐安留在核电厂的事。

“你没把他带走?”费特说。

格斯的笑容中有怒意:“那是他的命令,就像他也有下给你的命令。”

费特无话可说,他知道这孩子说得没错。

“他走了?”诺拉说。

“我不觉得有其他可能。”格斯说,“他准备奋战到底。安赫尔也留在那里,真他妈的疯了。血祖从他们两个身边离开时一定受了伤,不只是因为辐射。”

“堆芯熔毁。”诺拉说。

格斯点点头:“我听到爆炸声和警铃声,辐射云冒出来了。老人叫我来这里找你们。”

费特说:“他把我们都叫来这里,要保护我们不受落尘伤害。”

费特环顾四周。躲进地道的话,他会比较占优势:他是捕鼠员,本来的工作就是捕捉洞里的老鼠。他东看看西看看,想着老鼠在这种情况下会怎么做,毕竟鼠类经历过地球上的许多大变动都能存活下来——他看到远方脱轨的列车,沾血的窗户反映着悍马车的大灯。

“我们先把车厢清空,”他说,“我们可以睡在里面,轮值看守,把门锁起来。我们可以先靠餐车撑一阵子,还有饮水和厕所。”

“大概能撑个几天吧。”诺拉说。

“只要我们能撑到底。”费特说。他突然感觉到五味杂陈——骄傲、毅力、感激、宽慰，各种情绪就像一记猛拳袭来。老人已经走了，但他的精神永续。“只要能撑到地面上的辐射污染散去就行了。”

“然后呢？”诺拉憔悴到无法光是用疲惫不堪来形容。她已经受够了这一切。可是目前还没有结局。没地方可去，只能不断，不断，深入地球上的新地狱。“瑟拉齐安走了——死了，或许更惨。我们头上又是浩劫一场。他们赢了，返魂尸大获全胜。完了，都完了。”

没人说话。狭长隧道里的空气凝止着、沉静着。

费特把肩上的包包拿下来，打开后直接把脏兮兮的双手伸进去东翻西找，然后拿出那本银色的书。

“他们或许赢了，”他说，“但——又或许没赢。”

伊费抓了一支格斯最明亮的手电筒就一个人出发了，他循着每一条吸血鬼便溺的痕迹走到底。

所有的线索都没办法找到扎克。不过，他仍继续走下去，同时喊着儿子的名字，任回音空荡荡地在隧道里散开，传回他耳里的时候就像一阵奚落。

他把烧杯清空，将厚玻璃砸向隧道墙壁，碎裂的声音听起来有亵渎的意味。

这时，他发现了扎克的喷剂。

这条隧道看起来毫不起眼，但气喘喷剂就倒在轨道旁边。处方笺贴纸仍黏在上面：**纽约市皇后区林边凯尔顿街，扎克·顾威**。突然，每个字都代表他所失去的一切：名字、街道、小区。

他们失去了一切，这些东西现在一点意义也没有了。

伊费在地面下的洞穴里抓着呼吸器，用力到喷剂的塑料外壳都裂了。

他这时停了下来。**要留住这个**，他心想。他把喷剂放在心口，关掉手电筒，站在原地，在一片漆黑中因为愤怒而全身颤动。

这个世界失去了太阳，伊费失去了儿子。

伊费开始准备面对最糟的情况。

他会回到其他人身边，会清理脱轨的列车，和他们一起看、一起等。

别人等待尘埃落定，他却等待不同的未来。

他要等扎克变成吸血鬼回到他身边。

他已经从错误中学到教训了。他不能心软，就像对凯莉一样。

解放自己的儿子是伊费应得的恩惠。

但伊费心中最糟的情况——扎克变成吸血鬼回来取父亲的灵魂——还不算最糟。

不。

最糟的是——扎克永远不回来。

最糟的是伊费渐渐明白他的担忧没有尽头，他的苦痛没办法消除。

永夜已经开始了。

作者感谢宾州大学博物馆的 Ilona Zsolnay 提供协助。

《血族》三部曲

《血族Ⅰ：侵袭》
《血族Ⅱ：坠落》
《血族Ⅲ：永夜》